读客悬疑文库

认准读客读悬疑，本本都是大师级。

MY COUSIN RACHEL

[英] 达芙妮·杜穆里埃 著　张超斌 译

浮生梦

DAPHNE

DU

MAURIER

文汇出版社

图书在版编目（CIP）数据

浮生梦 /（英）达芙妮·杜穆里埃著；张超斌译
. -- 上海：文汇出版社，2021.8

ISBN 978-7-5496-3600-6

Ⅰ. ①浮… Ⅱ. ①达… ②张… Ⅲ. ①长篇小说－英
国－现代 Ⅳ. ①I561.45

中国版本图书馆CIP数据核字(2021)第125925号

浮生梦

作　　者 / ［英］达芙妮·杜穆里埃
译　　者 / 张超斌

责任编辑 / 甘　棠
特邀编辑 / 窦维佳　　徐陈健
封面装帧 / 陈艳丽

出版发行 / 文汇出版社
　　　　　上海市威海路 755 号
　　　　　（邮政编码 200041）
经　　销 / 全国新华书店
印刷装订 / 三河市龙大印装有限公司
版　　次 / 2021 年 8 月第 1 版
印　　次 / 2022 年 6 月第 3 次印刷
开　　本 / 889mm × 1270mm　1/32
字　　数 / 251 千字
印　　张 / 11.25

ISBN 978-7-5496-3600-6
定　　价 / 52.00 元

侵权必究
装订质量问题，请致电010-87681002（免费更换，邮寄到付）

第一章

过去，人们常常在四岔口执行绞刑。不过现在不会了。如今，人们都会先经巡回法庭公正审判，再把杀人犯押往博德明监狱[1]服刑。当然，法庭判罪有一个前提：罪犯没有因为受良心煎熬而死。受煎熬而死倒还好，就像做了一场外科手术。而且，尸体能得到安葬，不过埋的是无名坟冢罢了。我小的时候，却是另一番光景。记得那会儿，四岔口有个家伙被链条吊着脖子，脸上、身上涂着黑乎乎的防腐柏油。他在那儿挂了五个星期才被人放下来，而我是在第四个星期看到他的。

他被吊在绞刑架上，在天地之间摇摆，或者按堂哥安布罗斯的说法，是困囿于天堂和地狱之间。天堂，他无法企及；地狱，他无门可入。安布罗斯用手杖戳戳尸体，它像枢轴锈蚀的风向标，吱呀吱呀地随风晃荡，曾经身为人的他，现在变成了一个徒具骇人外表的可悲稻草人。雨水打烂了他的马裤（衣服内的躯体可能也烂

---

1 博德明监狱：1779年建于英国康沃尔郡，监狱里进行过50多场公开绞刑。现改为一处旅游景点。——编者注（本书注释若无特别说明，均为编者注。）

了），条条纤维像浆纸一般，顺着他肿胀的四肢垂下。

时值冬季，几个过路的家伙往他破烂的背心里塞了冬青嫩枝，以供逗乐。不知怎么的，在才七岁的我看来，这种做法堪称最不可忍受的暴行，但我没吭声。安布罗斯带我去那儿肯定有所企图，也许是要试试我的胆量，看我是会转头就跑，还是哈哈大笑，或者哭鼻子。作为我的监护人、教育者，他亦父亦兄，实际上是我的整个世界，却无时无刻不在考验我。回想起来，我俩路过绞刑架，安布罗斯用手杖戳戳这儿，碰碰那儿。然后他停下脚步，点着烟斗，把手放在我的肩头。

"你看啊，菲利普，"他说，"人总有一死。有些人横死战场，有些人安死床榻，有些人死于天命。谁都躲不过。早点懂这个道理也好。眼前是罪犯的死法。它警示你我生活要节制。"我们并排站在那儿，看那具尸体摇来晃去，仿佛我俩在远足去博德明市场，那尸体就是摆着等人去砸的旧沙袋，砸中就能赢得椰子。"一时冲动，后患无穷，"安布罗斯说，"这是汤姆·詹金，平日里老实木讷，只不过偶尔醉得稀烂。他老婆虽是个泼妇，但他也不该为此就杀了她。如果因为女人说话不好听就杀人，那所有男人都成了杀人犯。"

我多么希望他没说出那人的名字。在他说出名字之前，那具尸体仅仅是一个死物，无名无姓。它会潜入我的梦中，毫无生气，令人恐惧，从看到绞刑架的第一眼起，我就知道必然会这样。现在呢，它会跟现实产生联系，跟那个两眼无神、在镇码头卖龙虾的男人产生联系。夏天的时候，他常常站在台阶边，将鱼篓放到身旁，把活龙虾搁在地上，让它们以诡异的速度沿着码头狂奔，逗得小孩们哈哈大笑。上一次见着他，还是不久之前的事。

"说起来，"安布罗斯看着我的脸说，"你觉得他人怎样？"

我耸耸肩，抬脚踹了踹绞刑架底座。一定不能让安布罗斯知道我很介意，不能让他知道我打心眼里犯恶心，怕得要命。要是给他知道了，他会瞧不起我。时年二十七岁的安布罗斯全知全能，堪称我狭隘世界里的上帝，我的终极人生目标就是变得和他一样。

"上一次看见汤姆，他的脸比现在有光泽，"我答道，"现在菜得连钓龙虾的饵都当不上了。"

安布罗斯哈哈大笑，扯扯我的耳朵。"讲得好，"他说，"跟真正有学问的哲学家一样。"他突然想起一件事，又说道："你要是觉得恶心，去那边的树篱后面吐吧，我就当没看见。"

他转身看向绞刑架和四条路，沿着他正在铺设的小路往回走。小路穿过树林，是通往房子的第二条车道。我很庆幸他走开了，因为我还没跑到树篱就吐了出来。吐完之后，我感觉好了很多，唯独牙齿打战，浑身冰冷。汤姆·詹金再次失去了身份，变成毫无生气的物体，像一个破麻袋。他甚至成了我扔石头的靶子。我壮着胆子，想看那尸体摇动，可它一动不动。石头砸在浸湿的衣服上，发出沉闷的声响，弹到一旁。羞愧之下，我冲上新小路，找安布罗斯去了。

唉，那都是十八年前的事情了。仔细想想，自那以后我就很少再记起这回事。直到最近七天。说来古怪，每逢重大危机之时，人的思绪就会飘回孩提时期。不知为何，我总想起可怜的汤姆，想起他吊在铰链上的情景。我从来没听过他是怎么犯的事，估计如今也不会有太多人记得了。他杀了自己的老婆，安布罗斯如是说。就这么简单。她是个泼妇，但也不能因此就杀人吧。也许他贪杯过度，醉意朦胧间把她杀了吧。可是怎么杀的呢？用的什么凶器？一把刀，还是赤手空拳？或许在那个冬天的夜晚，汤姆跌跌撞撞地从码头的酒馆出来，心里满怀着爱意和狂热。潮水高涨，扑打着台阶；月满如盘，洒照着海水。谁知道什么样的征服欲望充斥着他躁动的头脑，突然萌生了怎样的幻想？

也许他脸色苍白，眼神迷离，浑身冒着龙虾的腥味，摸摸索索地往家走，来到那位于教堂后面的农舍，被老婆臭骂湿脚弄脏了屋子，这骂声惊醒了他的美梦，于是他就把她杀了。这很可能就是当时的情况。如果死后还残存意识，就像人们常常教导我们的那样，我会找来可怜的汤姆，跟他问个明白。我们会在炼狱里一起畅想。可他是个六十岁上下的中老年人，而我才二十五岁，我们的梦想不会一样的。回去做你的幽灵吧，汤姆，给我些安宁。那绞刑架早已毁弃，你也随之而去啦。我年少无知，冲你扔了石头。请原谅我吧。

生活还要忍受，日子还要过下去。问题是怎么过。日复一日的工作毫不费力。我将会成为一个治安法官，就像安布罗斯那样，然后在将来的某一天被选举进入议会。人们将会敬重我，一如在我之前的先辈。照看好农场，照料好他人，永远不会有人看出我背负的重担；他们也不会知道，为疑虑所恼的我，每天都会扪心提出一个连我自己都回答不出来的问题。瑞秋到底是不是无辜的？或许这个问题也要在炼狱里才能得到解答了。

我轻声念出她的名字，听起来是那么温柔悦耳。它在舌尖徘徊，既充满诱惑，又步履缓慢，仿佛毒药一般，这么说也算恰如其分。它从舌尖传递到干裂的唇边，再从唇边移到心口，心掌控着身体，也掌控着思想。将来我会摆脱它吧，四十年，还是五十年后？抑或大脑中的某些残留物质依然沉滞且病态？血液中的某些小细胞未能与同伴一起流入造血的心脏？也许，当一切尘埃落定后，我会不再想去摆脱这种毒药。至于当下，我说不准。

房子还需要我打理，安布罗斯若是在世，就会吩咐我去做。我可以修缮潮坏的墙面，把一切打理得井井有条，一处破败都不遗漏；我会继续种植树和灌木，把东风呼啸而过的光秃秃的山丘盖住。在我离去之时，若不能留下别的什么，至少还有美好的事物。可是孤独的人总是不正常的，他们很快就会陷入迷茫，然后从迷茫陷入幻想，再从幻想陷入疯狂。于是我就想起了吊在铰链上的汤姆·詹金。或许他也遭了罪吧。

十八年前，安布罗斯走在小路上，我紧跟其后。他当时可能穿着我身上的这件夹克。这件老旧的绿色猎装夹克，胳膊肘上钉着皮垫。我变得跟他如此相像，仿佛成了他的幻影。我的眼睛，我的身形，无一不像他。对狗吹口哨，转身看向四条路和绞刑架的那个人，很可能就是我。唉，这正是我毕生的愿望啊。我要变得像他，拥有跟他一般的身高，跟他一般的肩膀，跟他一样的弯腰驼背，就连长胳膊也要像他。笨拙的双手，猝然的微笑，初次见到外人时的羞怯，对喧嚣、礼节的厌恶，无一不像他。对待服侍他、敬爱他的人和蔼大方——他们奉承我，说我也和蔼大方；还有那被证明是幻觉的意志力，无怪乎我跟他患上了同样的疾病。最近我总在想，他死的时候有没有头脑迷糊，有没有被疑虑和恐惧折磨，有没有在我到不了的那栋该死的别墅里感到孤独和被遗弃，他的灵魂是否从躯体中抽离，来到家里占据我的身体，以便在我的身体里重获新生，重蹈他以前犯下的错误，再次患上疾病，然后死去。或许正是这样吧。我只知道，我引以为傲的与他相像之处，恰恰说明我的堕落。因为相像，才有了毁灭。若我是别的样子，身体灵活，思维敏捷，能说会道，做生意精明，过去的一年将是来了又去、再平凡不过的十二个月了。我将会静下心来，安然度过轻快、满足的未来。可能结婚，然后组建一个生机勃勃的家庭。

可这些我都不曾拥有，安布罗斯也不曾拥有。我们是梦想家，两个人都是。我们不切实际，沉默寡言，满脑子从未付诸实践的大理论，而且正像所有的梦想家那样，众人皆醒，唯我们独醉。与他人相比，我们渴望温情；可是羞怯压抑着冲动，直到心动的那一刻。心动时，天门敞开，我们两人就觉得自己坐拥整个世界的财富，迫切地想要给予。若我们是别的样子，我们就能逃过劫难。瑞秋仍会来到这里，住上一两夜，然后离去。各项事务商定完毕，后事安排妥当，律师们在桌边坐成一圈，正式宣读遗嘱，而我——大致总结所有安排——给她一笔安度余生的年金，从此与她再无瓜葛。

现实并非如此，因为我长得像安布罗斯。现实并非如此，因为我让人感觉我就是安布罗斯。她初到这里的那天晚上，我走到她的房门前，敲开门后站在门口，低矮的门楣让我略微低了下头。她从窗边的凳子上起身，抬头看着我，眼神中透露出见到熟人的感觉。从那一刻起，我就应该明白，她看到的不是我，而是安布罗斯。她看到的不是菲利普，而是一个幻影。她应该当场离去。她应该收拾行李，转身走人，回到她应该去的地方，回到那充满痛苦记忆的阴暗别墅，守着徒有其表的梯田花园和小庭院里滴水的喷泉；回到她自己的国度，让炎炎酷暑炙烤得意识模糊，在寒冷明亮的天空下忍受寒冬的肆虐。直觉应该告诫她，留下来会招致毁灭，不仅仅是她所见到的幻影的毁灭，最终还有她自身的毁灭。

看到我羞怯、尴尬地站在那儿，既因为她的到来而心怀愤恨，又深知自己作为东道主和一家之主的身份，怒气冲冲地嫌弃自己僵硬笨拙的手脚，像一匹未被驯服的小马驹，她有没有闪过一个念头："安布罗斯年轻时一定也是这般模样。在认识我之前。他这般模样的时候，我还没与他结识"——并因此留了下来？

或许也正因为如此，我与那个意大利人拉伊纳尔迪第一次短暂会面的时候，他同样露出仿若见到熟人的诧异表情，又迅速遮掩过去，把玩着书桌上的钢笔沉思了一会儿，柔声对我说道："你今天刚到？那么你表姐瑞秋还没见过你。"他的直觉也向他发出了警告。但是已经太迟了。

人生是没有回头路的。想回也回不去。没有第二次机会。我活生生地坐在自己家里，与吊在铰链上来回摆动的可怜的汤姆·詹金一样，都收不回说过的话，也挽不回做过的事。

在我二十五岁生日前夕——也就几个月前的事，可是老天啊！感觉很遥远了——我的教父尼克·肯德尔以他独有的直率风格对我说："有些女人啊，菲利普，她们心地可能非常善良，却无意中招致灾祸，凡事一经她们的手就会莫名地变成悲剧。我不知道自己为什么要跟你说这话，但我不吐不快。"然后他看着我在早先拿给他的文件上签了字。

是的，覆水难收了。生日前夕站在她窗前的那个男孩，她来的当晚站在她门口的那个男孩，早已成为过往，恰如为了逞一时之勇而朝吊在绞刑架上的尸体扔石头的那个男孩。汤姆·詹金，饱受摧残的人类标本，面目全非，无人悼念，这么多年来，你有没有用同情的目光看着我冲进树林，奔向未来？

如果我转过头回望你，我看到的不是吊在铰链上晃荡的你，而是我自己的身影。

第二章

安布罗斯踏上最后的旅程前的那个晚上，我们坐在一起说话，我当时没有丝毫的不祥之感。一点都没有"此一去便是永别"的预兆。连续三年来，医生都会要求他趁着秋天到国外过冬，我也习惯了他外出的生活，习惯了他不在时照看家里的日子。他第一次出国过冬时，我还在牛津读书，对我的影响微乎其微；第二次的时候，我已经安顿下来，其间一直守在家里，而这正合他的心意。我毫不怀念在牛津时的群居生活，事实上，我很高兴摆脱那种状态。

我哪儿都不想去，只想待在家里。父母英年早逝，我十八个月大时来到这个家，除了在哈罗公学和牛津读书，我从来没在这个家之外的任何地方住过。安布罗斯异常高尚，对我这个小小的孤儿堂弟充满同情，于是就像对待小狗崽、小猫咪或者任何需要保护的脆弱、孤单的生物那样，亲手把我抚养大。

我们这个家庭从一开始就很古怪。三岁那年，他赶走了我的保姆，因为她用发刷打了我的屁股。我不记得有那回事，是他后来跟我讲的。

"因为你微不足道的不良行为，"他对我说，"那个蠢女人理解不了，拿粗糙的大手揍你一个小孩子，我真是气得要命。那之后，我亲自责罚了你。"

我一点都不为此痛恨他。这世上再找不到比他更公平、公正、可爱、善解人意的人了。他用最简单不过的方式教我二十六个字母：取每一个骂人字眼的首字母——整整二十六个要花费一番心思，他却想方设法做到了，同时警告我不要在人前使用。他虽然始终如一地彬彬有礼，却怕见女人，而且不信任她们，说她们会危害家庭。因此，他只雇用男仆，将房子交由从我叔叔那会儿就做管家的老西科姆管理。

异乎寻常，背离传统——这个西部乡村向来以古怪著称——虽然对女人和抚养小男孩抱有乖僻的见解，安布罗斯的脾气却不坏。邻居们喜欢他，尊重他，佃户也爱戴他。患风湿病之前，他冬天打猎，夏天乘着停泊在河口湾的小帆船捕鱼，兴致来了就外出用餐、消遣，周日去两次教堂。有时候牧师的布道时间太长，他会在教堂小包间里冲我扮鬼脸。他还试图引诱我跟他一起种植珍稀灌木。

"跟其他所有东西一样，"他常说，"这是一种创造。有些男的热衷于繁衍后代，而我喜欢在土里种东西。种植消耗的精力少，结果却更加喜人。"

我的教父尼克·肯德尔、教区牧师休伯特·帕斯科，还有经常劝他成家享受天伦之乐，别总摆弄杜鹃花的其他朋友，对于他的话深感震惊。

"我已经养了一个小伙子啦，"他会揪揪我的耳朵回击，"这一养就耗掉二十年寿命，或者以我喜欢的角度来想，是增加了二十年寿命。何况有菲利普这个现成的继承人，我就不必再自己生养了。时机一到，他会替我尽那份责任。安安生生坐下，别拘束，先生们。家里没女人管这管那，咱们可以把脚蹬在桌上，随便往地上吐痰。"

当然，我们没有那么做。安布罗斯特别讲究，可他就爱故意当着惧内又女儿一大群的可怜新任牧师的面说这些话，捉弄人家取乐。而当大家围着餐桌享受周日正餐后的美酒时，安布罗斯在他那头对我挤眉弄眼。

牧师怯懦地发出无谓的抗议，安布罗斯蜷着身，慵懒地半躺在椅子里——我从他那儿学到了这种姿势——不出声地笑得乱颤，接着他又因怕伤了牧师的心而故意改变话题，转到能让牧师放松的事情上去，使出浑身解数让小个子牧师开心起来。去哈罗公学读书时，我更加深刻地体会到他的品质有多好。跟他的行为举止和结交之人相比，我的那些同学都是愣头青，教师们则刻板拘谨，一本正经，没有人情味。我只能感叹假期过得太快了。

"没事的，"在我脸色苍白、几欲泪下地出发乘坐火车去伦敦之前，他常常拍着我的肩膀说，"这只是个培养的过程，就像驯马一样，总得面对的。等你读完了书——不知不觉就读完了——我就永远陪你留在这儿，我会亲自培养你。"

"培养我做什么？"我问道。

"这个嘛，你是我的继承人，对不对？这本身就是一种职业。"

车夫威灵顿载着我去博德明转乘前往伦敦的火车，我依依不舍地回头望向安布罗斯。爱犬守在身旁，他斜身倚着拐杖，眯起的双眼透露出笃定和坚毅，浓密的卷发已然花白；当他吹口哨召唤爱犬，转身走进家里时，我便压下心中的不舍，认命地任由马车载我离去，沿着嘎吱作响的鹅卵石车道穿过公园和白色大门，经过门房，驶向学校，驶向别离。

然而，他没把自己的身体状况考虑在内，等我读完了书，他就该走了。

"他们说，要是我再度过一个天天淋雨的冬天，下半辈子就得瘫在浴椅上过了，"他对我说，"我必须走出家门，找个阳光灿烂的地方。去西班牙或者埃及的海边，或者去地中海那边，只要温暖干燥就行。我其实不想走，可腿要真的残了，我又心有不甘。去国外有一个好处：我可以带回谁都没有的植物。看看那些奇花异草怎么在康沃尔的土地上茁壮成长吧。"

第一个冬天来了又去，第二个冬天同样来了又去。他在国外过得很享受，我觉得他并不孤单。天知道他带回来多少形态各异、颜色多样的树木、灌木和花草。山茶花是他的最爱。我们为这种花单独新辟了一个种植园，不知是他种植技术高还是会巫术，总之山茶花从一开始就长得茂盛，一株都没死。

几个月过去，第三个冬天到了。这一次他决定去意大利，去看看佛罗伦萨和罗马的一些花园。这两座城市在冬季都不暖和，但他不以为意。有人曾给他打包票，说那里虽然很冷，但很干燥，而且完全不用担心下雨。那天夜里，我们聊到很晚。他向来晚睡，我们常常在图书室里一坐就坐到凌晨一两点，有时候沉默无语，有时候聊天说话，两人都把长腿伸直了，凑近火炉，爱犬围卧在脚边。我之前曾说过，我当时没有一点不祥的预感，但回想起来，我现在不禁怀疑他是否已经有所感应。他不断地用迷惑、深思的目光打量我，又转向镶着饰片的房间墙壁和镶边的家庭照，然后看向火炉，再从火炉转向沉睡的爱犬。

"我希望你能随我去。"他猝然说道。

"我收拾行李费不了多少时间。"我答道。

他摇摇头，笑了笑。"别，"他说道，"我开玩笑的。我们不能同时离家好几个月。身为家主，你知道的，要担负责任，只不过并非谁都像我这样想。"

"我可以陪你到罗马，"想到这儿，我很兴奋，"然后，假如天公作美，我圣诞节前就能回来。"

"不行，"他慢悠悠地说，"不行，我只是一时兴起。别想了。"

"你身体还行吧？"我问他，"没疼没痒吧？"

"老天啊，没有的事，"他哈哈笑道，"你把我当什么，病人吗？我好几个月没犯风湿痛了。问题是，菲利普小子，我太恋家了。等你到了我这个岁数，或许会有跟我一样的感受。"

他起身走到窗前，拉开厚窗帘，望着窗外的草地站了一会儿。夜很静谧，万籁俱寂。寒鸦归巢，连猫头鹰也缄口不叫。

"幸好咱们把路铲了，让草皮离房子更近，"他说，"要是草坪能斜着直通那边的尽头，伸到马驹的围场那儿，就更美了。哪天你务必把矮树丛砍了，方便看海。"

"什么意思，"我说道，"我务必？怎么不是你干？"

他没有立刻回答我。"都一样，"他最终说道，"都一样。区别不大。记着就行。"

我那年迈的猎犬老唐抬起头，看着对面的他。老唐见到了门厅里捆扎好的箱子，察觉有人要离别。它摇摇晃晃地起身走了几步，在安布罗斯身旁站定，尾巴左摇右晃。我轻声喊它，但它充耳不闻。我在火炉边上敲敲烟斗，烟灰落入火炉。钟楼的大钟响了四声，我听见西科姆在仆人居住区嘟嘟囔囔地训斥负责餐具的小童。

"安布罗斯，"我说道，"安布罗斯，让我陪你去吧。"

"别犯浑了，菲利普，回去睡觉。"他答道。

我们言尽于此，再没讨论过这个话题。第二天早餐时，就春季耕作和回来之前想要我做的各种事情，他一一再次叮嘱。东侧车道入口处停车场的土壤湿软，他突发奇想，要改造成一个小水池，如果冬季天气允许，就可以把湿土挖出来，打好池岸。分别的时刻来得太快。由于行程紧凑，他不得已需要早点出门，所以七点就吃完了早饭。他当晚会在普利茅斯过夜，次日趁早上涨潮从那儿出航，乘商船到马赛，再从那儿自便前往意大利；漫长的海上旅行让他很受用。那天早上天气阴冷，威灵顿把马车赶到门前，很快装满了行李。马焦躁不安，急于跑起来。安布罗斯转过身，把手搭在我肩上。"都照看好了，"他说，"别让我失望。"

"这话太损了，"我回答道，"我至今还没让你失望过。"

"你年纪尚轻，"他说，"我给你施加了太多重担。不管怎么说，我的一切都是你的，这你心里明白。"

我相信如果当时我再劝劝，他就会让我同行，可我什么都没说。西科姆和我扶着他上了马车，放好毛毯和拐杖，他从开着的窗户对我们笑了笑。

"好了，威灵顿，"他说，"动身吧。"

他们沿着车道驶去，雨点落了下来。

几周时间转瞬即逝，正如前两年一样。我一如既往地想念他，但有很多事情可以排解思念。想找人说话时，我就骑马去找教父尼克·肯德尔，他的独生女露易丝比我年轻几岁，是我青梅竹马的玩伴。她行事果敢可靠，不花里胡哨，长得也够俊。安布罗斯偶尔开玩笑，说她将来会成为我的妻子，不过坦白来讲，我从没有这样的念头。

十一月中旬，载他抵达马赛的那艘商船带回了他的第一封信。旅途一切顺利，天气很好，只是在比斯开湾遇到了些微颠簸。他身体健康，精神抖擞，对意大利之行满怀期待。他不愿坐公共马车，因为那样还得绕行到里昂，于是他雇了马和马车，打算沿着海岸去意大利，再转往佛罗伦萨。听了这个消息，威灵顿摇摇头，预言说要出事。他坚信法国佬没一个懂驾车的，而意大利人全是劫匪。不管怎样，安布罗斯幸免于难，从佛罗伦萨寄来第二封信。他的信我都保存着，现在我的面前放着好几封。后来的几个月里，我时常拿出来，大拇指摩挲几下，翻来覆去地看了又看，仿佛通过双手按压，就能从纸上获得远远超出文字所能表达的东西。

正是在从佛罗伦萨——他显然在那儿过了圣诞节——寄来的这第一封信的末尾，他头一次提到了表姐瑞秋。

"我结识了咱们的一个亲戚，"他写道，"跟你提过的科林家族，以前在塔马河边有块地，如今已经卖光易主了。两代之前，科林家族和阿什利家族联姻，这在族谱上能找到记录。那一支的一个后人出生之后，被穷得叮当响的父亲和意大利裔的母亲带到意大利，年纪轻轻就早早地嫁给了名叫圣加利特的意大利贵族，这意大利人似乎因为决斗而死，他生前贪杯无度，只给妻子留下一屁股债和一栋家徒四壁的大宅子。两人没有子嗣。圣加利特女伯爵，就是坚持让我以瑞秋相称的表姐，是个通情达理的女人，很会待客，主动要带我去参观佛罗伦萨的花园，还有，之后我们会一同前往罗马。"

安布罗斯结交了朋友，而且是志同道合的朋友，我很高兴。我对佛罗伦萨和罗马的上流社会一无所知，原本担心那里会说英语的人屈指可数，幸好有这么个从康沃尔移民过去的家族后裔，两人才能讲共同的语言。

第二封信几乎全篇列举花园名称，虽然时令不佳，却给安布罗斯留下深刻印象。我们那位亲戚也是如此。

"我开始对咱们的瑞秋表姐萌生发自内心的兴趣，"安布罗斯在早春写道，"想到她因那个圣加利特而遭的罪，我心里特别痛苦。意大利人都是见利忘义的恶棍，这是无可否认的。她的行为举止和观点见解，与你我一样是地道的英国式，仿佛昨天还住在塔马河边。家乡的消息，我的见闻，她都听不厌。她极有才智，但幸得老天保佑，她懂得适可而止，从不像女人惯有的那样喋喋不休。她给我在菲耶索莱寻了好住处，离她的大宅不远，等天气变得暖和些，我会在她家待很久。要么坐在门廊，要么在花园里闲逛。这些花园很有名，似乎是因为设计和雕塑，这方面我懂得很少。她如何过日子，我不知道，但我猜想为了还清丈夫的债务，她必定卖了家里不少值钱物事。"

我问教父尼克·肯德尔是否记得科林家族。他记得，而且对他们印象较差。"在我小的时候，他们就挥霍无度，"他说，"赌博把他们的钱和家产全败光了，塔马河边的房子如今也只剩破败的农场，四十多年前就塌了。这女人的爹一定是亚历山大·科林——我记得他去了欧洲大陆，再无音信。他是次子的次子，不知道后来怎样了。安布罗斯提及这位女伯爵的年龄了吗？"

"没有，"我说，"他只告诉我她结婚挺早，但没说多久前结的婚。我估计她到中年了吧。"

"能让阿什利注意到的女人，她一定非常有魅力，"露易丝说，"以前从没听他夸过女人。"

"或许秘诀就在于此，"我说，"她长得平淡又亲切，他无需被迫赞美。我很高兴。"

又有一两封信寄来，内容零零碎碎，几无新意。他刚与我们的表姐瑞秋用餐回来，或者正要前去用餐。他说在整个佛罗伦萨，能就她的事给出不偏不倚建议的她的朋友，简直屈指可数。他主动请缨，说自己能给出合理的建议，她特别感激。她虽然兴趣广泛，却似乎异常孤独。她与圣加利特毫无共通之处，坦承这辈子一直在渴望结交英国朋友。"除了购买上百株新植物带回家之外，"他说，"我感觉自己还做成了一件大事。"

之后是一段空白。他没有提及返程日期，但通常是在四月底。冬季似乎不愿离去，向来对这个西部乡村兴致缺缺的寒霜，这年也出人意料地凶狠。几棵山茶花幼苗被严霜打蔫了，我多希望他别回来太早，否则会和我们一起遇上凛冽的寒风和猛烈的骤雨。

复活节后不久，他的信到了。"亲爱的小子，"他说，"多日未去信，你一定很疑惑。说实话，我从未想过有一天会给你写这样一封信。天意难测啊。你我向来亲近，或许对我过去数周的精神波动有所察觉。不能说是波动，应该说是幸福的迷茫，这迷茫正向确定转变。我不急于下定论。你知道，我墨守成规，不会一时兴起就改变自己的生活方式。但我明白，早在几周前就明白，此事已别无他法。以前从未发现的、原本以为不存在的东西，竟被我找到了。我到现在依然不敢相信这种事情居然发生了。我常常想到你，但不知为何，我心绪不宁，直到今天才平静下来给你写信。你表姐瑞秋和我两周前结婚了。现在我们一起在那不勒斯度蜜月，打算短期内回佛罗伦萨。再往后的安排，我说不准。我们漫无计划，就目前而言，除了享受当下，我们也没别的想法。

"有朝一日，菲利普，我希望不会太久，你会了解她的。那些会让你厌烦的个人描述，还有她的善良，毫不做作、充满爱意的温柔，我就不写了，你自己就能体会到。世间多男子，为何她独独选中了头一号粗鲁无礼、愤世嫉俗而且讨厌女性的我，我想不出来。她拿这事嘲笑我，我甘拜下风。不过败于她这样的人之手，从某种意义上来说，也是一场胜利。若不是怕自负得叫人讨厌，我倒愿意说自己是胜者，而非败者。

"把好消息说给每个人听吧，转达我的所有美好祝愿，还有她的祝愿。记住，我最亲爱的小子，这暮年迟来的婚姻，绝不会让我对你深深的喜爱减少半分，反而会使它更深。想到我是最幸福的人，我将尽全力比以往更加为你着想，况且还有她助我一臂之力。盼复，回信时，向你表姐瑞秋致以问候。

"永远爱你，挚爱你的安布罗斯。"

信是在五点半左右送到的，我刚刚吃过晚饭。幸好只有我一个人，西科姆把邮袋搬进来就走了。我把信放进口袋，出门跨过庄稼地走向海边。西科姆的侄子在海滩上开了磨坊，看见我道了声日安。他的渔网散开挂在墙上，靠太阳的余晖晒干。我勉强回应了他，他一定会觉得我不懂礼节。我翻过石头，爬到一个指向小海湾的岩架上。夏天的时候，我常常在小海湾里游泳。安布罗斯会把船锚定在五十英尺开外的地方，我就下水游向他。我坐下来，从口袋里拿出信又看了一遍。若我心里有一丁点的同情，一丁点的喜悦，对身在那不勒斯、向我们分享幸福的那对伉俪有一丝的祝福，或许就能良心稍安。然而，羞愧，对自私的极度愤怒，让我内心提不起丝毫的情绪。我坐在那儿，呆呆地看着风平浪静的海面，沉浸于痛苦之中。我已经二十三岁，却像数年前坐在哈罗公学四年级教室的长椅上那样，孤单而迷茫。我独身一人，无朋无伴，在我面前，除了一个充满我不愿体验的古怪经历的全新世界，其他一无所有。

第三章

　　最令我羞愧的是，安布罗斯的朋友们欢欣鼓舞，发自内心地为他的幸福而感到喜悦。人们纷纷向作为安布罗斯的信使的我表示祝贺，我不得不强颜欢笑，俯首道谢，跟他们说我早知会有今日。我感觉自己两面三刀，变成了叛徒。安布罗斯曾教导我，对人的虚伪和动物的狡诈都要深恶痛绝，突然发现自己心里一套，表面一套，让我痛不欲生。

　　"这是顶好的事情。"人们说了一遍又一遍，我也一遍又一遍地回应。我开始回避邻居，在家里围着树林躲躲藏藏，不敢去见满脸急切、舌灿莲花的人们。如果要骑马沿着农田逛游，或者去镇子里，那就避无可避了。庄园里的佃户，或者这儿那儿的熟人，全都会凑上来看一眼，我便不得不与他们说话。我像冷漠的演员，强行挤出一丝微笑，感到皮肤正紧绷着反抗，而且还得用我讨厌的热情回答问题，就是那种提及婚嫁时所有人都期望你该有的热情。"他们什么时候回来？"这个问题只有一个答案："我不知道。安布罗斯没有告诉我。"

对他的新娘的相貌、年龄和整体外形猜测颇多，对此我只能回答："她是个寡妇，跟他一样热爱花园。"

真登对啊，人们点头表示，天造地设，跟安布罗斯天生一对。接着人们便开始逗趣、开玩笑、插科打诨，说单身汉变成了已婚男，引得众人哄堂大笑。泼妇帕斯科夫人，也就是牧师的女人，每次聊到这个话题就穷追猛打，仿佛这样就能把她单身时受的侮辱全给报了仇。

"这回要大变天了呀，阿什利先生，"她逮着机会就说，"你的家主再不能无拘无束，随心所欲啦。这也是好事一桩。终于要有人管管那些仆人了，我估计西科姆心里不怎么高兴吧。他作威作福够久的了。"

她说中了此事的真相。我把西科姆当作一个盟友，但谨慎地不与之为伍，并且在他试图摸我的底时阻止了他。

"我不知道该说什么，菲利普先生，"他一脸忧郁地嗫嚅道，一副听天由命的样子，"家里有了女主人，一切都要推倒重来，我们不知道怎么自处。起头一件事，之后是另一件事，或许无论做什么都不能让她高兴。我想我该退休让位给年轻人了，你给安布罗斯先生写信的时候，或许最好提一下这事。"

我叫他别胡思乱想，如果他走了，安布罗斯和我会过不下去，但是他摇摇头，继续拉长脸做事，逮着机会就影射惨淡的将来，比如用餐时间无疑要改变啦，家具要换啦，从早到晚一刻不停地打扫卫生，谁都不得休息片刻啦，最严重的是，连可怜的狗也要被毁掉啦。这些预言用阴森的语气说出来，倒让我遗失已久的幽默感恢复了一些，自从看了安布罗斯的信之后，我第一次露出了笑脸。

西科姆描绘的画面多有趣啊！一群女仆推着拖把，将整栋房子打扫得一尘不染，老管家的下唇像往常一样撇着，用冷冷的不满意的眼神盯着她们干活。他的沮丧情绪逗乐了我，可是当许多人——连对我知根知底、聪慧得明白什么话该说、什么话不该说的露易丝·肯德尔在内——都预言了同样的事情，我就被戳中了痛处。

"谢天谢地，你在图书室里睡觉还能有新被子，"她欢快地说，"之前那些盖得太久，都已经发灰了，但我敢说你肯定没注意到。屋子里摆上花，多大的进步啊！客厅终究还是要起到客厅的作用，总空着不用，我一直觉得是种浪费。毫无疑问，阿什利夫人会布置好的，用她从意大利大宅拿来的书籍和照片。"

她说啊说啊，脑子里列好了一大串可改进的地方，直到我耐心耗尽，暴躁地说："老天啊，露易丝，别再提这事了。我实在听腻了。"

她突然收声，一副了然的样子看着我。

"你该不是嫉妒了吧？"她说。

"别说蠢话。"我告诉她。

这样说她很不体面，但我们相知甚深，我把她当妹妹看，对她没那么尊重。

那之后，她少言寡语，我发现每当再聊到这个老话题，她就会扫我一眼，试图转换话题。我对此很是感激，也愈加喜欢她了。

我的教父尼克·肯德尔，也就是她爸爸，以他直截了当的坦率方式，对我发出了最后一击，当然，他并不自知。

"菲利普，你对未来有做什么安排吗？"有天晚上，我骑马去教父家里和他们用过晚餐，他向我问道。

"先生，安排？"我说道，不明白他的所指。

"为时尚早，当然，"他答道，"我料想在安布罗斯和他妻子归家之前，你也做不了什么安排。我想知道你有没有考虑过在附近找一处属于你自己的小房子。"

我没听懂他的意思。"为什么要那样做？"我问道。

"哎呀，形势已经发生了变化，不是吗？"他用就事论事的语气说，"安布罗斯和他妻子无疑是要住在一起的。若组建起家庭，比如生了个儿子，你的处境就跟以前不同了，对不对？我敢肯定安布罗斯不会让你因为这些变化而受苦，他会给你买一处你看中的房产。当然，他们可能不要孩子，但反过来想想，也没有理由假定他们不要孩子。你可能倾向于自己建造，有时候，自己建房子比买现成待售的更称心如意。"

他说个不停，滔滔不绝地列举方圆二十英里内我可能中意的房子，我庆幸他似乎无意于从我这里得到答复。他提起的这件事如此陌生，如此出乎意料，我脑子里一团乱麻，没过多久便找借口离开了。嫉妒，没错。露易丝一针见血，我心想。小孩子突然间要和一个陌生人共享他人生中的唯一依靠，嫉妒心就产生了。

正如西科姆一样，我自己也在竭尽全力适应让人不自在的新生活。熄灭烟斗，站起来，没话找话，钻研女性社会的艰难困苦和单调乏味；还有观察安布罗斯，我的天啊，要是他表现得像个傻子，我将会因为全然的尴尬夺门而出。我从未把自己看作被遗弃的人。鸟尽弓藏，逐出家门，像对待仆人一样打发我一笔抚恤金；孩子降生，喊安布罗斯爸爸，于是我便没了用处。

如果提出这种可能性的是帕斯科夫人，我会认为是她心怀怨恨而一笑置之。可我自己的教父，镇定、沉着的教父说出这样的话，那就是另一码事了。我扬鞭纵马，飞奔回家，怀疑和悲伤充斥着头脑。我痛苦得不知该做什么，也不知该如何思考。像教父说的那样，早做安排？给自己找一处住所？做好离别的准备？我不想在别的任何地方生活，也不想拥有别的家产。安布罗斯抚育我长大成人，只培训我继承这一处房产。这是我的，也是他的，是属于我们两个人的。但现在不是了，一切都变了。记得我从肯德尔家里回来后，我绕着房子走来走去，以全新的眼光去看待它，几条狗看出我的焦躁，惴惴不安地跟着同样惴惴不安的我。我的旧育儿室弃置已久，西科姆的侄子每周来一次，在里面修补渔网，如今再去看已有了新的意义。它刷了新漆，而完好的棒球棒结满蜘蛛网，跟一堆落满灰尘的书籍一起放在书柜上，也被当成垃圾扔掉了。我大概两个月进出这间屋子一次，或是缝衬衫，或是补袜子，但却从来没想过它承载着怎样的记忆。现在我想再次独占它，把它当成隔离外界的避难天堂。只可惜，它行将易主，变得沉闷窒息，充斥着煮牛奶的香味和晾晒床单的腥臊，就像我常去的农舍的客厅，那儿是小孩子们的天下。想象之中，我可以看见他们在地板上扯着嗓子爬来爬去，一会儿撞了脑袋，一会儿摔了胳膊；或者更严重的，顺着裤子爬上大人的膝盖，稍有不顺心就像猴子一样皱起脸皮。噢，天哪，安布罗斯将来面临的就是这些吗？

迄今为止，想到表姐瑞秋——的确想过，但次数很少，并且像人们思考各种不如意的事情时那样，我思考的时候把她的名字从脑海里划掉了——我一直把她想象成与帕斯科夫人一样的女人，只是比她更令人厌烦。五官庞大，瘦骨嶙峋，像西科姆预言的那样有着一双明察秋毫的鹰眼，在客人用晚餐时放声大笑，叫人为安布罗斯心疼。现在她呈现出了新的样貌。她一会儿丑陋得可怕，像西苑可怜的莫莉·贝特，叫人小心翼翼地不敢直视；一会儿苍白、憔悴，裹着披肩坐在椅子上，有种病态的狂妄，而一个护工在背景中晃动，用勺子搅拌药材。她一会儿是风韵犹存的中年妇女，一会儿痴痴地发笑，比露易丝还年轻。表姐瑞秋仿佛有十几种人格，一个更比一个让人憎恶。我看见她强迫安布罗斯跪下，让孩子们骑到他背上玩骑大马的游戏，安布罗斯谦卑地纵容他们，尊严丢得一毫不剩。我还看见她身穿平纹细布衣，头上扎着丝带，板着脸摆弄自己的鬈发，浓密的头发风情无限，安布罗斯坐在椅子上打量着她，一脸柔情蜜意，活像个傻子。

五月中旬来了一封信，说他们最终决定在国外度过整个夏季。我松了一大口气，差点大声喊出来。背叛他人的负罪感空前地强烈，但我情不自禁。

"你表姐瑞秋仍然杂事缠身，处理完后才能回伦敦，"安布罗斯写道，"所以我们带着极端失望的心情——你应该想象得到——决定暂时推迟返家。我会竭尽全力，但意大利的法律和咱们国家的法律不是一回事，调和二者难于登天。我好像花了很多钱，但都用在了实处，我一点都不心疼。我们常常谈到你，亲爱的小子，我多希望你能在这里陪我们。"凡此种种，转而询问家事和花园的情况，语气一如往常的热诚，我竟然以为他会改变，真是脑袋坏掉了。

他们夏天不会归家，街坊四邻自然十分失望。

"或许，"帕斯科夫人意味深长地笑着说，"阿什利夫人的身体状况不便出行？"

"我也说不准，"我答道。"安布罗斯信中提到他们在威尼斯待了一周，冻得两人回去都得了风湿病。"

她拉长了脸。"风湿病？他妻子也得了？"她说道，"真倒霉呀。"她又若有所思地补了一句："她一定比我想象的还老。"

愚蠢的女人，脑子里只有一根筋。我两岁就得了风湿。老一辈人告诉我，这是成长的痛苦。有时候，下过一场雨，我仍能感到风湿痛。话虽如此，我跟帕斯科夫人的想法还是有些相似之处的——表姐瑞秋比我老了二十多岁。她头发花白，甚至挂上了拐杖，当她不在我无法描绘的那座意大利花园里种玫瑰，而是坐在桌旁，拐杖砰砰地捣着地，身边六七个律师用意大利语嚷嚷时，我可怜的安布罗斯却心平气和地坐在她旁边。

为什么他不回家来，任由她在意大利办事呢？

不过，想到痴笑的新娘变幻成年老的主妇，遭受最容易患上的腰部风湿痛折磨，我的心情就好转起来。育儿室逐渐退去，我看见客厅变成女人的会客室，用屏风分割开来，酷暑也生着大火，有人用不耐烦的语气喊西科姆多搬些煤炭，说穿堂风快把她冻死了。于是我哼着小曲骑马出门，使唤猎犬追赶野兔，早餐前游一圈泳，顺风时乘着安布罗斯的小船在河口湾漂荡，在露易丝去伦敦过冬的时候跟她取笑那儿的时尚。懵懂的二十三岁，只需一点点的满足就能精神抖擞：家还是我的家，谁也没有夺走。

到了冬天，来信的语气变了。语气的变化起初细不可查，我几乎没有留意，然而重新读他的信时，我发现他的话里蕴含着一种压迫感，潜藏的焦虑正在悄悄侵袭他。想家是一方面，这我看得出来。他怀念自己的祖国和家产，但作为一个新婚仅十个月的男人，他最突出的情绪竟是一种孤寂感，这在我看来是很古怪的。他坦承漫长的夏秋时光让人备受折磨，如今冬季又比以往早些到来。大宅虽高，却无人气；他说他常常像暴风雨降临前欢欣雀跃的狗一样从这间屋蹿到那间屋，可是暴风雨终究没有来。空气沉闷不堪，他说他宁愿拿自己的灵魂来换取滂沱大雨，哪怕为此瘸了腿也没关系。

"我以前从不头疼，"他说，"可现在经常犯头痛。有时候疼得两眼发黑。我怕见太阳。我对你的想念无以言表。有那么多的话要说，一封信装不完。我妻子今天去了镇里，我才得以乘机写信。"这是他第一次用到"我妻子"这个字眼。他以前总是称呼她"瑞秋"或"你表姐瑞秋"，"我妻子"在我听来过于正式，冷冰冰的。

冬天寄来的这些信里，他没有提到归家，只是常常渴望了解各种消息，而且就我在信里讲的任何琐事发表意见，仿佛对其他事情全无兴趣。

复活节没有来信，圣灵降临节也没有，我渐渐担忧起来。我对教父讲了自己的忧虑，他说肯定是坏天气阻碍了信件邮递。报纸上说欧洲下了一场晚雪，大概五月之前都不会收到佛罗伦萨的来信了。安布罗斯已经结婚一年有余，距他离家已有十八个月之久。我的心情从他离家时的宽慰，在他结婚后，变成了担心他再也不会回来的焦虑。一个夏天显然已经荼毒了他的身体，第二个夏天会给他造成怎样的伤害？终于，七月份来了一封信，内容简短，文字毫无章法，完全不是他的风格。连往常清晰的笔迹也像鬼画符，仿佛笔都拿不稳。

"我一切都不安好，"他说，"想必你从上封信就已经能感觉到。不过最好别乱说话。她时刻盯着我。我给你写过几次信，但没有可靠的人送信，除非我亲自出门邮寄，否则信可能到不了你手中。自生病以来，我就出不了远门了。至于那些医生，我一个都不信。他们是撒谎精，全都是。新来的那个，拉伊纳尔迪推荐的，凶得很，但来自这个国度，凶是自然的。不过，跟我斗是自讨苦吃，我迟早要揍他们的。"后面是一段空白，有些内容被划掉，我看不出来是什么，再后面是他的签名。

我让马夫绑好马鞍，骑马去找教父，给他看了这封信。他跟我一样满怀担忧。"像是精神崩溃，"他立刻说道，"不妙啊。这不像头脑清醒的人写的信。但愿……"他戛然而止，噘起了他的嘴唇。

"但愿什么？"我问道。

"你叔叔菲利普，安布罗斯的父亲，是因脑瘤而死。这你是知道的，对吧？"他猝然说道。

我没听说过，便坦言相告。

"当然，这是你出生之前的事，"他说，"你家人不怎么谈论这件事。这种病是否遗传，我不知道，医生也说不准。医学还不够发达。"他戴上眼镜，又读了一遍信，"当然，还有另一种可能性，虽然微乎其微，但我比较倾向于这种可能性。"他说。

"是什么？"

"那就是安布罗斯写这封信的时候喝醉了。"

若不是看他六十多岁，而且是我教父，我早就为说出这种含沙射影的话揍他了。

"我这辈子从没见安布罗斯喝醉过。"我告诉他。

"我也没见过，"他冷淡地说，"我只是两害相权取其轻而已。我认为你最好下定决心，速速前往意大利。"

"这个，"我说道，"早在来见你之前我就已经决定了。"我策马返回家里，对于如何安排行程没有丝毫头绪。

从普利茅斯启航的商船帮不上忙，我必须赶去伦敦，从那儿转往多佛尔港口，坐上前往布伦的邮船，然后横穿法国，乘坐寻常的公共马车进入意大利。一路顺利的话，我大概三周之内就能到佛罗伦萨。我的法语很差，意大利语一点都不懂，但只要能找到安布罗斯，这些都不重要。我向西科姆和一众仆人简短道别，只告诉他们我打算即刻探望他们的主人，但是对他的病情只字未提。于是，在七月份一个晴朗的早晨，我出发前往伦敦，异国他乡将近三周的行程等待着我。

马车刚拐上博德明路，我看见马夫骑马提着邮袋向我们奔来。我让威灵顿勒住缰绳，马夫把邮袋递给我。邮袋里有安布罗斯的信的概率是千分之一，但这千分之一恰恰让我遇到了。我从邮袋里取出信封，叫马夫回了家。威灵顿赶着马车，我拽出来一小片纸，凑到窗前去看。

纸上的字歪歪扭扭，几乎难以辨认。

"老天，快来看我。她终于受够我了。瑞秋，我痛苦的根源。若再耽搁，恐为时已晚。安布罗斯。"

内容只有这些。纸上没有日期，信封上也没有邮戳，只用他自己的戒指盖了火漆。

我坐在马车里，手中握着那片纸，心知茫茫天地间，没有任何力量能让我在八月中旬之前去到他身边。

第四章

公共马车载着我和其他乘客来到佛罗伦萨，将我们扔在阿尔诺河旁边的客栈，这段路程恍若隔世。这天是八月十五日。首次踏上欧洲大陆的游客里，没有谁能比我更受震撼。我们行经的道路、山坡、山谷和夜里住宿的城市——无论是法国的还是意大利的——全都千篇一律。到处肮脏不堪，害虫滋生，噪声几乎震耳欲聋。仆人都在钟楼下他们自己的住宿区休息，夜里悄无声息，只有风吹树叶的声音和西南风吹来的暴雨声，我习惯了近乎空荡荡的家里的安静，这异乡城市里无休止的喧嚣和骚动几乎让我不知所措。

睡觉是有的，二十四岁的年纪，长途劳顿之后，谁会不睡呢？但是各种杂音侵入了我的梦境：门的哐当声，人的尖叫声，窗外的脚步声，手推车车轮碾过鹅卵石路面的嘎吱声，还有每一刻钟就响一次的教堂钟声。或许，如果是因别的事务来到国外，我的心境会与现在大不相同。那样的话，我可能会在清晨心情舒畅地倚在窗前，看光脚的小孩子们在贫民窟里玩耍，朝他们扔几枚硬币，醉心地聆听所有新奇的声音；夜里漫步于狭窄蜿蜒的街道，享受这份悠闲。可眼下，我对目之所见只有漠然，乃至于厌恶。我迫切地想赶到安布罗斯身边，并且由于我知道他是在异国他乡病倒的，焦虑转变成了对一切外国事物的憎恨，甚至连土地也一并恨上了。

气温一天天地攀升。天空像斑驳的蓝釉，托斯卡纳百转千回的道路蒙着灰尘，仿佛太阳抽干了地面的湿气。山谷被炙烤成棕色，山坡上的小村庄被罩在热气蒸腾的薄雾里，显得干枯泛黄。找水喝的牛群缓缓走过，只只瘦得皮包骨头；山羊在路边蹒跚前行，看羊的小孩在马车走过时大喊大叫。怀着对安布罗斯的焦虑和担忧，我觉得这个国家的所有活物都极度缺水，一旦得不到水就会迅速衰亡。

到了佛罗伦萨，从马车上爬下来，将落满灰尘的行李卸下车送进客栈，我的第一个念头就是穿过鹅卵石铺就的街道，去河边站会儿。经过一路颠簸，我从头到脚全是土，精神疲乏。过去两天里，我宁愿到车厢外面跟车夫坐一起，也不愿在里面窒息而死；和路上那些可怜的牲畜一样，我也对水充满渴望。水就在我面前。它不是家乡的河口湾，微微泛着涟漪，咸得出奇，翻滚的海水拍出白沫，而是一条缓缓流动的、枯燥的小溪，棕色的溪水就像水下的河床，顺着桥洞缓慢流淌，平稳的水面时不时冒出水泡。废弃物顺流而下，有成捆的秸秆，有草木植物，可在我那因疲累和口渴而近乎发狂的想象里，这溪水正等着人去品尝，去狂饮，等着像灌一剂毒药那样被灌进喉咙里。

我心驰神往地站在那儿望着流动的溪水，强烈的阳光照在桥上，突然间，身后的城市里传来四点钟的沉重钟声，遥远而肃穆。其他教堂的钟声跟着响起，黏稠的棕色河水流经这里时拍打着石头，与钟声混为一体。

一个女人站到我身旁，一个孩子在她怀里呜咽，另一个拽着她破旧的裙子。她伸手向我乞求施舍，黑色的双眸与我对视，目光里尽是恳切。我给了她一枚硬币，转身要走，可她不停地触碰我的手肘，嘴里念念有词，直到有个仍站在马车旁的乘客冲她说了一连串意大利语，她才畏畏缩缩地退回原先躲藏的桥边。她年纪不大，顶多十九岁，但她的表情经久不变，令人难以忘怀，仿佛她那柔弱的身躯内附着一个永不灭亡的古老灵魂。那双眼睛透露出几个世纪的光阴流转，她凝视人生如此之久，以至于人生已经变得索然无味。后来，我走进客栈安排的房间，站在俯视广场的小阳台上，又看见她在等在那儿的车马之间蹒跚移动，隐秘得像夜间潜行的猫，肚子紧贴着地面。

我带着奇异的漠然洗了澡，换了衣服。行程到了尽头，心里竟生出无趣感，兴冲冲地启程、斗志昂扬的那个自我，消失不见了，取代他的是一个陌生人，一个垂头丧气、疲惫不堪的陌生人。兴奋感早已消散，连口袋里揉得皱巴巴的字条也丧失了意义。那是好几周前写的，这几周时间里世事难料。她或许已经带他离开了佛罗伦萨；他们可能去了罗马，去了威尼斯，我仿佛看见自己被迫爬上移动缓慢的马车，步他们的后尘而去。摇摇晃晃地走过一城又一城，丈量这可憎的城市的长度与宽度，却每每输给时间和这酷热而又尘土飞扬的道路，总也找不到他们。

又或者整件事都搞错了，潦草写就的书信是荒唐的玩笑，是安布罗斯早先爱玩的恶作剧之一，我小时候就常常陷入他设计的圈套。我现在跑到大宅去寻他，可能会撞见一场庆祝欢宴，高朋满座，灯光闪烁，乐声齐鸣；我会被领着面见众人，不给任何脱身的借口，而身体康泰的安布罗斯转身惊奇地看着我。

　　我从楼梯下了楼，走进广场，那儿等客人的四轮马车早已散去。午休时段结束，街上再次熙熙攘攘。人流裹挟之下，我立刻迷失了方向。周围是黑乎乎的庭院和街巷，高耸的建筑鳞次栉比，阳台往外伸着。我茫然地迈开步子，转过身，再走几步，门口的人眯眼看着我，路过的行人驻足凝视我，他们的脸上全蒙着经年累月受苦受难、激情全然磨灭留下的沧桑感，这种沧桑感，我从那个乞讨姑娘的脸上头一次注意到。有些人跟着我，朝我伸出手，嘴里像她那样念念有词，我回想起同车的乘客，大声呵斥，他们便退缩回去，身体紧贴着高耸建筑的墙壁，目视我郁结着满腔诡异的骄傲继续前行。教堂钟声重又响起，我路过一家挤满了人的大广场，他们三五成群，指手画脚，有说有笑。在我这异乡人的眼光看来，这些人与毗邻广场的朴素雅致的建筑没有一点联系，与远处对他们视若无睹的雕像没有一点联系，也跟在空气中回荡着不祥气息的钟声没有一点联系。

　　我拦住一辆路过的四轮马车，迟疑地说出"圣加利特庄园"，马车夫的回答我没听懂，但听出他点头挥鞭时说了"菲耶索莱"这个词。马车穿过行人拥挤的窄街，马车夫使唤着马儿，缰绳上挂的铃铛叮当作响，行人在我们经过时纷纷让路。教堂的钟声停止，响声逐渐减弱，可那回声似乎依然在我耳朵里共鸣，庄严肃穆，铿锵有力。那钟声不是为了我的使命而鸣响，因为我的使命微不足道；它也不是为了街上的芸芸众生而鸣响，它只为了早已逝去的灵魂、为来世而鸣响。

　　四轮马车沿着漫长蜿蜒的道路朝远山驶去，把佛罗伦萨抛在身后。一栋栋建筑急速退去。四周寂静无声，宁静祥和，似火骄阳暴晒了一整天，给天空画上釉彩，此刻突然变得温和宜人。刺目的阳光消散殆尽。黄色的房子，黄色的墙壁，就连棕色的尘土，都不像之前那样干燥。色彩重新回到房子上来，浓度或许有些淡薄，有些减弱，但阳光的鼎盛之时过去，换上了温柔的晚霞。静止的柏树罩在光幕里，变成了墨绿色。

马车夫把四轮马车停在一扇紧闭的大门前，大门所在的墙壁又高又长。他在车座上挪挪身，别过头看向我。"圣加利特庄园。"马车夫说。行程结束。

我打手势叫他稍等片刻，然后下车走向大门，拉了一下挂在墙上的门铃。我能听见门铃在院子里的聒噪声。马车夫把马赶到路边，从车座上爬下来站在水渠旁，扇帽子驱赶面前的苍蝇。马儿饿着肚子，在两根车辕之间萎靡不振，真是可怜的畜生。它跑去路边啃了青草，抖动耳朵打了一会儿盹，也没提起多少精神。门内毫无动静，我又拉了一下门铃。这次传来隐约的犬吠声，某扇门打开之后，犬吠声猛然大了起来；有个小孩放声大哭，一个女人怒气冲冲地厉声喝止，我听见那边的脚步声朝门边移动。门闩抽出时发出沉闷声响，接着大门也嘎吱乱响，因为它打开时刮擦到了下面的石头。一个村妇站在那儿眯眼看我。我向前一步，说道："圣加利特庄园？阿什利先生？"

拴在女人住的门房里的那条狗这会儿比刚才叫得更凶了。一条林荫道在我面前铺展开，尽头便是庄园，那儿被遮得严严实实，毫无生气。狗还在狂吠，那小孩仍在哭闹，村妇打算把我关在门外。她的半边脸肿胀，好像患了牙疼病，一直用披肩的边角压着止痛。

我从她身边挤进大门，重复了一遍"阿什利先生"。这一次她露出惊讶的神色，仿佛头一回看见我的面容，然后双手指着庄园，紧张又激动地蹦出一大串话。紧接着，她迅速回头，冲身后的门房喊了一声。一个男人——大概是她丈夫——从敞开的门里出来，肩上还背着个孩子。他喝止吠叫的狗，一边询问妻子，一边朝我走来。她继续连珠炮似的说个不停，我先听见她几次提到"阿什利"，后来又提到"英国人"[1]，这下子换成那男子站住脚盯着我了。他比女人稍好一点，身上较为整洁，一双眼睛透着敦厚，盯着我看的时候，脸上露出了深切的忧虑，嘴里跟他妻子嘟囔了几句。妻子把孩子领到门房入口，站在那儿看着我们，披肩的边角仍按在肿胀的脸蛋上。

　　"先生，我会一点儿英语，"他说，"您有什么事吗？"

　　"我来看看阿什利先生，"我说，"他和阿什利夫人在大宅里吗？"

　　他脸上的忧虑更浓一分，怯生生地吞了下口水。"先生，您是阿什利先生的儿子吗？"他问道。

　　"不是，"我不耐烦地说道，"我是他堂弟。他们在家吗？"

　　他痛苦地摇摇头。"看来您是打英国来的，先生，还没收到消息吧？我该说什么好呢？这事太叫人伤心，我不知该怎么开口。阿什利先生，他三周前去世了。走得很突然。真让人痛惜。他刚下葬，女伯爵就把宅门一锁，一走了之。走了几乎两周啦，不知道还会不会回来。"

1　此处为意大利语Inglese。

狗又吠叫起来，他转身喝止它。

我感觉脸上的血一下子被抽干，变得毫无血色。我愣愣地站在那儿。男子满怀同情地看着我，然后对他妻子说了些什么，她搬来一条凳子，他接过去摆在我旁边。

"坐吧，先生，"他说，"世事无常，节哀顺变。"

我摇了摇头。我说不出话来。我无话可说。男子紧张地对妻子大吼大叫，借此缓解自己的情绪。吼叫一通之后，他又转身面向我。"先生，"他说道，"如果您想去一趟大宅，我可以给您开门。您可以去看看阿什利先生去世的地方。"我不在乎去哪儿，也不在乎做什么，我脑子里一片空白，无法专心思考。他开始朝停马车的地方走去，边走边从兜里掏出一堆钥匙，我走在他旁边，双腿突然像灌了铅一样沉重。女人和孩子在后面跟着。

柏树越来越近，装有百叶窗的大宅像一座坟墓，在远处等待着。走近之后，我发现宅子很大，窗户很多，全都缺乏活力，关得严严实实。车道在入口前绕了一圈，方便马车转弯。茂密的柏树之间矗立着带基座的雕像。男子用钥匙打开大门，示意我进去。女子和孩子也跟了过来，两人急急忙忙地一起打开百叶窗，让阳光照进空寂的大厅。他们走在我前面，一间一间地打开百叶窗，心怀善意地相信：打开百叶窗就能减轻我的痛苦。房间互相连通，宽敞、空旷，天花顶上绘有壁画，地板用石头铺就，空气中弥漫着浓烈的中世纪霉味。有些房间的墙壁毫无装饰，有些则悬着挂毯，其中一间比其他的更阴暗、更压抑，里面摆着一张长条餐桌，两侧配有马赛克雕饰的椅子，两头立着精美的铁质烛台。

"圣加利特大宅非常漂亮，先生，很古老，"男子说道，"阿什利先生，在外面阳光太毒的时候常坐在这儿。这是他的专座。"

他指指桌旁一张高背椅，动作几乎充满敬意。我如梦如幻地看着他。这一切都不真实。我无法想象安布罗斯待在这栋宅子里，也无法想象他在这个房间里过日子。他不可能以我所熟悉的步伐在这里走动，吹着口哨，聊着天，把拐杖放到椅子边、桌子旁。夫妇两人没有丝毫懈怠，重复着满屋子跑来跑去推开百叶窗的单调动作。门外有个小院子，呈一种封闭的四边形，露天但晒不到太阳。庭院中央有座喷泉和一个铜制男孩雕像，他双手捧着一枚贝壳。越过喷泉，铺路的石子中间种了棵金链花树，华盖自成一片阴凉。金色的花朵早已萎落，花苞散落一地，灰扑扑的。男子冲女子窃窃私语，女子走到四边形庭院的角落，转动了一下把手。水从铜制男孩雕像手中捧的贝壳缓缓滴出，轻轻落下，溅到下边的水池里。

"阿什利先生，"男子说，"他每天都坐这儿看喷泉。他喜欢看水。他坐在那儿，就在树荫里。在春天，这儿很漂亮。女伯爵啊，会从楼上的房间里喊他。"

他指指栏杆的石柱。女子走进房子，过了一时半会儿，她出现在男子所指的阳台上，抬手推开那间屋子的百叶窗。水仍在从贝壳里往外滴落，不急不缓，轻轻地溅到小池子里。

"夏天，总坐这儿，"男子接着说道，"阿什利先生和女伯爵，他们吃饭，听喷泉奏乐。我候着他们。我端出两个托盘，摆在这儿，就这张桌上。"他指指静静立着的石桌和两把椅子。"他们晚饭后喝大麦茶，"他继续说着，"每天都喝，从没断过。"

他顿了顿，伸手抚弄椅子。压抑感涌上我的心头。庭院里凉风刺骨，冷得几如坟墓，可是空气仍像未打开百叶窗的房间里那样污浊。

我想起安布罗斯在家时的情景。夏日里，他会光着膀子在花圃里闲逛，只戴一顶草帽遮阳。我眼前浮现出那顶帽子的模样，斜斜地挡在他面前；我眼前浮现出他的模样，他站在船上，衬衫袖子卷到胳膊肘上方，指着海里远处的某个东西。我想起他伸出长胳膊，在我跟着船游泳的时候把我从水里拉上来。

"是的，"男子仿佛自言自语道，"阿什利先生坐在这儿的椅子上看水。"

女子穿过庭院，回来转了下把手。水停止滴溅。铜像男孩低头看着空空如也的贝壳。万物陷入沉静，死寂。小男孩一直瞪大双眼看着喷泉，此时突然弯腰，开始在一堆铺路鹅卵石中间扒拉，用小手捧着金链花瓣，扔进水池里。女子呵斥他，把他推到墙边，抓起靠墙的扫帚开始打扫庭院。她的动作打破了沉寂，她丈夫碰了碰我的胳膊。

"您想去看看先生去世的房间吗？"他柔声问道。

虚幻感驱使我跟着他爬上宽敞的楼梯，来到上方的楼梯平台。我们一起穿过比楼下家具装饰更少的房间，其中一间朝北俯瞰着柏树林荫道，布置简单，光秃秃的，像修道士的小单间。一个朴素的铁床架靠墙而立，床边放着一个壶罐、一个大口水罐和一道屏风。壁炉上方悬着挂毯，一处壁龛里摆着小小的跪姿圣母像，双手呈祈祷状。

我的目光转到床铺上。毯子叠得整整齐齐，摆在床尾。两个枕头被抽掉了枕套，摞放在床头。

"死亡，"男子用肃穆的语气说道，"来得非常突然，您知道的。他身体虚弱，对，发烧导致的，但之前的一天，他还拖着身体坐到喷泉旁边。'不行，不行，'女伯爵说，'病会加重的，你必须好好休息。'可是他很顽固，不肯听她的。医生们来了又去。拉伊纳尔迪先生也来过，跟他聊天，劝他，可是他从来不听，他大喊大叫，乱发脾气，之后又像个小孩子，一句话都不说。那么坚强的人变成这样，真让人揪心。后来，第二天一早，女伯爵匆忙来门房找我。我当时正在屋里睡觉，先生。她脸色白得像那堵墙，嘴里说着'他快死了，吉塞佩，我知道，他快死了'。我跟着她走进他的房间，他躺在床上，双眼紧闭，还有呼吸，但很沉重，你知道，没睡踏实。我们派人去叫医生，可是阿什利先生啊，他再也没醒过来，他昏迷了，睡死过去了。我跟女伯爵一起点蜡烛，修女来的时候，我去看了看他。他的坏脾气全没了，脸上很平静。真希望您能见到，先生。"

男子眼里忍着泪水。我把目光从他身上移开，重新看向空荡荡的床铺。不知怎么的，我心里空落落的。麻木感早已退去，只剩下冰冷和僵硬。

"什么意思，"我问道，"你说他脾气暴躁？"

"发烧引起的脾气暴躁，"男子答道，"有那么两三回，他发作之后，我得把他摁到床上。发作完了，里面就虚弱，就这儿。"他用手按按肚子，"他遭了不少疼。疼劲一过去，他就精神恍惚，昏昏沉沉，总爱走神。我跟您说，先生，太揪心了。看着那么大一个人没了希望，揪心啊。"

我转身从那空荡荡的坟墓一样的房间里走出来，听见男子关上百叶窗和房门。"为什么没人帮忙？"我问道，"那些医生，他们怎么没给他止痛？还有阿什利夫人，她就眼睁睁看着他死吗？"

男子一脸迷茫。"先生，您说什么？"他问道。

"他得了什么病，持续了多久？"我问道。

"我跟您说了，到最后的时候，非常突然，"男子说，"但是之前发作了一两回。整个冬天，先生都身体不好，心情低落，不在状态。跟前一年差别很大。第一次来大宅的时候，阿什利先生很幸福，很快乐。"

他边说边继续开窗，我们一起走到外面，来到一处大阶梯看台，上面四处摆着雕像。远端立着一道长长的石栏杆。我们穿过看台，在栏杆旁站定，俯视下面的花园。花园修建得整整齐齐，玫瑰花和夏季茉莉花的香味扑鼻而来，远处是另一个喷泉，再往远处还有一个，宽阔的石阶通往各个花园，整体铺陈开来，层层叠叠，直至远端两侧种着柏树的高墙，把全院围绕起来。

我们向西沉的太阳望去，看台和静谧的花园笼罩着一层霞光；连那些雕像也蒙在玫瑰色的光彩里，我手扶栏杆站在那儿，恍惚间觉得四周前所未有的平静。

手下的石头泛着暖意，一只蜥蜴从缝隙中钻出，扭动身躯爬向下方的墙壁。

"在安静的晚上，"男子站在我身后大概一步的位置，仿佛是以表敬意，"圣加利特大宅的花园，先生，会非常漂亮。有时候女伯爵叫我们打开喷泉，满月的日子里，她和阿什利先生吃过晚饭，常常出来，到这里的看台上。这是去年的事，在他生病之前。"

我仍旧站在那儿，俯瞰着喷泉和种着睡莲的水池。

"我觉得啊，"男子缓缓说道，"女伯爵不会再回来了。她太伤心了。这里有太多记忆。拉伊纳尔迪先生告诉我们，宅子要租出去，可能会卖掉。"

他的话把我拽回现实。静谧的花园、玫瑰的花香和落日的余晖只让我失神了一小会儿，但现在全都消散了。

"拉伊纳尔迪先生是谁?"我问道。

男子和我转身朝大宅走去。"拉伊纳尔迪先生啊，他给女伯爵全都安排好了，"他答道，"公事啊，钱的事啊，好多事情。他跟女伯爵认识很久了。"他皱皱眉，冲他妻子挥挥手，他妻子正抱着孩子在看台上走动。这情景惹得他不高兴，他们不该到这儿来。她返回大宅，开始关紧百叶窗。

"我想见见他，拉伊纳尔迪先生。"我说道。

"我把他的地址给您，"男子答道，"他英语说得很好。"

我们走进大宅，路过一个个房间往大厅走去时，百叶窗在我身后被逐一关上。我从口袋里摸出来一些钱。我仿佛摇身一变，成了这个欧洲大陆上的普通游客，怀抱着购置的心态，出于好奇心来参观这么一处宅子。我不是我自己，也不是第一次和最后一次来探望安布罗斯生活过并去世的地方。

"谢谢你为阿什利先生所做的一切。"我说着把硬币放进男子手中。

他眼里再次充溢着泪水。"我真的好伤心，先生，"他说道，"伤心透了。"

最后几扇百叶窗也关上了。女人和孩子跟我们一起站在大厅，通往空房间和楼梯的拱门再次变得一片黑暗，就像保险库的入口。

"他的衣服呢?"我问道，"还有财物、书籍和文件呢?"

男子面露不安。他转身看向妻子，两人说了一会儿话，问答了几个回合。她一脸茫然，耸了耸肩。

"先生，"男子说道，"女伯爵走的时候，我老婆帮了帮忙。可是她说女伯爵把东西全带走了。阿什利先生的所有衣服全给装进一个大行李箱，还有他的书，全都收拾走了。啥都没留下。"

我凝视两人的眼睛。他俩没有一丝异样。我知道他们说的是实话。"你也不知道，"我问道，"阿什利夫人去哪里了吗？"

男子摇摇头。"她离开了佛罗伦萨，我们只知道这个，"他说，"葬礼后的第二天，女伯爵就走了。"

他打开沉重的前门，我迈步出去。

"他葬在哪儿了？"我淡淡地问道，像个事不关己的陌生人。

"佛罗伦萨，先生，新设的新教徒公墓。许多英国人都埋在那儿。阿什利先生，他不孤单。"

男子的话似乎是要我安心，安布罗斯有伴儿，在那坟墓之外的黑暗世界，英国同胞能给他带来慰藉。

我第一次不敢与男子对视。他的双目像狗的眼睛，敦厚、忠诚。

我转过身，却听见女子突然对她丈夫惊叫起来。男子还没顾上关门，她就再次冲进大宅，打开靠着墙边的大号橡树柜子。她手里拿着某样物事走回来，递给丈夫，她丈夫又交给我。他皱缩的脸庞放松下来，宽慰得绽开了花。

"女伯爵，"他说，"她落下一样东西。拿去吧，先生，这是专给您的。"

那是安布罗斯的帽子，一顶宽边翘檐的帽子。他在家里经常戴着遮阳的帽子。别的人谁戴都不合尺寸，它太大了。我手里翻弄着帽子，感觉到他们急切的目光，等着我说些什么。

第五章

　　我对回佛罗伦萨一路上的情景毫无印象，只记得太阳已经落山，天迅速黑了下来。这儿没有家乡的黄昏时段。路旁的沟渠里，昆虫——可能是蟋蟀——开始发出单调的鸣叫，打赤脚的农民时不时从我们身边经过，背上扛着篮子。

　　驶入市区，没了群山环绕产生的凉气，天又热了起来。与白天的炙热和灰尘飞扬的强光不同，夜晚是纯粹的闷热，房子墙壁和屋顶上积淀多时的热气全散发了出来。午后的懒散，午睡和日落之间的活跃，都被更深层次的活力取代，变得更有生机，也更紧绷。男男女女穿梭于市场和狭窄的街道，怀着别样的目的四处闲逛，仿佛他们这一整天都在静悄悄的屋子里躲着睡大觉，这会儿又像猫一样在市区游荡。市场上的摊铺被照明灯和蜡烛照亮，顾客们团团围住，伸手在摆着的杂货之间摸索。披着丝巾的妇女挤成一堆，或聊天，或谩骂；小贩们大声吆喝着叫卖。叮叮当当的钟声再次响起，这声音在我听来变得更有针对性。教堂的门被人推开，我看见了里面的烛光，人们略微散开，分立各处，又在钟声的召唤下聚在一起。

我在大教堂一旁的市场里付钱给马车夫，大钟在沉闷、了无生气的空气中鸣响，像一声声号令，引人注意，扣人心弦。不知不觉间，我随着人流走进大教堂，双眼盯着黑暗处，在一个柱子旁站了一小会儿。有个上了年纪的跛脚农民站在我身侧，身子倚在拐杖上。他一只盲眼看向祭坛，嘴唇嚅动，双手颤抖；女人们跪在我四周，披着纱巾，神神秘秘，跟着牧师刺耳的声音吟唱，粗糙的双手不停地拨弄念珠。

我左手仍然抓着安布罗斯的帽子。站在这宏伟的大教堂里，我显得渺小无比；在这座充满冷冰冰的美感和抛洒的鲜血的城市里，我是一个外来者。眼看着牧师对祭坛行礼，耳听得他吟诵古老肃穆而我又听不懂的词语，我突然深刻地意识到自己的痛苦是多么沉重。安布罗斯死了。我再也见不着他了。他永远地离开了我。他再也不会对我微笑，再也不会低声轻笑，再也不会把双手搭在我肩上了。他的坚强意志，他的善解人意，再也不会有了。那受人爱戴的熟悉身形，斜躺在图书室的椅子里，或者倚着拐杖站立，眺望远处的大海，我再也看不到了。我回想起他去世的圣加利特大宅里光秃秃的房间，回想起壁龛里的圣母；直觉告诉我，在他去世的时候，那个房间，那栋房子，这个国家，都与他没有丝毫联系，而他的灵魂回归故土，回到属于他的山峦和草木之间，回到他挚爱的花园里，与那海水涛声融为一体。

我转身走出大教堂，回到市场。仰望一旁巨大的穹顶和塔楼，它们遥不可及，映衬在天空之下。经历了强烈的惊愕和抑郁，我才突然第一次想到，我这一整天都还滴水未进。我把思绪从逝者身上扯回来，重新关注生者。我找到一处靠近大教堂的吃喝场所，满足腹中饥渴之后，开始去找拉伊纳尔迪先生。大宅的忠实仆人给我写了他的地址，我拿着字条，用蹩脚的发音问了一两次路，终于找到了他位于阿尔诺河对岸、与我下榻的酒店一桥之隔的房子。河这边比佛罗伦萨中心区域更加黑暗、寂静。街上少有行人，门窗紧闭，就连踏在鹅卵石上的脚步声也显得十分空洞。

我终于来到门前，按响了门铃。没过多久，有个仆人打开门，连我的名字都没问，径直领着我上楼走过一段路，然后敲敲门，把我带了进去。我站在那儿，突如其来的灯光刺激得我猛地眨眼，接着看见一个男子坐在桌边的凳子上，正透过一摞文件往外看。他在我进入房间的时候站起身，目光钉在我身上。他比我略矮一些，大概四十来岁，面色苍白，几乎没有血色，脸庞瘦削，五官像鹰。他的表情透露着傲慢和轻蔑，仿佛是个对白痴或敌手绝少怜悯的人；但我想最吸引我注意力的是他的双眼，黝黑的眼眸，眼眶深陷，乍一看到我时，那双眼闪现出认出我的感觉，一瞬间又消失无踪。

"拉伊纳尔迪先生？"我说道，"我叫阿什利。菲利普·阿什利。"

"嗯，"他说道，"坐吧？"

他的嗓音冷酷强硬，意大利口音不重。他给我推来一把椅子。

"见到我你很惊讶，没错吧？"我仔细地观察他，说，"你不知道我来了佛罗伦萨？"

"不，"他答道，"不，我不知道你来了。"

他说话很谨慎，但这可能是因为他说英语不太在行，所以开口比较小心。

"你知道我是谁？"我问道。

"我想我对你们的具体关系很清楚，"他说，"你是已逝的安布罗斯·阿什利的堂弟，对吧，还是侄子？"

"堂弟，"我说，"也是继承人。"

他用手指捏起一支笔，拿笔在桌子上轻轻敲打，似乎是要争取时间，或者分散注意力。

"我去了圣加利特大宅，"我说道，"我看了他去世的房间。仆人吉塞佩帮了很多忙。他给我讲了所有细节，但指名要我来找你。"

是我的幻觉吗？还是那双黝黑的眼眸确实露出了掩饰的神色？

"你来佛罗伦萨多久了？"他问道。

"几个小时。从午后算起。"

"你今天刚到？那么你表姐瑞秋还没见过你。"握笔的那只手放松下来。

"没有，"我说道，"大宅的仆人说她葬礼结束后的第二天就离开了。"

"她离开了圣加利特大宅，"他说道，"没有离开佛罗伦萨。"

"她还在这儿，在这座城市里？"

"不是，"他说道，"不是，她现在已经走了。她希望我把大宅租出去。有机会就卖出去。"

他的举止异乎寻常地不自然和冷漠，好似每说一句话都要先思考一番，在脑子里捋顺了才能告诉我。

"你知道她现在在哪儿吗？"我问道。

"说不准，"他说道，"她走得突然，事先没有安排。她说等到给将来定好计划的时候，她会写信给我。"

"或许她跟朋友在一起？"我孤注一掷。

"也许吧，"他说道，"可能性不大。"

我有种感觉，就在今天，甚至是昨天，她还跟他共处于这个房间，而他对我有所隐瞒。

"你应该明白，拉伊纳尔迪先生，"我说道，"从仆人口中骤然听闻堂哥的死讯，给我造成了沉重的打击。整件事就像一场噩梦。究竟发生了什么事？为什么没人跟我说他病了？"

他小心翼翼地打量着我，目光一刻不离我的脸。"你堂哥去世得也很突然，"他说，"我们也都深感震惊。他一直生病，没错，但我们当时觉得不至于要人命。许多外国人夏天来这儿都会发烧，造成一定程度的身体虚弱，他也抱怨说头痛欲裂。女伯爵，就是阿什利夫人，甚为担忧，可是他这个病人不好应付。他本身就对医生有成见，至于原因为何，很难说。阿什利夫人每天都希望他的身体状况能有所改善，当然，她也无意让你和他身在英国的朋友们担心。"

"可我们确实很担心，"我说，"我正是为此事而来。我收到了他寄的几封信。"

这么做或许有些冒失，也很鲁莽，但我不在乎。我把安布罗斯写给我的最后两封信从桌子上递过去，他仔细地看了一遍，表情毫无波澜。接着，他把信还给了我。

"是的，"他语气平静，一点都不惊讶，"阿什利夫人之前就担心他会写这样的内容。直到最后几周，他变得神神秘秘，行事怪异，医生们才有了最坏的预想，并且通知了她。"

"通知她？"我说道，"通知她什么？"

"说可能有东西压迫他的大脑，"他答道，"肿瘤，或者增生，尺寸不断地迅速变大，引发了他的症状。"

一段被遗忘的意识漫上我的心头。肿瘤？终究被我的教父给猜中了。先有叔叔菲利普，后有安布罗斯。可是……为什么这个意大利人紧盯着我的双眼？

"医生们说是肿瘤致死的吗？"

"肯定是，"他答道，"肿瘤在发完烧后身体虚弱时突然发作。到场的有两位医生，我的医生，还有另一位。我可以派人去找他们，你想问什么都行。有一位能说点英语。"

"不，"我缓缓说道，"不，不必了。"

他打开一个抽屉，从中拿出一张纸。

"我这里有一份死亡证明，"他说道，"两位医生都签了名。看看吧。已经往康沃尔给你寄了一份副本，另一份寄给了你堂哥的遗嘱委托人尼古拉斯·肯德尔[1]先生，靠近洛斯特威西尔，也在康沃尔。"

我低头瞥了眼证明。我没心思去看它。

"你怎么知道，"我说道，"尼古拉斯·肯德尔先生是我堂哥的遗嘱委托人？"

"因为你堂哥安布罗斯身边带了一份遗嘱，"拉伊纳尔迪答道，"我看过很多遍。"

"你看过我堂哥的遗嘱？"我不可置信地问道。

"那是自然，"他答道，"作为女伯爵——阿什利夫人的委托人，阅览她丈夫的遗嘱是我的职责所在。此事没什么可大惊小怪

---
1 即前文中菲利普的教父尼克·肯德尔。"尼克"是"尼古拉斯"的亲昵简称。

的。他们婚后不久，你堂哥就主动给我看了遗嘱。事实上，我还留了一份副本，但我无权给你看遗嘱内容。那是你的监护人肯德尔先生的职责。不用说，你回国之后，他自会给你看。"

他知道我的教父还是我的监护人，这事连我都蒙在鼓里。除非他说错了。过了二十一岁，谁都肯定不再有监护人了，何况我已经二十四岁了。不过，这无关紧要，重要的是安布罗斯，他的病和死因。

"这两封信，"我固执地说道，"不是出自身体衰弱的病人之手。只有被人加害，身旁全是不可信赖的人，才会写出这样的信。"

拉伊纳尔迪镇定地看着我。

"这些信是一个脑子犯糊涂的人写出来的，阿什利先生，"他答道，"原谅我口不择言，但最后几周我见过他的状态，你没见过。那段经历对我们任何人而言都不甚愉快，更别说他妻子了。你看看他第一封信里说的，她没有抛下他，我可以为此担保。她昼夜不离。换作别的女人，早就找修女来照顾他了。她放下全部身段，亲自护理他。"

"然而于事无补，"我说道，"看看这些信，听听这最后一句，'她终于受够我了。瑞秋，我痛苦的根源……'这话你怎么理解，拉伊纳尔迪先生？"

我大概是激动得提高了嗓门，他从椅子上起身，拉了拉铃。仆人过来，他吩咐下去，仆人端来一个杯子、一些葡萄酒和水。他给我倒了一些，但我不想喝。

"说吧？"我说道。

他没坐回椅子，而是走到房间一侧摆满书籍的墙壁前面，从中拿出一本书。

"阿什利先生，你可曾学过一点儿医学史？"

"没有。"我说道。

"你看看这里，"他说道，"可以找到你要找的信息，或者你可以质问那些医生，我非常乐意给你他们的地址。大脑所受的痛苦中，有一种很特别，这种症状最可能在有增生或肿瘤的时候出现，即患者会被幻觉所困扰。他幻想自己被监视，以为最亲近的人，比如他妻子，要么意图对他不利，要么不守妇道，或者想谋取他的钱财。一旦这种怀疑生根发芽，无论何种程度的爱或劝说都不能使它减轻。若你不相信我，不相信这里的医生，回去问你的同胞，或者读读这本书。"

他巧舌如簧，语气冰冷，充满自信。我想象着安布罗斯躺在圣加利特大宅里那张铁床上，饱受折磨，手足无措，任由眼前的男人观察他，一项一项地分析他的症状，或许中间还隔着那三折的屏风。我不知道他说的对错与否，我只知道我恨死了拉伊纳尔迪。

"为什么她不写信叫我来？"我问道，"如果安布罗斯对她失去了信任，为什么不写信叫我？我最了解他。"

拉伊纳尔迪"啪"地合上书本，把它放回原处。

"你还年轻，对不对，阿什利先生？"他说道。

我凝视着他，不知道他此话何意。

"你这话什么意思？"我问道。

"用情至深的女人怎会轻易善罢甘休？"他说道，"说这是自负也行，固执也罢，随便你怎么想。尽管所有证据都指向相反的情况，但她们的情绪比我们的更为原始。她们固守着自己追求的东西，从不屈服。我们男人征战挞伐，阿什利先生，可女人也会抗争。"

他用深陷的冷漠眼眸看着我，我知道多说无益。

"如果有我在这里，"我说道，"他就不会死了。"

我从椅子上起身，朝门口走去。拉伊纳尔迪再次拉了拉铃，仆人过来领我出门。

"我已经写信了，"他说道，"给你的监护人肯德尔先生。我向他巨细无遗地说明了一切。还有什么需要我帮忙的吗？你会在佛罗伦萨久住吗？"

"不会，"我说道，"我为什么要待在这里？这没什么可留恋的。"

"如果你想去参拜一下坟墓，"他说，"我给你写个字条，你交给新教徒公墓的守墓人。那儿相当朴素简约。当然，还没有立碑，不久就会立起来。"

他转向书桌，草草写下一张字条递给我。

"墓碑上要写什么？"我问道。

他顿了顿，仿佛在思考，敞开的门边候着的仆人把安布罗斯的帽子交给我。

"我想，"他说道，"我指示他们写的是'怀念安布罗斯·阿什利，瑞秋·科林·阿什利挚爱的丈夫'，当然还有日期。"

闻听此言，我当即决定不去公墓，也不去看他的坟墓了。我不想去看他们埋葬他的地方。如果他们乐意，他们可以先立墓碑，之后再过去献花，可是安布罗斯永远也无法看到，也不会在乎。他将和我一起回到我们的西方国度，埋进自家领地的土壤里。

"等阿什利夫人回来，"我缓缓说道，"告诉她我来过佛罗伦萨。告诉她，我去过圣加利特大宅，看过安布罗斯去世的地方。你还可以跟她说说安布罗斯给我写的那些信件。"

他伸出手，那只手像他本人那样冰冷、生硬，而他依然用那躲躲藏藏的、深陷的眼眸看着我。

"你表姐瑞秋是个冲动的女人，"他说道，"她离开佛罗伦萨的时候，把所有财物全带走了。恐怕她不会再回来了。"

我走出房子，走上黑魆魆的街道。我如芒在背，仿若他的目光透过紧闭的百叶窗仍然追着我看一样。我沿着鹅卵石大街往回走，过了桥。回去酒店休息之前，我再次站在阿尔诺河边上。

整座城市沉睡着，唯有我独自徘徊。肃穆的钟声也归于沉寂，只剩河水在桥下呼啸。水流似乎比白天更湍急了，仿佛在长时间暴晒下压抑、疲累的水流，因为夜晚的到来，因为这宁静，而找到了宣泄口。

我俯视着河水，看着它起起伏伏，汹涌向前，消失在黑暗之中。透过桥上一盏独自摇曳的提灯的灯光，我看见棕色的泡沫翻滚。紧接着，那水流之上，一条狗的尸体四爪朝天，僵硬地打着旋。它漂过桥底，消失无踪。

在这阿尔诺河边，我暗自起誓。

我发誓，无论导致安布罗斯去世前遭受痛苦和折磨的是什么，我都会原样奉还到身为始作俑者的那个女人身上。因为我不相信拉伊纳尔迪的鬼话，我只相信我右手里拿着的安布罗斯写给我的两封信。那是安布罗斯写给我的最后的信。

总有一天，我要设法报复我的表姐瑞秋。

第六章

　　九月第一周，我回到了家。堂哥逝世的噩耗先于我到达——那个意大利人说他写了信给尼克·肯德尔，他没有撒谎。我的教父已把死讯通知了仆人和佃户。威灵顿和马车在博德明等我，马身上绑了黑布，威灵顿和马夫也一样，他们拉长了脸，表情肃穆。

　　回到祖国的宽慰十分强烈，一时间悲痛蛰伏下来，或许也可能是因为横跨欧洲返家的长途跋涉让我感情麻木；但是我记得见到威灵顿和车童时，我的第一反应是对他们微笑，然后拍拍马儿，询问两人是否一切都好。我仿佛重回孩童时代，刚从学校返家。老车夫举止僵硬，有种不同以往的拘谨，年轻的车童恭敬地替我打开马车车门。"令人悲伤的返家之旅，菲利普先生。"威灵顿说。当我问候西科姆和其他仆人的时候，他摇摇头，告诉我他们和所有佃户都悲痛至极。他说，自从死讯传来，街坊四邻就一直在谈论此事。教堂整个周日都挂着黑布，庄园里的小教堂也不例外，但最沉重的打击，威灵顿说，莫过于肯德尔先生告诉他们主人埋在了意大利，尸骨不会被带回来与家人同葬。

"大家都觉得这样不行，菲利普先生，"他说道，"我们认为如果阿什利先生还活着，他也不会赞成。"

　　我不知该怎么回答他，只是登上马车，让他们载我回家。

　　说来奇怪，看见老家的那一刻，过去几周来起伏的情绪和旅途的劳顿消失殆尽。所有的压力从我身上抽离，虽然路途遥远，我却觉得平静、安宁。时值下午，太阳照在西苑的窗户上和灰扑扑的墙壁上，马车穿过第二道门，沿斜坡向房子驶去。几条狗在那儿等着迎接我，可怜的西科姆跟其他仆人一样，右胳膊绑了条黑布，我刚握住他的手，他就哭成了泪人。

　　"您让我等得好苦啊，菲利普先生，"他说道，"好苦啊。您知不知道我们多么担心您也发起高烧啊，阿什利先生？"

　　我用餐的时候，他急切地询问我吃住得好不好，我很感激他没有追问我出行途中的事情，也没有提到他主人的生病和去世，只谈他自己和家事，比如钟声响了一整天，教区牧师致悼词，人们送来花圈悼念。他说话的语气充满了非同往常的殷勤。我变成了菲利普"先生"，不再是菲利普"少爷"了。我发现车夫和车童对我的称呼也变了。这种变化出乎意料，但莫名地让人心头一暖。

　　用过餐后，我上楼回到房间，四处看了看，然后下楼去图书室，又出门去花圃里，心中充满了古怪的喜悦，我没想到安布罗斯去世会让我产生这样的情绪。离开佛罗伦萨之时，我已经跌到了孤寂的深渊谷底，希望尽失。横跨意大利和法国之时，我脑海里充斥着挥之不去的幻象。我看见安布罗斯坐在圣加利特阴凉的庭院里，挨着那棵柏树观赏滴水喷泉。我看见他在楼上那间光秃秃的小房间里，身子靠着两个枕头，大口喘着粗气。耳之所闻，目之所及，全是那个我从未谋面的可恨女人模糊的身影。她幻化出那么多面孔，伪装出那么多样貌，还有女伯爵这个称号——仆人吉塞佩和拉伊纳尔迪称呼她女伯爵，却不喊她阿什利夫人——给她蒙上一种前所未有的光环，让我把她视作另一个帕斯科夫人。

自打去了大宅，她就变成了一个怪物，一个比生活本身还要庞大的怪物：双眼极黑，五官跟拉伊纳尔迪一样形似鹰隼，悄无声息地在大宅发霉的房间里蠕动、游荡，仿佛一条毒蛇。我看见她在安布罗斯断气之时把他的衣物收进行李箱，书籍、财物全不落下，然后咬紧嘴唇，溜去罗马，溜去那不勒斯，甚至躲在阿尔诺河边那栋房子里，隔着百叶窗偷笑。这些幻象纠缠着我，直到我跨过海洋来到多佛尔。如今，既然我已回到家里，它们就像破晓时的噩梦，消失得无影无踪。我的辛酸也消失了。安布罗斯重新回到我身旁，不再遭受折磨，不再蒙受痛苦。他从未去过佛罗伦萨和罗马。仿佛他就在这里去世，在自己家里去世，与他的父母、我的父母葬在一起，悲痛也不再是我不能克服的东西；悲伤仍在，但悲剧已无。我自己也回到了属于我的地方，家的气息只围绕我一个人。

我穿过田地，人们正在收割，成捆的玉米秸秆装上了大篷车。看到我，他们全都停下手头的活计，我走过去跟所有人打招呼。老比利·罗打我记事起就是这个庄园的佃户，对我从来都是恭敬地称呼菲利普少爷，我来到他面前，他用手摸摸额头，他的妻女和其他佃户一起向我行屈膝礼。"我们想念您，先生，"他说，"没有您在场就开始收玉米不合规矩。我们很高兴看到您回家里来。"换作一年前，我会像其他农场工人一样卷起袖子，拿起一把杈子，可现在有东西阻止我那样做：我察觉到他们会认为这样不合时宜。

"我也很高兴回到家里来，"我说道，"阿什利先生不幸逝世，对我而言是巨大的悲痛，对你们也一样，但现在大家都要好好活下去，不辜负他的希望。"

"会的，先生。"他说道，然后又用手摸了摸额头上的头发。

我留下来说了会儿话，接着把狗召唤过来，就走开了。等我走到树篱旁，他才招呼工人们继续干活。走到位于房子和坡田之间的养马场时，我停下脚步，越过下陷的树篱向后望去。远山上的大篷车只剩下轮廓，等待拉车的马匹和移动的人影像是地平线上的黑点。落日的余晖把玉米秸秆垛照成了金黄色。海水湛蓝，淹没石头的地方近乎紫色，呈现出涨潮时的幽暗深邃。打鱼的船队已经启航，正借着陆地上的风向东航行。家里的房子此时处于一片阴影之中，唯有钟楼顶部的风向标反射着一道淡淡的灯光。我缓缓穿过草地，走到敞开的门前。

百叶窗开着，因为西科姆还没派仆人来关上。那些拉起的窗框给人一种亲切感，窗帘轻轻飘动，窗户后面的所有房间都为我所熟悉，为我所珍爱。炊烟从烟囱里冒出来，飘得又高又直。猎犬老唐年老体弱，身体僵硬得难以跟我和小狗们同行，它在图书室的窗下扒拉石子，我一走近，它便缓缓扭头看着我，摆起了尾巴。

有个念头从我得知安布罗斯的死讯后第一次强烈地击中我的心房：我现在看到的一切，目之所及的所有事物，全都归我所有了。我不用再跟任何在世的人共享。那些墙壁和窗户、那个屋顶、我经过时敲响七次的大钟、房子里的所有活物，这些全都是我的，独属于我一个人。我脚下的青草、周围的树木、身后的山峦、一块块牧场、一片片林地，就连在那边田地里耕作的男女工人，都是我所继承的遗物的一部分——它们全属于我。

我走入屋里，背靠打开的壁炉站在图书室里，双手揣进口袋。爱犬照常跑进来卧在我脚下。西科姆过来问我明天上午对威灵顿有没有什么吩咐，要不要收拾马匹和马车，还是替我给吉普赛装好马鞍。不用，我对他说。我今晚不使唤任何人。明天我吃过早饭会自己去找威灵顿。我希望他在往常的时间叫我起床。他回答道："是，先生。"然后走出房间。菲利普少爷已成历史，阿什利先生大权在握。这种感觉很奇异。一方面，它使我更加谦逊，另一方面又使我产生奇怪的自豪感。我感受到以前从未体验过的信心和力量，还有全新的得意。我仿佛一个士兵被任命指挥一个连队，这种所有权，这种骄傲，这种占有感，就像多年担任副职的大校获得提拔一样。但与士兵不同的是，我永远不需放弃指挥权。我将终身拥有它。我相信，当我站在图书室的壁炉前想到这时，心头一定涌起了之前没有、将来也不会再有的幸福感。正如所有的幸福时刻那样，它突如其来，又顷刻消失。日常生活里的某种声音打破了咒语：或许是一条狗的骚动，是火里落下来的一撮余烬，又或许是仆人在楼上去关窗户的脚步声——我记不得究竟是什么了。我只记得当晚的那股子自信劲儿，仿佛什么长眠的东西在我体内躁动，一下子恢复了生机。我早早地上了床，一夜无梦。

第二天，我的教父尼克·肯德尔前来拜访，露易丝也跟了过来。由于没有其他的近亲，遗赠仅限于西科姆和其他仆人，以及习惯上给教区的孤儿寡母和穷困潦倒的人捐一些，他的所有地产和房产全部留给了我，尼克·肯德尔在图书室里单独把遗嘱内容读给我听。露易丝到花圃里散步去了。尽管遗嘱有许多法律术语，事务却相当简单直接，唯独一件事除外。意大利人拉伊纳尔迪说得没错，尼克·肯德尔果然被指定为我的监护人，因为只有我年满二十五岁，这处地产才会真正归我所有。

"这是安布罗斯的一个信条，"我的教父摘下眼镜，把遗嘱递过来让我自己看，"他认为年轻人到了二十五岁才会有主见。你可能养成酗酒、赌博或狎妓的毛病，限年二十五岁的条款相当于上了一道保险。你尚在哈罗公学读书的时候，我帮他起草了这份遗嘱，虽然我们都知道你没有这些坏毛病，但安布罗斯仍建议保留。'对菲利普没坏处，'他常说，'还能教育他洁身自好。'唉，事已至此，也改不得了。说实话，这一条对你没影响，只不过在接下来的七个月里，你需要像以往那样来找我拿钱，用于地产经营和个人花销。你的生日是四月，对吧？"

"您应该知道的，"我说，"您是我的资助人。"

"你以前也是个滑稽的小虫子，"他笑着说，"你会用迷茫的眼神看着牧师。安布罗斯刚从牛津回来，他捏着你的鼻子想把你弄哭，结果吓着了他姑妈，也就是你妈妈。后来，他向你可怜的父亲下战书比赛划船，两人从城堡划到洛斯特威西尔，累得满身大汗。菲利普，你曾经因为无父无母而难过吗？我常常想，你母亲早逝，这对你来说很残酷。"

"我不知道，"我说，"我从来没深入想过。除了安布罗斯，我谁也不想。"

"那样是不对的，"他说，"我常跟安布罗斯这么讲，但他听不进心里。家里该有个人，有个顾家的，远亲也行，是个人都行。你从小就没女人照顾，等到你结了婚，你妻子的日子会不好过。早饭时我还跟露易丝提到此事。"

他突然停住，面露些许不自在——如果我的教父会有这种表情的话——仿佛说漏了嘴。

"没事，"我说，"到了那一天，我妻子能应付所有困难，假如有这一天的话，不过这不太可能发生。我觉得我跟安布罗斯太像了，况且我现在知道了婚姻给他造成的伤害。"

我的教父默不作声。接着，我把去大宅和见拉伊纳尔迪的情况告诉他，他也把那个意大利人的信拿给我看。信的内容大致如我所料，拉伊纳尔迪用故作正式的生硬词汇解释安布罗斯的病情和死因，表达他个人的哀思，以及那位遗孀的震惊和悲痛，按他的话来说，是痛不欲生。

"痛不欲生，"我对教父说道，"以致葬礼结束后的第二天就像贼一样一走了之，卷走安布罗斯的所有财物，只留下他的破帽子，大概是给忘了吧。毕竟，毫无疑问，那帽子太破，不值钱。"

我的教父咳了一声。他浓密的眉毛拧成了结。

"确实，"他说，"你不会是嫉妒她拿走了书籍和衣物吧？得了，菲利普，她也就只有那些而已。"

"什么意思，"我问道，"只有那些而已？"

"嗯，遗嘱我已经读给你听了，"他答道，"白纸黑字摆在你面前。内容跟我十年前起草的一模一样。没有附加条款，你知道，与他结婚有关的附加条款。遗嘱里没有跟娶妻相关的内容。过去一整年时间里，我原本期望他会抽时间至少谈谈财产授予的事。人之常情嘛。但是我想他人在国外，难免把这事给疏忽了，而且他一直想着回来。之后，因为生病，任何事务都没办法处理了。让我有点惊讶的是这个意大利人，这个拉伊纳尔迪先生，你好像对他很有成见，他对阿什利夫人的权益只言片语都没有提及。从他那方面来说，这是极微妙的做法。"

"权益？"我说道，"老天啊，你我明知是她把他逼死的，还说什么权益？"

"此事还不能下定论，"我的教父反驳道，"如果你要用这种方式来谈论你堂哥的遗孀，我不听也罢。"他站起身，开始收拾文件。

"你信了肿瘤那一套说辞？"我说道。

"我自然是信的，"他答道，"这是那个意大利人拉伊纳尔迪的信，还有死亡证明，两个医生签过名的。我记得你叔叔菲利普的死因，这你不记得了。两人的症状十分相似。当安布罗斯的信寄过来，你跑去佛罗伦萨的时候，我就担心上了。只可惜你到得太晚，没能帮上忙，这种不幸谁也没有办法。现在想来，这或许并非不幸，而是幸运。你不会想看到他痛苦的样子。"

这老家伙，如此顽固，如此轻率，我真想揍他一顿。

"你根本没看过第二封信，"我说道，"就是我走那天早上收到的便条。你看看。"

那张便条我还留着，一直放在胸前的口袋里。我把便条递过去，他重新戴上眼镜看了起来。

"很抱歉，菲利普，"他说，"但是这令人心碎的胡写乱画仍然改变不了我的观点。你必须面对现实。你爱安布罗斯，我也爱他。他一去世，我便失去了一位最好的朋友。想到他经受的精神折磨，我跟你一样难受，或许比你更难受，因为我曾见过同样的情形。你的问题在于，我们所认识、赞赏、敬爱的安布罗斯在死前头脑不清醒，你却不肯直面这个现实。他遭受了精神和身体上的双重折磨，无论写了什么、说了什么，都不算数的。"

"我不信，"我说道，"我绝不相信。"

"你这是不肯相信，"我的教父说道，"既然如此，我多说无益。但为了安布罗斯考虑，为了所有认识他、敬爱他的人考虑，包括这个庄园和整个郡的人，我要求你不得向其他人传播这种想法，否则会给他们造成烦恼和痛苦。如果闲言碎语传到他的遗孀耳中，不管她身在何处，你在她眼里都会是个卑鄙小人，给她留下起诉你诽谤的口实。若我是她的事务代理人，那个意大利人似乎就是这种身份，我一定会毫不犹豫地起诉你。"

我从没见过我的教父用这么激烈的语气说话。他说得没错，此事无须赘言。我已经得到了教训，以后不会再提了。

"咱们把露易丝喊回来吧？"我略有不快地问道，"我觉得她在花园里逛得够久了。你俩留下来和我用餐吧。"

我的教父在用餐时一言不发。我看得出来，我之前说的话让他仍然震惊不已。露易丝问起旅途中的事、我对巴黎的看法、巴黎的乡村、阿尔卑斯山和佛罗伦萨，我心不在焉地回答她，弥补谈话中断的尴尬。不过，她很机灵，看出了不对头。正餐结束后，我的教父把西科姆和仆人叫来，跟他们吩咐遗赠事宜，我则过去和她一起坐在客厅。

"我惹怒了我的教父。"我说道，然后把来龙去脉告诉了她。她用往常那种质询的姿态看着我，脑袋略微偏向一边，下巴上扬，这种姿态我已经相当熟悉了。"要知道，"我讲完之后，她说道，

"我觉得你的想法可能是对的。我敢说可怜的阿什利先生和他的妻子生活并不和谐，而他自尊心作祟，不肯在生病之前写信告诉你，后来或许他们吵了一架，事发突然，于是他就给你写了那些信。那儿的仆人对她有什么说法？年轻貌美，还是年老色衰？"

"我没问啊，"我说道，"我认为这无关紧要。唯一重要的是他去世的时候并不信任她。"

她点点头。"真可怕，"她表示赞同，"他一定觉得很孤单。"露易丝的话让我心中一暖。或许正因为她年纪轻轻，跟我同龄，才比她父亲有更多的体会。我的教父老了，我心想，是非不分了。"你应该问问那个意大利人，问问拉伊纳尔迪她长什么样，"露易丝说，"要是我的话，我就会问。这一定是我的第一个问题。再问问伯爵的事，就是她第一任丈夫。你不是跟我说过他死于决斗吗？你想啊，这就很能说明她有问题。她可能有好几个情人。"

对于瑞秋表姐的这一方面，我还未曾想到过。我原先只想着她心思恶毒，像毒蜘蛛一样。虽然内心满怀恨意，我却不由自主地笑了出来。"小姑娘家家的，"我对露易丝说，"把情人都扯出来了。又是昏暗的楼梯上暗藏凶器，又是隐秘的台阶，我真该带你一起去佛罗伦萨，你一定会比我挖到更多信息。"

我说这话的时候，她的脸红到了脖子根，我心想女孩子们可真古怪，就连和我一起长大的露易丝，都听不懂笑话。"不管怎样，"我说道，"无论那个女人是不是有一百个情人，都跟我没关系。目前来说，她大可以在罗马、那不勒斯或者任何地方躲起来，但是总有一天，我要把她揪出来，给她好看。"

话刚说完，我的教父正好出来找我们，我便没再说下去。他似乎心情好多了。西科姆、威灵顿和其他人肯定对于他们收到的那点遗赠感恩戴德，而我的教父出于善良的本性，觉得自己也出了一份力。

"经常骑马过来看我啊，"我扶着露易丝爬上单马双轮马车，对她说道，"你待我好，我喜欢有你陪着。"她的脸又红了。这傻姑娘拿眼睛瞥向父亲，看他作何反应，好似我们以前从未无数次骑着马看向彼此。或许她被我的新身份给镇住了，在我了解到自己的处境之前，对她而言我不再是菲利普，而是阿什利先生。我走回房子，想到露易丝·肯德尔就笑了起来。几年前我还扯她的头发，如今她却对我毕恭毕敬。下一刻，我把她和我的教父从心头抹去，因为离家两个月，一回来就有诸多事情要处理。

鉴于收庄稼以及手头的其他事务，我预计两周内不会再去拜访我的教父；然而，一周刚过，他的马夫就在一天上午骑马传来主人的口信，要我过去看望他——他因略感风寒无法亲自前来，但是有消息要告诉我。

我以为此事无关紧要——当天运了最后一批玉米，便在第二天下午骑马过去。

我在他书房里找到了他，书房里只有他一个人。露易丝不知去了何处。他的表情非同寻常，既有困惑，也有尴尬。我看得出他很苦恼。

"唉，"他说道，"如今箭在弦上了，究竟该做什么，什么时候做，你必须拿出主意。她已经乘船抵达普利茅斯了。"

"谁抵达了？"我问道。不过我想我知道是谁。

他扬扬手里的一张纸。

"我这儿有封信，"他说道，"是你表姐瑞秋寄来的。"

第七章

他把信递给我，我看着折起来的纸上的手写文字。我不知道会看到什么样的内容。或许字迹清晰，是龙飞凤舞的花体；也可能恰好相反，字迹潦草，言语龌龊。这只是手写信件而已，与其他任何信件没什么太大不同，只不过字的末尾匆忙之间越变越小，使得这些字本身难以辨识。

"她似乎不知道我们已经得知死讯，"我的教父说道，"她一定是在拉伊纳尔迪写这封信之前离开的佛罗伦萨。喏，你看看内容吧，我之后再跟你说我的想法。"

我打开信纸。信从普利茅斯的一座旅馆寄来，落款是九月十三日。

亲爱的肯德尔先生：

当安布罗斯说起您时——他常常提起您——我根本未曾料到与您的第一次通信竟会充满悲痛。我怀着深切的痛苦，唉，还有孤独，已于今晨从热那亚抵达普利茅斯。

我挚爱的丈夫突患疾病，骤然于七月二十一日在佛罗伦萨去世。虽殚精竭虑，但我所能找到的良医也无法救治。今年春季，他曾反复发烧，但最后一次源于脑部压迫，医生们认为此次发作潜伏了数月之久，之后迅速恶化。他安葬于佛罗伦萨的新教徒公墓，地点由他亲自选定，稍微与其他英国人的坟墓拉开距离，环境僻静，树木环绕，正合他的心意。个人的悲痛和巨大的孤寂感，我无意赘述；你我素不相识，我也不愿将自己的悲痛强加于你。

我的心念所及，菲利普居首。安布罗斯对他爱护有加，他的哀痛应当不亚于我。我的好友兼律师，即佛罗伦萨的拉伊纳尔迪先生，向我保证会写信给您告知死讯，以便您转告菲利普，但我对从意大利寄往英国的信件不抱过多希望，担心您要么从他人口中得知死讯，比如陌生人，要么根本无法送达。故此，我亲自赶往贵国。安布罗斯的所有遗物，我已随身带来，包括书籍和衣物，以及菲利普想要留下的一切，这些如今都应归他所有。烦请告知如何处理，如何寄送，以及我是否应该亲自给菲利普写信。深表感激。

我离开佛罗伦萨时极为匆忙，虽为冲动之举，却无懊悔之意。安布罗斯既逝，我怎堪独留。将来之事，我暂无计划。经此沉重打击，在我看来，反思一段时间最为必要。此事之前，我本就期望来英国，却因所乘客船无法航行而滞留热那亚。想必科林家族，也就是我的族人，仍散居于康沃尔各处，但我与他们素无往来，不便冒昧打扰，故宁愿自处。或许，待我在此处稍事休息，便会前往伦敦，之后再做打算。

亡夫遗物处理事宜，我会静待您的吩咐。

谨启

瑞秋·阿什利

我把信读了一遍，又读了第二遍，甚至可能读了三遍，然后还给我的教父。他等着我开口说话，我缄口不语。

"看到了吧，"他最终说道，"她终究什么都没私吞，连一本书、一双手套都没据为己有。全都是你的。"

我没吭声。

"她甚至没提到要看看房子，"他继续说道，"如果安布罗斯还活着，那房子就是她的家。她的这趟旅程，你想过没有，如果不是出了这等事，会是他们两个一同来的吧？这是她的归家之旅。那该是怎样不同的场面，啊？全庄园里的人都要迎接她，仆人们满怀兴奋，街坊四邻聚到一处——不至于让她孤苦伶仃地待在普利茅斯的一家旅馆里。她高兴也好，伤心也罢——我看不出来，因为我没见过她。但是问题在于，她不管不问，一无所求，可她阿什利夫人的身份摆在那里。对不起，菲利普。我明白你的想法，你不肯改变。可是作为安布罗斯的朋友，作为他的受委托人，他的遗孀独自一人、举目无亲地来到咱们国家，我怎能坐视不管。我家里有间客房，我们欢迎她住到一切安排妥当之时。"

我起身站在窗边。露易丝根本没走远，她胳膊上挎着篮子，正在花坛里掐掉枯萎的花蕾。她抬头看见我，朝我挥了挥手。我不知教父有没有把信读给她听。

"怎样，菲利普？"他问道，"写不写信给她都行，决定权在你。我估计你不会想见她，假如她接受了我的邀请，我不会趁她在的时候要你过来。但你至少应该回个信之类的，感谢她把东西带回来给你。我写信的时候可以把你的话放进附言里。"

我从窗边走过来，直视着他。

"为什么你会觉得我不想见她？"我问道，"我想见她，非常之想。如果她是个冲动的女人，正如那封信所反映的那样——我记得拉伊纳尔迪曾说过同样的话——那么我也可以冲动行事，我正打算这么做。当初我去佛罗伦萨也是一时冲动，不是吗？"

"所以呢？"我的教父问道。他的眉毛挤成一团，狐疑地看着我。

"你往普利茅斯寄信的时候，"我说道，"写上菲利普·阿什利早已得知死讯，他收到两封信后去了佛罗伦萨，去了圣加利特大宅，见了她的仆人，也见到了她的朋友兼律师拉伊纳尔迪先生，现在已经归国。说他是个坦率之人，活得坦坦荡荡。说他毫无风度，不善辞令，不会跟女人打交道，实际上不会跟任何人打交道。但是，如果她要来看望他，拜访她亡夫的家——如果她能大驾光临，菲利普·阿什利的房子随便他的表姐瑞秋居住。"我把手放在心口，鞠了一躬。

"我从没想过，"我的教父缓缓说道，"你会变得如此铁石心肠。你究竟遇到了什么事？"

"什么事也没遇到，"我说，"除此之外，我像一只年轻的战马，闻到了血腥味。难道你忘了我父亲是个战士吗？"

说完这些，我出门去花园找露易丝。这个消息给她招致的担忧远甚于我。我握住她的手，把她拉到草坪旁边的凉亭里。我们一起坐在那儿，像一对阴谋家。

"你家不适合接待任何人，"她立刻说道，"更不要说像女伯爵——阿什利夫人——那样尊贵的人了。你看，我也禁不住称呼她女伯爵，脱口而出。唉，菲利普，二十年了，那儿都没个女人。你让她住哪间屋？想想那些尘土！不单是楼上，还有客厅。我上周就注意到了。"

"那些都不重要，"我不耐烦地说，"如果她很介意的话，大可自己打扫。她越觉得脏乱，我越开心。终究要让她见识见识安布罗斯和我无忧无虑的快乐生活。不像她那座大宅……"

"哎呀，可是你想错了，"露易丝惊呼道，"你不能像个乡野村夫，无所畏惧，就跟庄园里那些农场工人一样。那样的话，你尚未开口跟她说话，就已经把自己置于不利地位。你必须谨记，她一辈子都在欧洲大陆生活，习惯了雅致的日子，有诸多仆人伺候——人们说外国仆人比本地的要好很多——除了阿什利先生的物品之外，她肯定带了许多衣服，或许还有珠宝。她必然从阿什利先生口中听过家里的状况，会期望见到一处非常精美的住所，正如她自己的大宅那样。要是弄得邋遢不堪，尘土飞扬，臭味熏天，像狗窝似的——哎呀，为了他着想，你肯定不愿让她看到如此场面，对吧？"

天杀的，我怒火焚心。"你到底什么意思，"我说道，"说我家臭得像狗窝？那是人住的地方，简单朴素，以后也会一直保持下去。无论是安布罗斯还是我，我们都不喜欢花里胡哨的家具和桌面小饰物，万一膝盖不小心碰到，就会碎一地。"

她顾及我的颜面，即使不感到羞愧，也露出了后悔的神色。

"对不起，"她说道，"我无意冒犯你。你知道我喜欢你家的房子，我对它有很深的感情，以后也会永远爱它。可是对于房子的状况，我忍不住说出心里话。那儿许久没添置新东西，里面冷冰冰的，而且缺少——嗯，缺少舒适感，原谅我又说了实话。"

我想起某天晚上她把客厅布置得明亮整洁，方便教父坐着，我知道我喜欢哪种，如果要他选，在那种布置方式和我的图书室之间，他很可能也会和我选的一样。

"行吧，"我说道，"别说舒适不舒适的了。它符合安布罗斯的心意，也符合我的心意，等过上几天——不管我表姐瑞秋愿意赏脸待多久——也会符合她的心意。"

露易丝冲我摇了摇头。

"你真是无可救药，"她说道，"如果阿什利夫人如我所想的那般，她一看房子就会跑去圣奥斯特尔饭店，或者去我家里。"

"等我收拾完她，"我回答道，"随便她去哪里。"

露易丝好奇地看着我。"你真的敢质问她吗？"她问道，"你打算从哪里入手？"

我耸耸肩膀。"见到她之前，我说不好。她肯定会勃然大怒，或者也许她会哭天抢地，假装晕倒，又哭又笑。这我倒不担心。我会眼睁睁地看着，欣赏她的表演。"

"我认为她不会大发脾气，"露易丝说道，"也不会又哭又笑。她只会高雅地走进房子，掌握大权。别忘了，她肯定惯于发号施令。"

"她休想在我家发号施令。"

"可怜的西科姆呀！我多想看看他的表情。如果她拉了铃，他没能及时过来，她会朝他扔东西。意大利人脾气很大的，你知道，暴躁易怒。我早就听人说了。"

"她只有一半意大利血统，"我提醒她，"而且我认为西科姆有那个本事自保。也许连下三天雨，她就会因为风湿病被困在床上了。"

我们一起在凉亭里哈哈大笑，像一对顽童，尽管如此，我心里却并不像表面那样轻松。邀请她前来就像公然挑战，我想我已经后悔了，但我没有对露易丝说。回到家环顾四周的时候，我更是后悔了。老天啊，那时的举动真是太鲁莽了，若不是自尊心作祟，我想我会骑马回到教父家里，让他给普利茅斯写信的时候千万别附带上我的信息。

那个女人来了我家里，我该如何自处呢？我该对她说什么，做什么？如果说拉伊纳尔迪巧舌如簧，她肯定比他更会花言巧语。正面进攻或许很难得胜，何况那个意大利人不是还说过他们国人顽强不屈，女人都能打仗吗？如果她粗鲁无礼，庸俗下流，我想我知道如何让她闭嘴。农场上的一个工人曾与这样的人发生纠缠，后者要告他背信弃义，我立刻让她收拾东西去了德文郡，回她该去的地方。可如果她表面甜美，暗中为害，胸部挺拔，眼神乖顺，我还能应付得了吗？我相信可以。我曾在牛津遇见过此类人物，而且我发现，只要说话极端地直言不讳，甚至到粗鲁的地步，总能将她们逼退，而自己毫发无伤。不，全盘考虑之下，我非常相信并且极端自信，等到真正和我的表姐瑞秋说话的时候，我自然会知道该说什么。但我要为迎接她的到来而做准备，这才是难点，正所谓先礼后兵。

令我惊讶的是，西科姆听到这个消息竟然没有一丝惊慌，仿佛他早有预期一般。我简略地告诉他阿什利夫人已经抵达英国，随身携带了安布罗斯的个人财物，一周内可能会来短暂拜访。他不仅下唇前突，正如他平常遇到任何问题那样，而且还一脸严肃地听我说话。

"是，先生，"他说道，"很正确，很合适。我们都应当高高兴兴地欢迎阿什利夫人到来。"

我从烟斗上方扫了他一眼，被他夸张的样子逗乐了。

"我原以为你跟我一样，"我说道，"都不在乎家里的女人。我跟你说安布罗斯先生结了婚，她将成为这里的女主人的时候，你的态度可大不相同啊。"

他一脸震惊，下唇更突出了。

"那不一样的，先生，"他说道，"之后办了丧事嘛。可怜的女人守了寡。安布罗斯先生也会希望我们尽力照顾她，更何况——"他谨慎地顿了顿，"阿什利夫人没有因为丧夫而得到任何好处。"

我不知他究竟从何得知，便问了他。

"大家都在说，先生，"他说道，"人人都知道。一切都留给了您，菲利普先生，没给遗孀一分一毫。您知道，这非同寻常。无论大家小户，总会有跟遗孀相关的条款。"

"你让我刮目相看啊，西科姆，"我说道，"竟去听人乱嚼舌根。"

"不是乱嚼舌根，先生，"他严肃地说，"阿什利家族的事就是我们的事。我们这些做仆人的都没有被遗忘。"

我想象他耐着性子坐在后院的房间里。那是他自己的房间——按照悠久的传统，被称作管家室——进来跟他聊天、喝杯苦啤酒的有老车夫威灵顿、园丁领头塔木林和伐木工领班——年轻仆人自然是不允许加入的——他们抿着嘴，摇头晃脑，议论我原以为最隐秘的遗嘱事务，想不通的就再讨论一遍。

"这不是遗忘不遗忘的问题，"我不耐烦地说道，"阿什利先生身在国外，没在家里，许多事情都没办法处理。他没想到自己会死在那儿。假如他安然返家，情况就不一样了。"

"是的，先生，"他说道，"我们也是这样想的。"

唉，得了，随便他们拿遗嘱的事嚼舌根吧，反正没什么影响。但一股辛酸突然涌上心头，我心想，假如我根本未能继承家产，他们对我会是什么态度？他们还会毕恭毕敬吗？还会尊重我吗？还会对我忠诚吗？抑或视我为菲利普少爷，把我当成可怜的亲戚，在后院的某处给我安排一个房间？我把烟斗敲打干净，里面的味道又干又脏。我感到疑惑，这世间究竟有多少人是真心拥戴我、只为我效力的？

"就这些了，西科姆，"我说道，"如果阿什利夫人确定来访，我会告诉你的。房间的事我不懂，就交给你处理吧。"

"哎呀，菲利普先生，"西科姆惊讶地说道，"难道不应该安排阿什利夫人住进阿什利先生的房间吗？"

"不行，"我说道，"绝无可能。我自己要搬进阿什利先生的房间。我之前就想跟你说来着。我几天前就已经决心换房间了。"

这是假话。那句话说出口之前，我根本没动过这样的念头。

"好的，先生，"他说道，"那样的话，蓝色房间和更衣室就比较适合阿什利夫人住了。"他说完便走了。

老天啊，我心想，让那个女人住安布罗斯的房间，多糟蹋东西啊。我跌坐在椅子上，牙齿紧咬烟斗柄。我怒气冲冲，心烦意乱，对整件事很是恼火。通过教父传达那样的消息简直疯狂至极，请她来家里住简直愚蠢透顶。我究竟给自己惹了什么样的麻烦？西科姆那个傻瓜，全怪他拨弄是非。

她接受了邀请。她给我的教父回了信，没给我写。如果让西科姆发表意见的话，他肯定会说这是完全正确、适宜的做法。邀请并非直接出自我口，所以必须经由恰当的渠道予以反馈。待方便派人去接她时，她说，她会收拾妥当，或者如果不方便，她将乘邮车前来。我再次通过教父回复道，我会在周五派马车去接她。此事便敲定了。

周五来得如此之快。那天天气阴郁，时明时暗，强风时不时刮过。每年九月的第三周向来如此，还伴随着一年中的大涨潮。云朵低垂，从西南方的天空滚滚而来，预示着入夜前大雨将至。我倒希望能来一场雨。最好下一场实打实的倾盆大雨，再来一场大风就更让人称心如意了。这是西方国家的欢迎大礼，意大利人休想逞能。我前一天已经派威灵顿赶马车过去，他将在普利茅斯住宿一夜，第二天载她回来。自从我对仆人说阿什利夫人要来之后，家里就掀起了一种不安的情绪。连几条狗也有所察觉，跟着我从这屋窜到那屋。西科姆的行为让我觉得像是一个多年来疏于任何宗教庆典的老牧师，突然重拾遗忘已久的典礼仪式。他四处走动，行踪诡秘，神色肃穆，脚步声几不可闻——他甚至给自己买了一双软跟拖鞋——我以前从未见过的银器被拿进餐厅，摆在餐桌上，或者放在餐具柜上。大概是我叔叔菲利普那个时代的老古董吧，我心想。精美的烛台、糖罐、高脚酒杯和装满——老天啊——装满玫瑰的银碗放在最显眼的位置。

"你何时变成侍僧了？"我问道，"熏香呢？圣水呢？"

他丝毫不为所动，只是往后退一步，打量着那些古董。

"我叫塔木林从圈起来的花园里剪了些花过来，"他说道，"男仆正在后院分拣。客厅、蓝色房间、更衣室和会客室都需要摆花。"这时，厨房帮工小约翰手持另一对沉重的烛台，摇摇晃晃地脚下一滑，差点跌个跟头，西科姆不满地朝他皱了皱眉。

爱犬纷纷凝视着我，情绪很是低落。其中一条狗悄悄走开，躲在大厅的高背长椅下面。我去了楼上。天知道我上一次闯进蓝色房间是什么时候。家里从来没有过访客，我记得是很久以前的某个圣诞节，露易丝和我的教父过来，我俩一起玩捉迷藏的时候进去过。我记得当时蹑手蹑脚地走进那个安静的房间，躲在床下面，到处都是灰尘。我隐约记得安布罗斯曾经说过，那是菲比婶婶的房间，她去了肯特郡，后来就去世了。

如今这儿早已没了她的印记。在西科姆的指挥下，男仆们勤劳苦干，把菲比婶婶和多年堆积的灰尘一同清扫干净。窗户洞开，远处便是花圃，旭日朝阳洒在敲打松软的地毯上。新换的亚麻布织物铺在床上，其质量方面我一无所知。更衣室里挨着放置的脸盆架和大口水罐是一直都在那里吗？对这两样东西我毫无印象，可是话说回来，我对菲比婶婶也毫无印象，因为她在我出生之前就去了肯特郡。不过呢，她的遭遇也要应在我的表姐瑞秋身上了。

第三个房间位于拱门下，是套间的其中一间，一直作为菲比婶婶的会客室。这里同样打扫干净，窗户也敞开着。我敢说，自从玩捉迷藏的日子过去之后，这间屋子我再也没来过。壁炉上方挂着一幅安布罗斯的肖像画，画的是他年轻时候的样子。我根本不知道这张画的存在，大概他也早忘记了。如果是出自名人之手，它肯定会在楼下跟其他家人的画像挂在一起，但挂在这儿，挂在一个空置的房间里，说明谁都不太看重它。这张画是四分之三半身像，他胳膊下面压着一杆枪，左手抓着一只死鹬鸪。他双眼目视前方，正对我的目光，嘴角微微上扬。他的头发比我记忆里长很多。无论是画像本身，还是他的面庞，都没有什么惹人注目之处。唯有一样例外：它与我十分相像。我照照镜子，又看向那张画，发现他的眼睛稍微倾斜，比我的细窄一些，头发比我的黑一点。画里的那个年轻人和我，我们可能是亲兄弟，甚或是孪生兄弟。突然意识到两人面貌如此相像让我精神一振，仿佛年轻的安布罗斯在对我微笑，说着"我与你同在"，而年老的安布罗斯也和我拉近了距离。我把门带上，再次穿过更衣室和蓝色卧室，走到楼下。

我听见车道上传来车轮滚动的声音。露易丝乘着她的单马双轮马车来了，她旁边的座位上摆了一大堆米迦勒雏菊和大丽花。

"放客厅里，"她一看见我就说，"我觉得西科姆会很高兴。"

此时此刻，西科姆正带着一群仆人穿过大厅，脸上带着不悦的神色。露易丝抱着花走进屋里，他不自然地站定。"您不用操心这些，露易丝小姐，"他说道，"我找塔木林都安排好了。一开始就从圈着的花园里送来了足量的花朵。"

"那让我插花吧，"露易丝说道，"你的手下只会打碎花瓶。想必你们有花瓶吧，还是说他们把花塞进果酱罐里？"

西科姆自尊心受挫，沉默不语。我赶紧把露易丝推进图书室，把门关上。

"我在想，"露易丝低声说道，"你会不会让我留下来收拾家务，等阿什利夫人来的时候也在这儿陪着。父亲本想和我一起来，可他身体不适，天可能要下雨，我想他最好还是待在家里。怎样？要我留下吗？送花只是借口而已。"

我心里略有不快，她和我的教父竟然都觉得我如此无能，还有可怜的老西科姆，这三天来，他忙前忙后，像个奴隶监工。

"谢谢你主动请缨，"我说道，"但是没有必要。我们能应付得来。"

她面露失望。她显然充满好奇，想看看我家的访客。我没告诉她，等瑞秋来的时候，我自己也无意于留在家里。

露易丝用苛刻的目光四处打量，但没作任何评论。她无疑看出许多不足，却机智地没有说出口。

"如果你愿意的话，可以上楼去看看蓝色房间。"为了抚慰她的失望情绪，我说道。

"蓝色房间？"露易丝问道，"就是面向东边，位于客厅上方的那个房间，对吗？这么说来，你不让她住阿什利先生的房间呀？"

"不让，"我说道，"我自己住了安布罗斯的房间。"

她和其他人都要安布罗斯的遗孀住他的房间，这给我不断攀升的厌恶情绪火上浇油。

"如果你真想插花，去找西科姆要花瓶吧，"我边说边朝门口走去，"外面还有一堆事情要做，我大部分时间都会在庄园附近。"

她拿起花朵，扫了我一眼。

"我感觉到你紧张不安。"她说道。

"我没有，"我说道，"我只想一个人待着。"

她面色一红，别过头去，每次伤人之后的负罪感涌上我的心头。

"露易丝，对不起，"我拍着她的肩膀说道，"别管我。谢谢你过来，还带了花，还主动要求留下来。"

"什么时候能再见到你，听你讲阿什利夫人的事？"她问道，"你知道我很想听听所有事情。当然，如果父亲身体好转，我们会在周日去教堂，可是明天一整天我都会胡思乱想……"

"胡思乱想什么？"我问道，"我有没有把表姐瑞秋扔到地上？如果她对我刺激过度的话，我可能会那么做。听着，为了打消你的疑虑，我明天下午骑马去佩林，给你好好讲讲。这样行了吧？"

"太行了。"她微笑着说道，然后找西科姆要花瓶去了。

我整个上午都在外面，大概两点才骑马回来，又饿又渴，吃了些冷肉，喝了一杯啤酒。露易丝已经走了。西科姆和仆人们在他们的住宿区，正忙着吃午饭。我独自站在图书室里，贪婪地咀嚼肉和面包做成的三明治。最后的独处时光，我心想。今晚她就在这儿了，要么是来这间屋子，要么是去客厅。一个未知的敌手，在我的房间里，在我的房子里，留下她的印记。她是我家的入侵者。我不想让她来。我不想让她或任何女人四处窥探，指手画脚，强行闯入我个人的私密空间，那是独属于我的空间。房子寂静安宁，我是它的一部分，我属于它，正如安布罗斯曾经属于它，如今他在阴影里的某处，却仍属于它。我们不需要任何人来打破沉寂。

我带着近乎诀别的情绪环顾四周，接着走出房子，踏进树林。

我估计威灵顿不会早于五点赶马车回来，所以我决定在外面待到六点以后。他们可以等着我用晚餐。我早已吩咐过西科姆，如果她饿了，那就必须顶住饥饿，一直等到房子的主人回来。想着她打扮得漂漂亮亮，独自坐在客厅，一副妄自尊大的样子，却没有人接待，我就心里畅快。

我在风雨中不停地走着。我沿着街道走到四条路交叉的地方，向东走到庄园的边界处；然后回头穿过树林，向北走去偏远的农场，在那儿跟佃户们聊闲天，好拖延时间。我穿过公园，爬过向西绵延的山坡，最后途经农场回到家里，天色才刚刚暗下来。我几乎全身湿透，但我不在乎。

我推开大厅的门，走进屋里。我原以为会看到客人抵达的迹象，比如各种盒子和行李箱、旅行地毯和篮筐，但一切如常，大厅里空无一物。

图书室里有火在烧，但房间里空空如也。餐厅里给我摆了一套餐具，我拉铃喊来西科姆。"怎样？"我问道。

他露出前所未有的高傲神色，声音低沉。

"夫人来了。"他说道。

"我料到了，"我答道，"快七点了。她带行李了吗？你把行李放哪儿了？"

"夫人带了一点自己的行李，"他说道，"置物盒跟行李箱是安布罗斯先生的。都已经放进您原先的房间了，先生。"

"哦。"我说道。我走到壁炉前，对着一根木柴踹了一脚。绝不能让他看见我双手发抖。

"阿什利夫人现在何处？"我问道。

"夫人去了她的房间，先生，"他说道，"她似乎身体疲乏，让您谅解她不能用晚餐了。大概一小时前，我让人端了晚饭送上去。"

他的话让我松了一口气，可是从某种程度上来说，我对结局很失望。

"路上情况如何？"我问道。

"威灵顿说利斯卡德后面的路很难走，先生，"他答道，"风也刮得凶。一匹马的蹄铁脱落，他们不得不在抵达洛斯特威西尔之前去铁匠铺修理。"

"哼。"我转身对着壁炉，给双腿取暖。

"您身上湿透了，先生，"西科姆说道，"换身衣服吧，小心感冒。"

"我马上去换，"我答道，然后扫了一眼屋里，"狗呢？"

"可能跟着夫人上楼了，"他说道，"至少老唐跟去了，其他的我不太确定。"

我继续在壁炉前给双腿取暖。西科姆仍在门口徘徊，仿佛期待我找他说话。

"行了，"我说道，"我去洗澡换身衣服。找个仆人把热水弄上去。半小时后我过来吃晚餐。"

那天晚上，我面对着新近擦得锃亮的烛台和玫瑰银碗，独自坐在那儿吃完了晚餐。西科姆站在椅子旁，但我们没有说话。在这个特别的夜晚，沉默无声对他一定是种折磨，因为我知道他有多想谈谈刚刚抵达的访客。唉，就让他耐心等着，回到管家室再一吐为快吧。

正当我快要吃完晚餐的时候，约翰走进来和他窃窃私语。西科姆走过来，在我身旁弯下腰。

"夫人带话过来，说等您吃完晚餐，如果您想去见见她，她很高兴接见您。"他说道。

"谢谢，西科姆。"

两人离开房间时，我做了一件极少做的事情。只有在极度疲惫，比如骑了一天马，或者打了一天猎，又或者和安布罗斯一起乘着帆船与夏日的狂风搏斗之后，我才会做这件事：我走向餐柜，给自己倒了杯白兰地。之后，我上了楼，敲了敲小会客室的门。

第八章

　　有个几不可闻的低沉声音叫我进去。天色虽已暗了下来，蜡烛也点上了，窗帘却没拉，而她坐在窗边的座椅上，向外看着花园。她背对着我，双手叠放在怀里。她一定把我当成了仆人，因为当我进门时，她完全没有移动。老唐卧在火炉旁，爪子捂着鼻子，两只稍小点的狗挨着它。屋里的一切保持原样，小写字台的抽屉一个都没打开，也没有衣服甩在地上。这儿没有一点新来者乱扔东西的迹象。

　　"晚上好。"我说道。在这逼仄的房间里，我的声音听起来有些变样，很不自然。她转过头，然后立刻起身朝我走来。事发突然，我没有丝毫空当去回想过去十八个月里对她形象的上百种构思。这个女人日日夜夜纠缠着我，白天萦绕在我的心头，夜晚搅扰我的梦境，如今她就站在我的身旁。我的第一反应是震惊，近乎惊慌失措，因为她是如此瘦小。她身高连我肩膀都不到，与露易丝的身高和体形截然不同。

　　她身穿深黑色衣服，和她的头发颜色一致，脖颈和手腕处饰有蕾丝花边。她的头发呈棕色，从中间梳开，后面靠下的位置挽了个结，五官精致匀称。唯一称得上大的是她的眼睛，那双眼乍一看到我，便因突然认出我的模样而瞪圆了，像受到惊吓的鹿眼，接着从认出变成困惑，从困惑变成痛苦，几乎带着些忧惧。我看见她的脸色变了又变，心想我给她带来的震惊一如她给我带来的一样巨大。至于谁更不安，谁更局促，实在说不清。

我俯视着她，她仰视着我，两人一时间谁也没说话。当我们开口说话时，却是同时开口。

"希望您休息好了。"我生硬地说，她则说道："我该向你道歉，"然后顺着我的话头迅速说，"谢谢你，菲利普，我休息好了。"她朝火炉走去，接着坐在火炉旁的矮凳上，示意我坐在对面。猎犬老唐伸伸懒腰，打了个哈欠，又支起后腿趴在她怀里。

"这是老唐，对吗？"她把手放在它的鼻子上说道，"它上次过完生日真的十四岁了？"

"是的，"我答道，"它的生日比我早一周。"

"你是吃早饭时在馅饼皮里看到它的，"她说道，"安布罗斯当时躲在餐厅的屏风后面，看着你掀开馅饼。安布罗斯告诉我，你掀开馅饼皮，老唐从里面钻出来，你脸上的惊喜他永远忘不了。你那会儿十岁，那天是四月一日愚人节。"

她抚摩着老唐，抬头对我笑笑。让我极为尴尬的是，我看到她的泪水一闪而逝。

"我为没有下去吃晚饭向你道歉，"她说道，"为了迎接我，你做了那么多精心准备，而且事情没忙完就急忙赶回家来。只是我太累了，肯定陪不好你，所以我觉得你一个人吃晚饭会更轻松些。"

回想起我围着庄园从东走到西，只为了让她多等一会，我便没说话。年纪小点的一条狗醒来舔了舔我的手，我拽拽它的耳朵，给自己找点事做。

"西科姆说你很忙，有很多事要做，"她说道，"我不想因为突然冒昧造访给你造成任何妨碍。我可以自己想办法，并且很乐意这么做。千万别因为我而变更你明天的计划。我只想说一句话，那就是谢谢你，菲利普，谢谢你让我过来。你心里肯定不好受。"

她起身穿过房间，走到窗前去拉窗帘。雨点哐哐的砸在窗玻璃上。或许我该去替她拉窗帘，我举棋不定。我笨手笨脚地起身去拉，但为时已晚。她回到火炉旁，我们再次坐下。

"那种感觉十分奇妙，"她说道，"我坐车穿过公园，车停到家门口，西科姆站在门边迎接我，那样的场景我曾经历过许多次，你知道，在幻想中。一切都如我想象的那般。大厅啊，图书室啊，还有墙上的画。马车驶到门前，钟敲了四下，那声音我也早就听过。"我继续拉扯小狗的耳朵。我一眼都没看她。"在佛罗伦萨的时候，"她说道，"在安布罗斯生病前的夏天和冬天的夜里，我们常常说起回家的事。那是他最快乐的时光。他常跟我大谈特谈花园、树林和通往海边的那条路。我们一直打算沿我来的那条路线回到这里，我走那条路线的原因就在于此。先去热那亚，再去普利茅斯，然后威灵顿驾着马车去那里接我们回来。谢谢你那么做，谢谢你明白我的感受。"

我觉得自己像个傻瓜，但还是找回了自己的语气。

"恐怕您这一路非常颠簸，"我说道，"西科姆说你们中途被迫去铁匠铺给一匹马装蹄铁。对此我很抱歉。"

"没关系，"她说道，"我坐在铁匠铺的火炉边，一边看着铁匠干活，一边跟威灵顿聊天，挺开心的。"

她的举止这会儿变得自如了许多，起初的不安散去，如果她真感到过不安的话。我辨别不出来。我现在发现，要说谁还觉得紧张，那就是我本人，因为身在这个如此逼仄的房间里，我自觉身躯庞大、笨拙得古怪，屁股下的椅子仿佛是给矮人坐的一般。没什么比如坐针毡更令人挫败的了，我半坐在这可恶的小椅子上，硕大的双脚尴尬地蜷在椅子下面，两只长胳膊垂在椅子两旁，我不禁思忖自己展露出了个什么样的形象。

"威灵顿给我指了指肯德尔家房子的入口，"她说道，"有那么一会儿，我想过去拜访他是否适宜。但是天色已晚，马儿长途劳顿，而且出于强烈的自私心理，我渴望赶来——这里。"她说"这里"之前停顿了一会儿，我觉得她原本要说"家里"，话到嘴边却改了口。"安布罗斯给我描绘得栩栩如生，"她说道，"从门厅到房子里的每一个房间。他还给我画过草图，所以我确信，就算蒙上眼睛，我也能找到路。"她顿了顿，继续说道："你很体谅我，让我使用这间房间。我们要是一起回来的话，原本计划使用的恰是这间房间。安布罗斯总说让你住他的，西科姆说你已经搬进去了。安布罗斯一定很高兴。"

"希望您住得舒适，"我说道，"自菲比婶婶以来，这间屋子似乎没人进来过。"

"菲比婶婶对一个教区牧师苦恋不得，于是搬去汤布里奇疗愈受伤的心灵，"她说道，"可是单相思难以抚慰，菲比婶婶受了一场风寒，一病就病了二十年。你从没听过她的事吗？"

"没有。"我说道，然后偷偷瞄了她一眼。她正面带微笑看着火苗，我猜测那笑意是因为想起了菲比婶婶。她双手紧握，放在膝上。我从未见过成年人的手如此之小。那双手十分纤细、窄小，像是上了年纪的大师未完成的肖像画中的人物的手。

"那，"我说道，"菲比婶婶后来怎样了？"

"二十年后，她遇见另一个教区牧师，风寒就好了。不过那会儿菲比婶婶已经五十三岁，心也没那么脆弱了，便嫁给了这第二位牧师。"

"婚姻幸福吗？"

"不幸福，"我的表姐瑞秋说道，"结婚当晚，她去世了——因为太激动。"

她转头看着我，嘴唇抽动，但目光仍然肃穆。突然间，我脑海里浮现出安布罗斯讲述这个故事的画面——他一定讲过的——他半坐在椅子上，双肩抖动，她用我看到的这种表情仰视他，同时强忍笑意。我无法自控，对表姐瑞秋微微一笑，她的眼神发生了变化，也对我报以微笑。

"我认为你是现编的。"我对她说，心里立刻后悔自己对她微笑。

"我没有，"她说道，"西科姆知道这事。不信你去问他。"

我摇了摇头："他会认为说这种事不合适。如果他觉得是你跟我说的，他会极度震惊。我忘了问了，他给你送晚餐了吗？"

"嗯。一碗汤、一块鸡翅，还有一个碎腰子，都很美味。"

"你发现家里没有女仆了吧？没人照顾你，替你挂长服，只有小约翰或亚瑟帮你放洗澡水。"

"正合我意。女人话多。至于丧服，所有丧服都一样。我只带了这一件和另一件。我有结实的鞋子，方便在田里走动。"

"如果明天也像这样下大雨，你就得待在室内，"我说道，"图书室里书很多。我不怎么读书，但你可能会找到适合自己口味的。"

她的嘴唇再次抽动，脸色沉重地看着我。"正好擦擦银器，"她说道，"我没想到会有这么多。安布罗斯常说，住得离海近，银器总发黑。"从她的表情来看，我敢说她猜测那堆古董是从很久不用的橱柜里拿出来的，并且那双大眼睛里露出一丝嘲笑。

我向别处看去。我已经对她微笑了一次，绝不会再对她笑第二次。

"在大宅那会儿，"她说道，"天太热的时候，我们常坐在有喷泉的小院里。安布罗斯会叫我闭上眼睛，聆听水流声，把它想象成家乡落雨的声音。他有一套歪理，说我遇见英国的气候会瑟瑟发抖，尤其是康沃尔的湿季；他说我是温室里的植物，只适合精心培育，在普通的土壤里就会蔫掉；他还说我是城市里长大的，过于文明了。有一次，我记得我穿了件新长袍下来吃晚餐，他说我充满古罗马人的气息。'回家乡穿这个会冻着的，'他说，'在家贴身要穿法兰绒，外面再套一件羊绒披肩。'我没忘记他的建议。我把披肩带来了。"我抬头看了一眼。她确实有一件披肩，与她的衣服一般颜色，就放在她身旁的凳子上。

"在英国，"我说道，"尤其是这儿，我们十分关注天气。毕竟住在海边，不得不关注。这儿不像乡下，我们的地不够开阔，不适合耕种。土壤贫瘠，七天里有四天下雨，所以我们特别依赖好天气。这件衣服明天准能脱下，我敢保证，你就可以出去散步了。"

"博维镇和鲍登的草地，"她说道，"肯普的小巷、比弗公园、吉尔莫和灯塔场，二十英亩，还有西山。"

我震惊地看着她。"你知道巴顿庄园的名字？"我问道。

"当然知道，我心心念念将近两年了。"她答道。

我沉默了。我无言以对。"路况太差，不适合女人走路。"我粗鲁地说道。

"我的鞋很结实。"她反驳道。

她猛然从长服下伸出的双脚穿着黑色丝绒拖鞋，在我看来柔弱不堪，根本走不了路。

"就这个？"我问道。

"当然不是，是比这更结实的。"她答道。

无论她怎样看待自己，我是想象不出她在田里行走的场景。我那双干农活的靴子能把她整个装进去。

"你会骑马吗？"我问她。

"不会。"

"如果有人牵着马，你敢坐上去吗？"

"或许可以，"她答道，"但是我得用双手抓着马鞍。不是有种叫前桥的东西可以让人扶着？"

她提出这个问题时满含热切，目光严肃，但我仍然断定背后带有嘲笑的成分，而且她想借此吸引我。"我不清楚是否有女士用的马鞍，"我生硬地说，"我会问问威灵顿，但是我在马具房里从没见过那种。"

"或许菲比婶婶骑过马，"她说道，"在她对牧师求爱而不得的时候。那可能是她唯一的慰藉。"

受不住了。她的声音如泡沫般翻腾，我沉醉其中。她瞧见我在笑，真见鬼！我别过脸，不去看她。

"行了，"我说道，"我明天早上看看。需要我问西科姆翻翻衣橱，找找看菲比婶婶有没有留下女士骑装吗？"

"我不需要骑装，"她说道，"只要你小心牵马，我扶着前桥就行。"

正说话间，西科姆敲门走进来，手里端着的大号餐盘上放着银制水壶、银制茶壶和茶罐。这些东西我以前从未见过，不知道他从管家室的哪个犄角旮旯里找出来的。他端这些来做什么？我的表姐瑞秋看出我眼神里的惊讶。西科姆毕恭毕敬地把"贡品"放在桌上，我绝无可能伤害他，但心口有股近似歇斯底里的情绪在翻涌，于是我从椅子上起身，走到窗前假装看窗外的雨。

"茶沏好了，夫人。"西科姆说道。

"谢谢你，西科姆。"她郑重地说道。

几条狗站起来耸耸鼻子，朝餐盘闻去。它们和我一样震惊。西科姆冲它们弹了一下舌头。

"来吧，老唐，"他说道，"来，你们三个都过来。夫人，我觉得我最好把狗带出去。它们可能会打翻餐盘。"

"好，西科姆，"她说道，"有这可能。"

她的语气里仍带着笑意。我庆幸自己背对着她。"早餐怎么安排，夫人？"西科姆问道，"菲利普先生八点在餐厅用餐。"

"送我屋里来吧，"她说道，"阿什利先生常说，女人十一点之前不能抛头露面。这样没问题吧？"

"当然没问题，夫人。"

"那谢谢你了，西科姆，晚安。"

"晚安，夫人。晚安，先生。来吧，乖狗狗。"

他打了个响指，几条狗不情愿地跟他走了。屋里一时间安静下来，接着她柔声说道："你喝茶吗？我知道这是康沃尔的习俗。"

我的自尊心轰然崩塌。维持自尊太费力了。我走回火炉旁，坐在桌边的凳子上。

"我跟你说，"我说道，"这水壶，这茶壶，我以前都没见过。"

"想来你也不曾见过，"她说道，"西科姆拿进屋里的时候，我看见你的眼神了。我想他之前也没见。这是隐秘的财富。他从酒窖里翻腾出来的。"

"晚饭后必饮茶，"我说道，"真有这么个说法？"

"当然，"她说道，"上流社会有女士在场的时候就会这样。"

"周日肯德尔一家和帕斯科一家来吃晚餐的时候，"我说道，"我们从不喝茶。"

"或许西科姆没把他们当作上流人士吧，"她说道，"我深感荣幸。我喜欢喝茶。你可以把面包和黄油吃了。"

这又是一样新鲜东西：一片片的薄面包卷成了小香肠的样子。"我很惊讶，他们竟然能在厨房里做出这个，"我边咽东西边说道，"但是真好吃。"

"突然来了灵感嘛，"表姐瑞秋说，"剩下的当早餐给你吃。黄油化了，你最好吮一下手指。"

她啜了口茶，从茶杯上方看着我。

"如果你想抽烟，抽吧。"她说道。

我惊讶地看着她。

"在女士会客室里抽烟？"我说道，"你确定吗？哎呀，帕斯科夫人与牧师周日来的时候，我们连在客厅都不抽的。"

"这儿不是客厅，我也不是帕斯科夫人。"她答道。

我耸耸肩，手伸到兜里去摸烟斗。

"西科姆会觉得这样不对，"我说道，"他早上会闻出来的。"

"我睡前把窗户打开通通风，"她说道，"烟味会跟着雨全部散掉。"

"雨会溅进来弄坏地毯，"我说道，"那比有烟味还糟糕。"

"用布擦掉就行，"她说道，"你这人真挑剔，跟个老绅士一样。"

"我以为女人很介意这种事情呢。"

"的确，那是在没别的事可操心的时候。"

当我坐在菲比婶婶的会客室里抽着烟斗时，我突然想到，目前的局势跟我设想的南辕北辙。我原本准备冷冰冰地说几句客套话，粗鲁地道别，冷落这个擅自闯入他人生活的人。

我抬头瞥了她一眼。她喝完了茶，正把茶杯和茶托放回餐盘。我再次注意到她的双手，那双手窄小、纤细又白嫩，不知道安布罗斯是否曾说这双手也是城里养大的。她戴着两枚戒指，两颗钻石都很精美，却跟她的丧服毫不冲突，同时又与她的容貌相得益彰。我庆幸自己手里握着烟锅，嘴里衔着烟斗柄；有它在，我觉得自己尚有意识，不像一个被梦境弄得迷迷糊糊的梦游人。有些事情需要我去做，有些话需要我说出口，可是我却傻乎乎地坐在火炉前，无法理清思绪，也不知作何感想。这漫长而令人不安的一天终于结束，但我挖空心思也想不通是我占了上风，还是她占了上风。但凡她与我臆想的画面有些微相似之处，我倒能更轻松地应付，可是如今她人在眼前，活生生地坐在我旁边，那些画面仿佛成了疯狂怪诞的东西，全都混成一团，然后消失在黑暗里。

某处暗藏一个尖酸刻薄的老家伙，肆意破坏，与律师们纠缠不清；某处有个体形更庞大的帕斯科夫人，声如雷鸣，傲慢无礼；某处有个被宠坏了的女孩，头发卷曲，大发脾气；某处有个奸诈之人，居心叵测，鬼鬼祟祟。但这些形象与同在一间屋子里的女人没有半点关系。愤怒现在似乎已是徒劳，仇恨也是，至于惧怕——这么一个身高不到我肩膀，除了具有幽默感和一双小手，别无其他显眼之处的女人，我何惧之有？就是她，让一个男人参加决斗，让另一个男人濒死时写信给我说"她终于受够我了。瑞秋，我痛苦的根源"？这就好像我吹出了一个泡泡，站在旁边看它飘舞；而此时此刻，泡泡爆裂。

我必须记住，我在心里告诫白己，几乎在火炉旁点了点头，以后雨中走完十英里绝不能再喝白兰地，这会导致思维迟钝，也没有让我更擅言辞。我抱着收拾这女人的目的而来，尚未开战却已败北。她刚刚说菲比婶婶的马鞍怎么着了？

"菲利普，"耳边传来一个声音，非常沉着，非常轻柔，"菲利普，你快睡着了。请你起来回去睡觉好吗？"

我猛地睁开眼睛。她坐在那儿看着我，双手放在膝上。我摇摇晃晃地起身，差点撞翻餐盘。

"对不起，"我说道，"蜷坐在椅子上弄得我好困。我往常在图书室里都是伸开腿的。"

"你今天还走了不少路，不是吗？"她说道。

她的声音纯洁无瑕，可是……她什么意思？我皱皱眉，站在那儿盯着她，决意什么也不说。"如果可以的话，明天早上，"她说道，"你可不可以替我找来一匹又稳当又安静的马，让我骑着去看看巴顿庄园？"

"好，"我说道，"如果你想去的话。"

"我不想搅扰你，威灵顿可以替我牵马。"

"不，我带你去。我没别的事可做。"

"慢着，"她说道，"你忘了明天是周六，周六上午你要付工资。我们等到下午再去。"

我低头看着她，心里很是困惑。"老天啊，"我说道，"你怎么知道我周六付工资？"

令我既惊讶又窘迫的是，她的目光突然欢快起来，并且双眼湿润，一如刚刚谈到我十岁生日时那样。她的语气也变得强硬起来。

"如果你不明白，"她说道，"那么你比我想象得不懂人情。在这儿稍等片刻，我有份礼物给你。"

她打开门，走进对面的蓝色房间，片刻后手里拿着一根棍子回来。

"给，"她说道，"拿着，给你的。其他东西你可以抽时间整理、查看，但这个东西我想亲自交给你，今晚就给你。"

那是安布罗斯的拐杖，他以前倚着的拐杖，有金色镶边和象牙雕成的狗头把手的拐杖。

"谢谢你，"我尴尬地说道，"非常感谢。"

"快走吧，"她说道，"请赶紧走吧。"

她把我推到门外，关上了门。

我站在门口，手里掂着那根拐杖。她连说晚安的机会都没给我。会客室里悄无声息，我顺着走廊缓缓回到自己的房间。我回想起她给我拐杖时的眼神，不久前，我曾见过另一双同样经历多年苦痛的眼睛。那双眼睛里也透露出矜持和自傲，还有卑微和祈求的痛苦。当我进入房间——安布罗斯的房间，端详这令我记忆犹新的拐杖时，我心想，这一定是因为这两双眼睛有着同样的颜色，属于同样的种族。否则，阿尔诺河边那个乞讨的妇女和我的表姐瑞秋，她们将毫无共通之处。

第九章

第二天早上，我早早下楼，吃完早餐立刻走去马厩找来威灵顿，两人一起去马具室。

真好，里面有五六个女士马鞍。我猜想自己以前从没注意到这些。

"阿什利夫人不会骑马，"我告诉他，"她想找些能坐上去扶着的东西。"

"那最好让她骑所罗门，"老车夫说道，"它虽然从没驮过女士，但肯定不会令她失望。其他的马，先生，我不敢打包票。"

所罗门是安布罗斯多年前买来的，如今主要在草坪上游荡，威灵顿偶尔骑着它去大路上。女士马鞍高高挂在马具室的墙上，他叫人找来马夫和矮梯子才取下来。选择马鞍引起了一阵喧闹和兴奋，这一套太破旧，那一套太窄，放不到所罗门宽阔的背上，马夫还被训了一顿，因为第三套上竟有蜘蛛网。我心里笑笑，猜测威灵顿或其他任何人二十多年来都没对这些马鞍动过心思，然后告诉威灵顿，只需精心擦洗，再配上皮革就能使用，阿什利夫人会以为是昨天从伦敦新买来的。

"女主人打算什么时候出发？"威灵顿问道，我为他的措辞感到困惑，盯着他看了一会儿。

"晌午过后，"我不耐烦地说道，"你把所罗门牵到前门，我亲自替阿什利夫人牵马。"

接着，我转身走回房子里的账房，在工人们来领工资之前处理一周的账务、核查账款。威灵顿竟然喊她女主人。威灵顿、西科姆和其他人就这么敬重她吗？从某种角度来看，他们的做法是人之常情，但我禁不住去想，男人啊，尤其是男仆人们，一见到女性就那么快变成傻瓜喽。昨晚目光里透露出敬重的还是端茶进来的西科姆，今天早上早餐时就换成了小约翰，我的天啊，他站在餐柜旁给我掀开培根上的盖子。"西科姆端着餐盘上楼去会客室了。"他说道。再看看威灵顿，他正充满激情地擦洗、揉搓那陈旧的女士马鞍，而且扭头冲马夫大喊着要他照看一下所罗门。我一刻不停地算着账，为自己的无动于衷而高兴，毕竟这是安布罗斯把我的保姆赶走之后，第一次有女人住进家里。仔细想想她在我快睡着时的处理方式、她说的话——"菲利普，回去睡觉吧"——二十年前我的保姆也是这么做的。

午间时分，仆人纷纷过来，在马厩、树林和花园等室外场所工作的工人也来了，我给他们发了工资；接着我注意到园丁领班塔木林不在众人之列。我询问原因，有人告诉我他正和"女主人"待在花圃的某个地方。我对此未作任何评论，只是付完工资，就把他们打发走了。直觉告诉我在哪里能找到塔木林和我的表姐瑞秋。我猜的没错，他们就在温室，那是我们培育安布罗斯外出时带回的山茶花、夹竹桃和其他小树苗的地方。

我自己并非培植专家——我都交给塔木林负责——当我转过拐角遇到他们时，我听见她在谈论修剪、分层、坐北朝南、土壤培育，塔木林手拿帽子听得专心致志，眼神里透露出跟西科姆和威灵顿一样的敬重。看见我过来，她笑了笑，站起身来。她原先跪在一块麻袋布上观察一棵小树苗的嫩芽。

"十点半我就出来了，"她说道，"我去找了你，希望得到允许，却没找到，便自作主张去塔木林的小屋里搅扰他，对吗，塔木林？"

"是的，夫人。"塔木林目光温顺地说道。

"是这样，菲利普，"她继续说道，"我把安布罗斯和我过去两年里一起收集的植物带去了普利茅斯——那些装不上马车，后续会通过运输公司运过来。我这儿有份清单，我记得他要把它们种在哪里，所以我想着跟塔木林讨论清单并解释每样东西分别是什么，这样会节省时间。等运输公司运来东西，我可能不在这儿了。"

"没关系，"我说道，"你们两个都比我内行。请继续吧。"

"塔木林，咱们已经聊完了，不是吗？"她说道，"你能代我谢谢塔木林夫人吗？谢谢她给我茶喝，再代我祝愿她今晚喉咙能有所好转，桉树油可治喉咙痛，我会派人给她送些过去。"

"谢谢您，夫人，"塔木林说道（这是我头一次听说他老婆喉咙痛），然后用略带些微令人尴尬的胆怯语气对我说道，"菲利普先生，我今天上午学了一些从未想过会从一位女士身上学来的东西。我常常自认为懂行，但阿什利夫人比我更懂园艺，以后我也难以超越。她让我自觉像个实实在在的傻瓜。"

"瞎说，塔木林，"我的表姐瑞秋说道，"我只懂树和灌木而已。至于水果——我连怎么种桃子都不会。要记得，你还没带我去逛圈起来的花园呢。明天带我去吧。"

"随时奉陪，夫人。"塔木林说道。她向他道别，我们一起朝房子走去。

"既然你十点多就出来了，"我对她说道，"现在一定很想休息。我去吩咐威灵顿不用给马装马鞍了。"

"休息？"她说道，"谁说要休息了？我整个上午都盼望着骑马呢。你看，太阳出来了。你说过天会放晴的。是你给我牵马，还是威灵顿？"

"不，"我说道，"我给你牵。我提醒你一句，虽然你能教塔木林种山茶花，但绝不可能教我种地。"

"我能区分燕麦和大麦，"她说道，"是不是很厉害？"

"根本不是一码事，"我说道，"再说了，这两样在田里都找不到，因为收割完毕了。"

回到房子里，我发现西科姆在餐厅摆了一份冷肉和沙拉拼盘，还有馅饼和布丁，一副要坐下来吃正餐的派头。我的表姐瑞秋扫了我一眼，表情相当严肃，可目光背后仍有那么一丝笑意。

"你是个年轻小伙子，还在长个子呢，"她说道，"吃吧，要懂得感恩。拿块馅饼放你兜里，等我们到了西山，我会问你要的。我现在上楼去换身适合骑马的衣服。"

当我狼吞虎咽那冷肉时，我暗自想道，至少她不要人服侍，或是要求其他的繁文缛节，这种精神独立让她看起来——老天保佑——不似女性。唯一让人恼火的是我对待她的方式——我原本希望对她尖酸刻薄，她却明显欣然接受并乐在其中。我的嘲讽被她误认为是俏皮话。

我东西尚未吃完，所罗门就被牵到了门口。这匹健壮的老马这辈子都没被刷洗得这么干净过！连蹄子都擦得干干净净，这是我的吉普赛从未享受过的待遇。两条小狗在它的蹄子周围欢快地跑来跑去，老唐无动于衷地看着它们，它四处撒欢的日子早已过去，就像它的老朋友所罗门一样。

我过去告诉西科姆，我们会在四点之后出门，等我回来时，我的表姐瑞秋已经下楼，并且坐到了所罗门的背上。威灵顿在调整马镫。她换上了另一身丧服，比之前那件更为宽松，而且她没戴帽子，只用那条黑色蕾丝披肩遮住头发。她正跟威灵顿说话，侧身对着我，不知怎的，我想起前一天晚上她提到安布罗斯取笑她，说她散发着古罗马人的气息。我想我此刻明白了他的话。她的容貌与罗马硬币上印的那些人相似，清朗却又瘦小。看着她遮住头发的蕾丝披肩，我想起跪在佛罗伦萨的那座教堂里的女人，还有躲在静悄悄的房子门口的女人。当她挺直腰杆坐在马背上，你绝对想不到她站在地上时身材竟会那么纤小。除了那双手、不断变换的眼神和偶尔迸发的笑意，这个我曾认为不足挂齿的女人坐上高我一头的位置之后，竟有了不同的韵味。她变得更加疏远，更加冷淡，更有——意大利人的气质。

听见我的脚步声，她转头看向我，平静时的那种疏远的表情，那陌生的表情，倏然消失不见。她看起来与之前别无二致。

"准备好了？"我说道，"害怕掉下来吗？"

"我相信你和所罗门。"她答道。

"很好。走吧。我们出门大概两个小时，威灵顿。"我牵住马笼头，带她一起去参观巴顿农场。

前一天的风已经转去乡下，雨也随之而去，太阳在午间时分突破云层，天空干净如洗。略带咸味的空气让人愉悦，激发了出去走走的热情，你可以听得到奔涌的海水扑打在海岸边缘的石头上。每逢秋天，我们常常能遇到这样的天气。不知何故，它们有着独特的清新感，既预示凉爽的时候即将到来，又遗留着酷暑余韵。

我们踏上古怪的朝圣之旅。我们从参观巴顿庄园出发，我竭尽全力才阻止比利·罗和他妻子邀请我们去农舍里坐下来吃蛋糕和奶油；事实上，在承诺周一来吃之后，我才带着所罗门和我的表姐瑞秋经过牛棚、粪堆，最终穿过一道道门，走进西山的茬地[1]。

巴顿庄园形似半岛，灯塔场是半岛的最远端，海水从东西两侧流进海湾。正如我之前对她所说，玉米早已收割，我可以牵着所罗门随意行走，踩了茬子也无妨。巴顿庄园大部分属于牧场，为了看个遍，我们一直紧贴海边，最后来到灯塔前，她回头望去便可看到整个农庄，西界是一大片沙滩，向东三英里则是海湾。巴顿庄园，以及房子本身——西科姆总是称之为"宅地"——坐落在浅碟形盆地里，不过安布罗斯和我叔叔菲利普种的树长得又快又密，把房子遮得越来越严实，北侧新修的道路在树林里蜿蜒，直通四条路相交的坡地。

回想昨晚与表姐瑞秋的谈话，我尝试考验她对巴顿庄园名称的熟悉程度，却完全挑不出错；她一清二楚。说起各个沙滩、海岬

---

1 作物收割后留有残茬的耕地。

和庄园里其他农场的名字，她简直如数家珍；她知道每个佃户的名字、家里有几口人，她知道西科姆的侄子住在海滩上的咸鱼库里，也知道他兄弟开磨坊。并非她把自己所知的一股脑倒给我，而是我好奇心作祟，引导她说出口，当她说出一串串名字，提到一个个人时，仿佛理所当然，又让人惊讶不已，使我感觉很不习惯。

"你以为安布罗斯和我聊过什么？"从灯塔山下来，向东边的田野走去时，她对我说道，"他的家是他的激情所在，因此我也把它当作自己的激情所在。你难道不希望自己的妻子如此吗？"

"作为单身汉，我没有发言权，"我回答道，"但我原本以为你在大陆住了一辈子，兴趣会与我们截然不同。"

"以前确实不同，"她说道，"直到我遇见了安布罗斯。"

"摆弄花草除外，我猜的。"

"摆弄花草除外，"她附和道，"这正是一切故事的起源，他一定跟你讲过。大宅里的花园非常漂亮，但这里——"她略作停顿，勒停所罗门，我抓着笼头站定——"但这里才是我梦寐以求的地方。这儿不一样。"她低头看着海湾，沉默了一会儿。"在大宅里，"她继续说道，"我年轻那会儿，第一次婚姻——不是跟安布罗斯——并不幸福，所以我靠改造那儿的花园来转移自己的注意力，我重新种了许多花草树木，新砌了墙。我向人请教，闷头看书，结果非常喜人——至少我自认为如此，别人也这么说。不知道你作何感想。"

我抬头看着她。她正对海的方向，不知道我在看她。她这话什么意思？难道教父没有告诉她我去过大宅？

我心底突然升起一阵疑虑。我记得昨晚初见面时她很紧张，之后便泰然自若，而且我们聊得那么投机，早餐时我仔细回想一遍，把这些归结于她擅长社交以及我酒后麻木。这会儿我幡然醒悟，昨晚她对我前往佛罗伦萨一事只字未提实属古怪，更为古怪的是，对于我如何得知安布罗斯的死讯，她也根本没有提过。难道教父有意回避此事，想让我亲口告诉她？我暗暗咒骂他老糊涂、懦夫，可在咒骂他的时候，我心知自己才是真正的懦夫。要是昨天晚上，趁着酒劲告诉她该多好啊，现在可没那么容易了。她会怀疑我为什么不早点说出来。此刻我应该说："我去你的圣加利特大宅看过那儿的花园。你不知道吗？"可是她催了一声所罗门，它应声走了起来。

"我们可以路过磨坊，穿过树林去另一边吗？"她问道。

机会稍纵即逝，我们继续往回走。在树林里穿行的过程中，她时不时发表评论，一会儿谈树木，一会儿谈山峦，一会儿谈其他的地理风貌；可对我而言，下午时光的悠闲感消弭无踪，因为无论怎样，我终归要告诉她我去过佛罗伦萨。如果我只字不提，她会从西科姆那儿打听到，或者我教父周日来吃晚餐的时候会说起。

"我把你累坏了，"她说道，"我像个女王一样骑着所罗门，你却像个朝圣者一样走路。请原谅我，菲利普。我太高兴了。你想象不到我有多高兴。"

"不，我不累，"我说道，"我——你骑马玩得开心，我很欣慰。"不知为何，我不敢看她那双眼睛，不敢正视，不敢质询。

威灵顿在房前等着帮她下马。她上楼休息，顺便更换晚餐服装，我坐在图书室里，一边皱眉抽烟斗，一边思索究竟该如何跟她说我的佛罗伦萨之行。最糟糕的情形是，如果教父在信里告诉了她，那她就要主动提起此事，而我可以放松心情，等着听她说什么。就目前的形势来看，我必须主动出击。假如她像我预期的那般，这根本不是难事。老天啊，她和我的预期相差如此之大，把我的计划破坏得一塌糊涂，这究竟是为什么呀？

我洗洗双手，换了身用晚餐的衣服，把安布罗斯写给我的最后两封信揣进兜里，可是当我走进客厅，心想着会看到她坐在那儿时，却发现客厅空无一人。西科姆恰好从大厅走过，他告诉我"夫人"去了图书室。

这会儿她刚从所罗门的背上下来，没了高高在上的感觉，头上蒙的披肩摘下来，头发梳得整整齐齐，她似乎比以前更纤小、更柔弱。烛光映衬下，她的脸色更加苍白，丧服却更加黑暗。

"你介意我坐在这儿吗？"她问道，"客厅白天很漂亮，但是到了晚上，窗帘一拉，蜡烛一点，这间屋子看起来才是最好的。况且，这是你和安布罗斯经常一起坐的地方。"

现在或许时机成熟了。现在该说"对，你的大宅没有这样的地方"了。我没吭声，几条狗跑进来分散了我的注意力。晚饭后，我心里想，晚饭后再讲。我不喝葡萄酒，也不喝白兰地。

晚餐时分，西科姆把她安置在我右手边，西科姆和约翰一起上菜。她夸赞玫瑰碗和烛台，在西科姆上菜时与他闲聊，而我自始至终绷紧心弦，唯恐他说出"夫人，菲利普先生在意大利的时候，家里发生了这事那事"。

我迫不及待想要结束晚餐，以便我们两个再次单独相处，那样我就离执行任务更近一步。我们一起坐在图书室里的火炉前，她拿出一件刺绣，开始绣了起来。我看着那双灵巧的小手，心里充满惊奇。

"跟我说说你有什么烦心事，"过了一会儿，她说道，"别说没事，因为就算你不说实话，我也能看出来。安布罗斯常说我有着动物的本能，可以察觉烦恼，我感觉到你今晚有烦恼。事实上，自下午后半晌你就心事重重的。不会是我说什么话惹到你了吧？"

哎呀，机会来了。至少她给我开了个好头。

"你没说什么伤人的话，"我回答道，"只是你随口的一句话让我略有困惑。可以告诉我尼克·肯德尔寄往普利茅斯的信里跟你说了什么吗？"

"唉，当然可以，"她说道，"他感谢我写信过来，说你们两个已经得知安布罗斯的死讯，拉伊纳尔迪先生此前随信寄来了死亡证明副本和其他细目，而你邀请我来暂居，直到我做好安排。当然，他建议我在这儿住完就前往佩林，他人真是太好了。"

"他只说了这些？"

"嗯，他的信十分简短。"

"他没提到我出门在外？"

"没有。"

"我明白了。"我感觉浑身燥热，她仍然平静安详地坐在那儿刺绣。

接着，我说道："我的教父和仆人们的确是从拉伊纳尔迪先生那儿得知安布罗斯的死讯，这一点他说得没错。但我不是。我是在佛罗伦萨你的大宅里，从你的仆人那儿得知的。"

她抬头看着我，这一刻，她的眼睛不再含着泪花，也没有了笑意。她看了我许久，目光里满是探寻，我似乎从中同时感受到同情和责备。

第十章

"你去了佛罗伦萨？"她说道，"什么时候？多久之前？"

"我回家不到三周，"我说道，"我去了那儿，经法国回来的。我只在佛罗伦萨待了一晚，八月十五日那一晚。"

"八月十五日？"我听出她的语调出现了不同以往的变化，我看见她的双眼在回忆中闪动。"可是前一天我才去热那亚的啊。这不可能。"

"不仅有可能，还真实发生了，"我说道，"事实如此。"

刺绣从她手中跌落，那种奇怪的眼神——近乎忧惧的眼神——再次显现。

"你为什么不早告诉我？"她说道，"你留我住在这儿，整整二十四个小时里对此只字未提，究竟是为什么？昨天晚上，昨天晚上你就该告诉我。"

"我以为你知道，"我说道，"我让我的教父写在信里了。无论如何，事已至此，你现在知道了。"

心底的怯懦性格让我希望就这样搁置此事，她会捡起刺绣继续忙活。可我未能如愿。

"你去过大宅，"她仿佛自言自语地说，"吉塞佩肯定让你进去了。他打开大门，看见你站在那儿，他会心想……"她骤然停住，双眼蒙上一层雾，目光从我身上转到了火炉上。

"我想听你说说经过，菲利普。"她说道。

我把手揣进口袋摸了摸信件。

"我很长时间没收到安布罗斯的消息，"我说道，"从复活节之后，或许是圣灵降临节之后——我不记得具体的日期，但是他的信我都放在楼上。我越来越担心他。几周过去，到了七月份，我收到一封信。信只有一页，字迹与往常不同，像是胡写乱画。我拿给我的教父尼克·肯德尔看，他赞同我立刻起身前往佛罗伦萨，我一两天内便出发了。正要出门时，我又收到一封信，内容只有寥寥数语。这两封信现在都在我的口袋里，你要看吗？"

她没有立刻回答。她的目光离开火炉，重新投在我身上。那双眼睛透露着冲动，她的目光既不强势也不咄咄逼人，却深邃得古怪，温柔得古怪，仿佛她能看出并理解我不愿意继续说下去，而知道其中缘由的她借势鼓励我。

"还没到时候，"她说道，"说完再看。"

我的目光从她的双眼转到她的双手上。那双手握在身前，纤细而沉稳。不知为何，如果不直视她，只看她的双手，我说话就能轻松些。

"到了佛罗伦萨，"我说道，"我租了一辆马车去大宅。仆人——那个女仆——打开大门，我说要找安布罗斯。她似乎很害怕，于是喊她丈夫过来。她丈夫告诉我安布罗斯已经去世，你也走了。正当我要离开的时候，女仆打开一个柜子，给了我安布罗斯的帽子。那是你唯一忘记随身带走的东西。"

我停顿了下，目光仍停留在那双手上。她右手的手指正在抚弄左手上的戒指，我看着它们紧紧握住戒指。

"说下去。"她说道。

"我去了佛罗伦萨市中心，"我说道，"男仆给了我拉伊纳尔迪先生的地址。我去拜访他。他看见我的时候非常震惊，但很快就恢复了常态。他跟我详细解释了安布罗斯的病情和死因，还给了我一张便条，让我去新教徒公墓参拜坟墓的时候交给守墓人，但我没去。我问了你的去向，他出于职业操守没有告诉我。经过就是这样。第二天，我出发往家里赶。"

我再次停顿了下。她紧握戒指的手指放松下来。"我可以看看信吗？"她问道。

我从口袋里掏出信递给她。我看向火炉，听见她展开信纸时的哗啦声。漫长的安静过后，她说道："只有这两封吗？"

"只有两封。"我答道。

"你刚刚说，复活节或者圣灵降临节之后就没消息，直至收到这两封？"

"对，杳无音信。"

她一定是把信看了又看，像我一样用心体会每一个字。最后，她把信还给了我。

"你该多憎恨我啊。"她缓缓说道。

我震惊地抬起头，当我们四目相对时，我似乎明白她知道了我的所有幻想、梦境，逐一看到了我数月以来脑海里唤起的种种恶女面庞。否认无济于事，抗议实属荒唐。我们之间的隔阂轰然粉碎，这种感觉令人不适，仿佛坐在椅子上的我未着片缕。

"对。"我说道。

话说出口，我浑身轻松了许多。或许，我心想，这就是天主教徒在忏悔室里的感觉吧。这就是洗除罪孽的意义吧。重担离肩，只留空虚。

"你为什么叫我来这里？"她问道。

"为了指责你。"

"指责我什么？"

"不知道。或许是指责你伤了他的心，这种行为无异于谋杀，不是吗？"

"然后呢？"

"我没筹划那么远。我最想做的就是让你受到折磨，眼睁睁地看着你受折磨。之后，我想我会放你走吧。"

"宽宏大量，宽宏大量得我消受不起。不过，你得逞了，你得到了自己想要的结果。继续看着我吧，直到你心满意足。"

凝视我的那双眼睛发生了些许变化。她面色苍白，如死水般沉静，这一点倒没变化。哪怕我用脚后跟把那张脸踏成粉末，她的双眼仍会保持原样——泪水永远不会淌到脸颊上，永远不会滴落。

我从椅子上起身，走到对面。

"没用的，"我说道，"安布罗斯总说我当不了好兵，我不会冷血地开枪射击。请上楼去吧，去哪里都行，别留在这儿。我母亲在我记事之前就死了，我从来没见过女人哭。"我替她打开门，可她仍然坐在火炉边，一动也不动。

"瑞秋表姐，上去吧。"我说道。

我不知道自己的语气如何，是严厉还是聒噪，但是躺在地板上的老唐抬起头看了看我，用老成的目光打量我一番，然后伸展躯体打个哈欠，走到火炉旁趴在她脚边。接着，她动了一下。她伸手摸了摸老唐的脑袋。我关上门，回到壁炉旁。我拿起两封信，一把扔进火里。

"这样做也没用的，"她说道，"你我仍会记得他说的话。"

"我可以忘记，"我说道，"如果你也忘记的话。火能吞噬一切，什么都不剩下。灰烬除外。"

"如果你年纪稍微再大些，"她说道，"或者人生经历不同于现在，如果你不是你自己，没有像如今这般如此深爱他，我还能跟你谈论这两封信，跟你谈论安布罗斯。可是，我不会的，我宁愿你谴责我，从长久来看，你我才能都好过一些。如果你肯让我住到周一，之后我会离开，以后你不必再想起我。我昨晚和今天非常开心，虽然这并非你的本意。保重，菲利普。"

我抬脚蹬了蹬火炉，灰烬散落。

"我不怪你，"我说道，"一切都与我所想、所谋划的不一样。我不能恨一个不存在的女人。"

"可我存在的啊。"

"你不是我恨的女人。仅此而已。"

她继续抚弄老唐的脑袋，老唐抬头靠在她的膝盖上。

"你脑海里想象的那个女人，"她说道，"她是在你读信的时候显现的，还是之前？"

我思索了一会儿。接着，我一口气全说了出来。我又何必隐瞒，让它烂在心里？

　　"之前，"我缓缓说道，"从某种意义上，收到信的时候我松了一口气。这些信给了我恨你的借口。在那之前，我没有任何借口，所以我深感羞愧。"

　　"你为什么会羞愧？"

　　"因为我相信，论起催人自我毁灭的东西和令人鄙夷的情绪，什么都比不过妒忌。"

　　"你妒忌……"

　　"对。真奇怪啊，我现在竟然能说出口了。从他写信告诉我他结婚开始，甚或在他有了一个所谓的挚友的时候，我说不清。人人都期望我和他们一样高兴，可我做不到。我竟然会妒忌，你一定觉得我感情用事，荒唐透顶，像个被宠坏了的孩子。或许那时我就是个被宠坏了的孩子，现在也还是。问题是，在这个世界上，除了安布罗斯之外，我不认识别的人，也没爱过别的人。"

　　此时此刻，我把心里想的话一股脑儿说了出来，丝毫不在乎她怎么看待我。我把以前不敢向自己坦承的话都说了出去。

　　"这不也是他的问题吗？"她说道。

　　"什么意思？"

　　她从老唐的脑袋上抬起手，双手托住下巴，肘部支在膝盖上，凝视着火苗。

　　"你才二十四岁，菲利普，"她说道，"大好人生摆在面前，可能过上很多年的好日子，娶一个你爱的妻子，生一堆孩子。你对安布罗斯的爱不会减少，但会归向它该去的地方。孩子对父亲的爱就是这样。但他不一样。他的婚姻来得太迟。"

我单膝跪在火炉前，点燃了我的烟斗。我没有征求同意，我知道她不介意。

　　"为什么说来得太迟？"我问道。

　　"两年前他来佛罗伦萨的时候，"她说道，"已经四十三岁了，那是我第一次见到他。你知道他的音容笑貌、举止行为，你从小就与他一同生活。可你不知道那样的人会对一个不幸福的女人、一个了解过男人的女人——有多不一样。"

　　我默不作声，但我想我知道。

　　"我不知道他为什么对我倾心，但他爱上了我，"她说道，"这种事说不清道不明，但就这么发生了。为什么这个男人爱那个女人，我们血缘里的什么奇怪化合物吸引了彼此，谁又能说得清呢？我孤独寂寞，焦虑不安，经历过太多次情感波折，对于这样的我而言，他就像一个救世主，像是愿望得到了实现。他是那样坚强，那样温柔，没有分毫自负，我以前从没见过那样的人。老天有眼。我知道他对我何等重要，但我对他……"

　　她顿了顿，眉毛揪成一团，目光凝视着火苗。她的手指再次抚弄起左手上的戒指。

　　"他仿佛沉睡已久，突然醒来看到这个世界，"她说道，"看到世间的所有美好，也看到其中的悲哀，还有渴望和欲求。他以前从未想过、从不知晓的东西全摆在眼前，并且放大成一个人，无论是碰巧也好，或者是命中注定也罢，随便你怎么说，这个人就是我。拉伊纳尔迪——安布罗斯非常憎恶的一个人，你大概也很憎恶——曾告诉过我，安布罗斯遇见我而觉醒，恰如许多人遇见宗教而觉醒。他以投身宗教般的激情痴迷于我。可是，有宗教信仰的人可以去修道院向祭坛上的圣母祈祷一整天，毕竟她是用塑料制成的，永远不会发生变化。女人就不一样了，菲利普。女人的情绪日夜起伏，有时甚至顷刻万变，男人也莫不如是。身为人类，这是我们的缺陷。"

她用宗教来作比喻，我听不明白。我只能想到圣布莱齐那个变成循道宗信徒、光着头跑去路上传道的老以赛亚[1]。他口呼耶和华的圣名，说在上帝眼中，他和我们都是可怜的罪徒，我们必须去叩响新耶路撒冷的大门。我不理解这种事情怎么会跟安布罗斯扯上关系。天主教不同于其他教派，这是肯定的。她肯定是想说安布罗斯把她看作十诫[2]里的神像。你不可跪拜那些像，也不可侍奉它们。

"你是说，"我说道，"他对你期望过高？他把你高高捧起，视作偶像？"

"不，"她说道，"我经历过苦日子，倒乐于被高高捧起。神性的光环是很好的东西，前提是你能偶尔把它摘下来，变成平凡的人类。"

"之后呢？"

她叹了口气，双手落在身旁。她突然露出极度的倦意。她靠在椅子上，头抵着垫子，双目紧闭。

"皈依宗教并不一定会让人向善，"她说道，"重新认识世界也无助于安布罗斯。他的本性变了。"

---

1 《圣经·旧约》中的人物，是《以赛亚书》的作者。生活在公元前8世纪。在其生活的年代以先知的身份侍奉上帝（耶和华）。
2 《圣经·出埃及记》20:2-17中记载了上帝向以色列民族颁布的十条规定，其中提到：不可为自己雕刻偶像，不可跪拜、侍奉这些像。

她的语气里也充满了倦意，有气无力得古怪。或许如果说我刚刚是在忏悔室里忏悔，那么她也一样。她蜷缩在椅子上，用两手手掌按压眼睛。

　　"变了？"我说道，"他的本性怎么变了？"

　　我心里升起一阵诡异的惊愕，就像小时候突然体验到了死亡，或者罪恶，或者虐待。

　　"医生后来告诉我，因为生病，"她说道，"所以他无法自控，沉睡了一辈子的那些天性经由痛苦和恐惧最终浮上表面。但我从来不敢确定，不敢确定这种情况是否必然发生。是我的某些方面激发了那些天性。遇见我给他带来短暂的狂喜，接着便是灾祸。你恨我，我无话可说。如果他当初没有去意大利，如今就会和你一起生活在这里，他就不会死了。"

　　我羞愧难当，尴尬至极。我不知道该说什么。"他或许仍会生病，"我仿佛安慰她一般地说道，"那样的话，承担罪责的将会是我，而不是你。"

　　她移开捂着脸的双手，静静地看着我笑了笑。

　　"他那么爱你，"她说道，"他把你当亲儿子看待，对你深感自豪。总是说我的菲利普做这，我的孩子做那。唉，菲利普，如果这十八个月里你一直妒忌我，我认为我们扯平了。天知道有时候我的妒忌不亚于你。"

　　我与她对视，缓缓笑了笑。

　　"你也会幻想各种形象吗？"我问道。

　　"从来没停止过，"她说道，"那个被宠坏的孩子，我告诉自己，总是写信给他，他会给我读摘录，但从不给我看。那个孩子没有任何缺点，全是美德。那个孩子懂他的心思，而我却不懂。那个孩子占据了他四分之三的思想，所有的好都是他的，而我只占有三分之一，所有的坏全留给了我。噢，菲利普……"她突然停住，又对我笑了笑。"老天啊，"她说道，"你还说自己妒忌。男人的妒忌就像小孩子的妒忌，断断续续，荒唐可笑，毫无深度。女人的妒忌才是成年人的妒忌，跟男人的大不相同。"她把坐垫放回头后面，用手拍了拍。她抚平长裙，在椅子上坐正。"我想说，今晚谈话到此结束吧。"她说道。她身体前倾，捡起掉在地上的刺绣。

"我不累，"我说道，"我可以再继续一会儿，很大一会儿。换句话说，我可以自己不说话，只听你说话。"

"有话明天也能说。"她说道。

"为什么只有明天？"

"因为我周一就走了。我只是来过周末而已。你的教父尼克·肯德尔邀我去佩林呢。"

她竟然这么快就要住到别处，这在我看来过于荒唐，而且完全没有必要。

"你不必去那儿，"我说道，"你才刚来没多久。去佩林有的是时间。这里还没逛一半儿呢。你要一走，不知仆人会作何感想，不知佃户会作何感想。他们可能会觉得深受冒犯。"

"会吗？"她问道。

"此外，"我说道，"装着所有植物和切枝的行李将从普利茅斯运来，你得跟塔木林讨论讨论。还要检查、整理安布罗斯的东西。"

"我以为你自己就能行。"她说道。

"何必我自己，"我说道，"咱们两个一起不是更好？"

我迅速从椅子上起身，两手伸到头顶上伸了个懒腰。我用脚蹬了蹬老唐。"醒醒，"我说道，"别打呼噜啦，快跟其他狗回狗窝吧。"老唐动动身子，发出一阵嘟囔声。"大懒虫。"我说道。我低头扫了她一眼，她正用奇怪的表情看着我，仿佛她看透了我的伎俩。

"怎么了？"我问道。

"没事，"她答道，"没什么事……菲利普，你能给我找支蜡烛点着，送我去床上吗？"

"好的，"我说道，"之后我再带老唐去狗窝。"

烛台放在门口的桌上。她拿起蜡烛，我替她点着。大厅里黑乎乎的，不过西科姆在上面的楼梯平台处留了一盏灯，照亮远处的走廊。

"有灯就行，"她说道，"我可以自己回去啦。"

她在一级台阶上站了一会儿，脸被黑暗遮挡。一手拿蜡烛，一手拽裙子。

"你不恨我了吧？"她问道。

"不了，"我说道，"我说了恨的不是你。是另一个女人。"

"你确定是别的女人？"

"非常确定。"

"那晚安啦。睡个好觉。"

她转身要走，我伸手拉着她的胳膊，把她拦下。

"等等，"我说道，"换我向你提问了。"

"怎么了，菲利普？"

"你还妒忌我吗，或者说你所妒忌的是别的男人，从来不是我？"

她哈哈一笑，把手放到我的手中。她站在台阶上居高临下，有种我之前从未发现的全新的高贵感。摇曳的烛光映衬下，她的双眼看起来很大。

"那个叫人讨厌的孩子，被宠坏又一本正经的家伙吗？"她说道，"怎么会，在你昨天走进菲比婶婶的会客室的那一刻，他就已经消失了。"

她突然弯腰在我脸颊上亲了一下。

"这是给你的第一个，"她说道，"如果你不喜欢，你可以假装我没有给你，当成另一个女人给你的就行。"

她沿着台阶走去，烛光在墙上映出一个阴影，那阴影黑蒙蒙的，渐行渐远。

第十一章

我们周日向来有一套严格的例行程序。九点钟吃早餐，比平日延后一些；十点十五分，马车过来载安布罗斯和我去教堂。仆人乘四轮平板车在后面跟着。教堂活动结束后，他们返回家里吃午餐，午餐同样也比平日延后，安排在一点；到四点钟，牧师和帕斯科夫人，连同他们家不知道一个还是两个未出嫁的女儿，一般还有我的教父和露易丝，我们一起用晚餐。由于安布罗斯去了国外，我一直没用马车，而是骑吉普赛去教堂，这引起了一点小小的非议，我不明白其中缘由。

这个周日，为了向我的访客表示敬意，我吩咐下人按照往常的习惯赶来马车，西科姆负责在十点钟端着早餐上楼，帮我的表姐瑞秋做好去教堂的准备。自昨晚以来，我心里产生了一种释怀，当我抬头看向她时，我似乎觉得将来可以随心所欲地同她讲话。无论焦虑、愤恨，还是平常的繁文缛节，都别想让我把话闷在肚子里。

"事先提个醒，"我向她问早安之后说道，"教堂里的所有人都会把目光聚焦在你身上。那些往日找借口赖床的迟到的家伙今天也不会待在家里。他们将站在过道里，或许还会踮着脚尖。"

"你吓着我了，"她说道，"我不去了。"

"不去就是丢脸，"我说道，"你我将永远不会得到谅解。"

她神色肃穆地看着我。

"我不知道自己的举止是否会得体，"她说道，"我从小接受的是天主教礼制。"

"这话别传出去，"我告诉她，"在这个地界，罗马天主教徒只适合遭受炼狱之火的焚烧。反正大家伙都这么跟我说的。凡事照着我做，我不会带错的。"

马车驶到门前，威灵顿戴着磨毛材质的帽子，帽子上扎着整齐的帽结，像只球胸鸽一样自视甚高，马夫坐在他身旁。西科姆系着浆洗得干干净净的白色长领巾，身穿礼拜日外套站在门前，其庄严程度不亚于威灵顿。这样的情景真是一生少见啊。

我扶着表姐瑞秋进了车厢，坐在她旁边的位置上。她肩上围了一件黑色披风，帽檐垂落的面纱遮住她的脸庞。

"人们会想要看到你的面容。"我对她说。

"那就随他们想去吧。"她说道。

"你不懂，"我说道，"我们一辈子都没遇到过这种事，将近三十年没遇到过了。据我估计，老一辈还记得我姊姊，还有我母亲，但是在年轻一辈的记忆里，还从来没有过阿什利夫人去教堂的印象。何况，你必须启迪他们的蒙昧。他们知道你来自他们所谓的异国。在他们的认知里，意大利人可能是黑人。"

"你能小声点吗？"她低语道，"从威灵顿在驾驶座的背影来看，我感觉他能听见你说的话。"

"我不要小声，"我说道，"此事万分重要。我知道谣言传得有多快，整个乡下的人回家吃礼拜日晚餐的时候都会摇头叹息，说阿什利夫人是个黑人。"

"到教堂里我会把面纱掀起来，但在此之前，"她说道，"跪拜的时候不能掀。如果他们有心思，那就看去吧，但是按理说，他们不该看的。他们的眼睛应该看着祈祷书。"

"有一张高高的长椅环绕着教堂小包间，四周挂着幕帘，"我对她说道，"跪下去之后，谁都看不到。如果你愿意的话，连玩弹珠都可以。我小时候就常玩。"

"你的童年，"她说道，"别再提了。我知道每一个细节，包括安布罗斯在你三岁时赶走保姆，给你脱掉女士衬裙，换上马裤，以及你学习字母表的古怪方法。你在教堂小包间里玩弹珠，我丝毫不觉得奇怪。我怀疑你做过更调皮的事情。"

"的确有一次，"我说道，"我口袋里装了小白鼠，它们在凳子下面四处跑，顺着后面那个包间里一位老婆婆的衬裙爬到她身上，吓得她晕了过去，被人抬出去啦。"

"安布罗斯没有为此揍你一顿吗？"

"哎呀，没有啊。是他把白鼠放到地上的。"

表姐瑞秋指指威灵顿的后背。他的肩膀挺直，耳朵也红了。

"你今天要好好行事，否则我就走出教堂不管了。"她对我说道。

"那样的话，大家都会认为你疯了，"我说道，"我的教父和露易丝会跑来扶着你。噢，老天啊……"我突然停住，一脸惊骇地用手拍拍膝盖。

"怎么了？"

"我刚想起一件事。我说好昨天骑马去佩林看望露易丝，结果忘得一干二净。她肯定等了我一整个下午。"

"这事你做得很不绅士啊，"表姐瑞秋说道，"希望她好好冷落你一番。"

"我会把黑锅全推到你身上，"我说道，"何况这是事实。我就说是你要求去巴顿庄园周围逛的。"

"如果我知道你有别的安排的话，"她道，"我断然不会要求你那么做。你为什么不告诉我？"

"因为我忘光了。"

"如果我是露易丝，"她说道，"我心里会很难受。给女人这种借口最差劲不过了。"

"露易丝不是女人，"我说道，"她比你年轻，而且我打小就认识她。"

"回答错误。她也是有感情的。"

"啊，管她呢，她能消化好的。晚餐时她一定会坐在我旁边，我会跟她说花插得很漂亮。"

"什么花？"

"家里的花。你会客室里的，还有卧室里的。她特意坐马车过来插的。"

"太贴心了。"

"她不放心西科姆。"

"这怨不得她。她心思缜密，品位高雅。我最喜欢会客室壁炉架上的那个碗，还有窗边的秋水仙。"

"壁炉架上有个碗，"我说道，"窗边还有一个？两个我都没注意到。但我照旧会夸她，希望她别让我细说好在何处。"

我看着她哈哈大笑，发现面纱下的眼睛冲我露出笑意，但她摇了摇头。

马车驶下陡峭的山坡，拐上小路，村庄和教堂近在眼前。正当我沉思的时候，栏杆旁聚了一大群人。大多数我都认识，但还有许多被好奇心勾来的。马车驶到大门前，我们下车的时候，他们之中产生一种压力。我摘掉帽子，向表姐瑞秋伸出胳膊。我的教父对露易丝做出的这个动作我见过好多次了。我们沿小路走到教堂门前，人们目不转睛地盯着我们。我原以为自己会跟傻瓜一样做出与身份不符的事情，但我却很平静。我充满自信和骄傲，以及古怪的愉悦感。我目视前方，丝毫没有左顾右看，一路过去，男人们摘帽致意，女人们行屈膝礼。以往只我一个人时，他们从来没有这么做过。这毕竟是难得一遇的大事。

走进教堂时，钟声正在敲响，已在小包间就座的人们转身看着我们。男人们之间响起一阵脚掌摩擦地面的声音，女人们的衣裙沙沙作响。我们路过肯德尔一家的小包间，沿过道走向我们自己的小包间。我瞥见我的教父，他浓密的眉毛挤成一团，脸上露出沉思的表情。毫无疑问，他正在想我过去四十八小时里表现如何。因为受过上等教育的熏陶，他不会直视我们两人。露易丝坐在他旁边，身体僵直。她摆出一副骄傲的模样，我想我惹到她了。但是当我向旁边跨出一步，方便表姐瑞秋先进入小包间时，好奇心战胜了露易丝的理智。她抬头扫视一眼，目光落在我的访客身上，接着与我对视。她挑挑眉毛，表示疑惑，我假装没看见，随手关上小包间的门。会众跪下来祈祷。

与一个女人同处于小包间里给人一种奇怪的感觉。我的记忆闪回到童年，那是安布罗斯第一次带我去教堂，我还得踩着脚凳才能趴在前面的椅背上往前看。我模仿安布罗斯的做法，双手捧着祈祷书，但经常上下颠倒；到小声祈祷时，我不解其意，只学他咕哝。长高以后，我会把幕帘拉到一旁，向外张望，观察教区牧师和前排座位上的唱诗班；再后来，我从哈罗公学放假回家，每当布道时间过长，我会学着安布罗斯把双臂叠放在身前，悠闲地坐在那儿。如今我已成年，做礼拜于我而言变成了思考的时刻。可惜啊，不是反思我的缺点和懒怠，而是思考下一周怎么安排，农田里该做什么农活，树林该怎么管理，在海湾的咸鱼库里该对西科姆的侄子说什么话，哪些被遗忘的吩咐该传达给塔木林。我曾独自坐在小包间里，把自己锁在里面，没有人或事来打扰我。我吟诵赞美诗，并且根据传承已久的习惯做出回答。这个礼拜日非同以往，我自始至终感受到她在我身旁。她无疑不懂该怎么做。或许她这辈子每个周日都去英国国教教会做礼拜。她一动不动地坐着，表情肃穆地凝视教区牧师，当她下跪时，我发现她整个跪在地上，不像安布罗斯和我那样半坐在椅子上。她也不发出任何声响，目视前方，这跟侧廊小包间里牧师看不到的帕斯科夫人和她女儿们截然不同。轮到唱赞美诗的时候，她掀起面纱，我看见她的嘴唇随着唱词翕动，但听不到声音。坐下聆听布道时，她把面纱放了下来。

我好奇上一个坐在阿什利小包间的女人是谁。可能是菲比婶婶，在这儿为她的助理牧师唉声叹气；或许是菲利普叔叔的妻子，也就是安布罗斯的母亲，我们二人从未谋面。也许在我父亲与法国人打仗战死之前曾坐过这儿的，还有我年轻娇弱的母亲，安布罗斯告诉我，她只比我父亲多活了五个月。我从来没有过多回忆过他们，也未曾感觉父母之爱的缺失，安布罗斯替他们承担了责任。可如今呢，看着我的表姐瑞秋，我对我的母亲充满了好奇。她是否曾在我父亲身旁的脚凳上跪拜过？她是否曾经靠着椅背，双手叠放在膝上聆听布道？礼拜结束后，她是否曾经坐车回家，把我从摇篮里抱出来？帕斯科先生的布道声嗡嗡传来，我坐在那儿，好奇小小的孩子被母亲抱在怀里是什么感觉。她是否曾经抚弄我的头发，亲吻我的脸颊，然后笑盈盈地把我放回摇篮？我突然希望自己能记住她。为什么小孩子的记忆回不到某一个界限之外的地方呢？我只记得自己那会儿是个小孩，总是追在安布罗斯后面，呼喊着让他等等我。而这之前的记忆一片空白，没有任何痕迹……

"赞美圣父、圣子、圣灵。"教区牧师的话把我拉回了现实。他的布道我一个字都没听进去，我也没做好下周的安排。我坐在那儿，思想魂游天外，眼睛盯着我的表姐瑞秋。

我伸手去拿帽子，碰了碰她的胳膊。"你做得很好，"我轻声说道，"但真正的考验即将来临。"

"谢谢，"她同样小声说道，"你的考验也要来了。你得为自己的食言做出补偿。"

我们从教堂里走到室外，一小撮人在那儿等着我们，都是佃户、熟人和朋友，其中有教区牧师的妻子帕斯科夫人、她的女儿们，还有我的教父和露易丝。他们逐一过来见礼，我们就像在宫廷里接见群臣一般。我的表姐瑞秋掀开面纱，我暗自决定等再次单独相处的时候就此调笑一番。

我们沿小路走向马车，她当着众人的面对我说了一句话，以免我提出反对——从她的眼神和欢快的语气来看，她是故意这么做的——"菲利普，不如你带肯德尔小姐乘你的马车，我和肯德尔先生乘他的吧？"

"哎呀，当然可以，如果你乐意的话。"我说道。

"这样安排我很开心。"她笑着对我的教父说，而我的教父略一鞠躬，向她伸出胳膊。他们步伐一致地走向肯德尔的马车，我别无他法，只好与露易丝一起爬上第一辆马车。我感觉像个受到批评的学生。威灵顿用鞭子一抽马匹，马车开动了。

"听着，露易丝，对不起，"我立刻说道，"昨天下午实在脱不开身。我的表姐瑞秋想去看巴顿农场，所以我就陪她去了。若非抽不出时间通知你，我一定会派仆人给你捎信。"

"噢，不用道歉，"她说道，"我等了大概两个小时，但这没什么。万幸天气很好，我采了一篮子晚熟黑莓。"

"确实很不凑巧，"我说道，"我真的非常抱歉。"

"我猜到你被类似的事情缠身，"她说道，"幸亏不是什么坏事，我很欣慰。我知道你对她的到访有何想法，所以反倒担心你可能做出什么极端的事情来，比如发生严重的分歧，导致她突然找上我家。说说吧，情况如何？你们真的相处至今却没有发生争端？全都告诉我吧。"

我拉拉帽子，罩住双眼，然后双臂抱在身前。

"全都告诉你？什么全都告诉你？"

"哎呀，所有事情嘛。你对她说过什么，她什么反应。她被你说的那些话吓住了，还是没有丝毫愧疚？"

她的声音很小，威灵顿听不到，我却觉得厌烦，没有心情跟她逗乐。她竟然选择在这样的地点和时间来进行这样一场对话，再者说，为什么她非要打破砂锅问到底？

"我们谈话的时间很少，"我说道，"第一天晚上，她身体疲乏，早早就休息了。昨天只顾围着庄园走路，上午去了花园，下午去了巴顿农场。"

"那你们根本没有认真交谈？"

"这取决于你所说的认真是指什么。她与我原先设想的相差极大，我只知道这一点。你从刚刚的短暂一瞥也能看得出来。"

露易丝默不作声。她没有像我那样背靠着马车座椅，而是坐得笔直，双手缩在暖手筒里。

"她非常漂亮。"露易丝最终说道。

我把腿从对面的座椅上抬下来，转头盯着她。

"漂亮？"我惊讶地说道，"亲爱的露易丝，你一定疯了。"

"哦，不，我没疯，"露易丝答道，"不信去问我父亲，随便找人问问。你没发现她掀起面纱的时候大家都盯着她看吗？你之所以没注意到，就因为你对女人视而不见。"

"我这辈子都没听过这种屁话，"我说道，"她眼睛挺神气，但除此之外，她就很普通，算得上我遇到的最普通的人。反正，我想对她说什么就说什么，什么都能聊。在她面前，我不用注意任何特别的行为礼仪，只需要随便坐在她面前，自顾自抽烟斗。"

"我记得你刚刚说没时间跟她谈话？"

"别找茬儿。吃晚餐和逛庄园的时候，我们当然是谈了的。谈话不费吹灰之力，这才是我想让你明白的要点。"

"显而易见。"

"至于生得漂亮一事，我要跟她说上一说，她定会大笑一番。人们盯着她看是人之常情，因为她是阿什利夫人。"

"这一点同样显而易见，但并不充分。暂且不论她普通与否，她似乎给你留下了深刻印象。当然，她已人到中年。要我说得有三十五岁，你觉得呢？或者你觉得她年轻些？"

"我根本不知道，也不在乎，露易丝。我对人的年龄不感兴趣。她就算九十九岁也跟我没关系。"

"别乱说。九十九岁的女人可不会有她那样的眼神，也不会有她那样的肤色。她穿衣很有品位，那件长袍裁剪得当，披风也做工精良。丧服穿在她身上却不让人觉得邋遢。"

"老天啊，露易丝，你快变成帕斯科夫人了。以前从没听你如此娘们似的说闲话。"

"我也没见过你这么动情呀，我只是以牙还牙罢了。四十八个小时，变化真大啊。唉，我父亲倒要松口气了。自从你上次见他之后，他总担心你们大打出手，你说这能怪谁呢？"

万幸要爬一段长坡，我趁机下车和马大一同走路，给马儿减轻压力，这是我们长久以来的习惯。露易丝的态度多么非同寻常啊。我的表姐瑞秋旅居顺利，她竟然不是感到宽慰，反而相当心绪不宁，几乎称得上怒气冲冲了。在我看来，这可是糟糕的待客之道。到了山坡顶端，我重新爬进马车坐在她旁边，两人后半截路没再说过一句话。相顾无言简直可笑，但如果她不肯主动打破沉默，我又何必自取其辱呢。我禁不住想，去程可比返程愉快多了。

不知另外两人在第二辆马车里情况如何，似乎相当融洽。我们从马车里下来，威灵顿掉头给他们让路，露易丝和我坐在门前等候我的教父和我的表姐瑞秋。他们言谈甚欢，如同一对旧友，往常榆木疙瘩一样沉默寡言的教父竟然以不寻常的热情谈论某个话题。我听见"可耻"和"国家不容许"等只言片语，便明白他又谈起了最爱的话题——政府和反对派。我敢打赌，他大概没下马车走路给马儿减轻压力。

"一路顺心吗？"我的表姐瑞秋嘴角微翘地打探道，我确信她从我们的忸怩表情中看出这一路并不愉快。

"嗯，谢谢。"露易丝礼貌地后退一步给她让路，但我的表姐瑞秋拉住她的胳膊说道："来我屋里吧，脱掉外套，摘掉帽子。我想谢谢你给我送来漂亮的花朵。"

我的教父和我刚刚洗完手，互相问候了几句，帕斯科一大家子便来了，我只好陪着牧师和他的几个女儿一同逛花园。陪牧师没什么大不了的，但要是他的几个女儿不在就好了。至于牧师的妻子帕斯科夫人，她则像一只追踪猎物的猎犬，着急忙慌地上楼跟女士们待在一处。她还从没见过打扫得一尘不染的蓝房间……牧师的女儿们盛赞我的表姐瑞秋，和露易丝一样认为她美丽动人。我说我觉得她身材瘦小，毫不出众，她们惊叫着表示抗议，这让我心情非常舒畅。"不是不出众，"帕斯科先生用手杖翻了翻一棵绣球花的花苞，"绝非不出众。也不像姑娘们说的漂亮。但是有女人味，没错，十足的女人味。"

"可是，父亲，"他的一个女儿说道，"你肯定没期望阿什利夫人是别的模样吧？"

"乖女儿，"牧师说道，"你不晓得多少女人恰恰缺乏这种品质呢。"

我想到帕斯科夫人和她庞然的脑袋，迅速指指安布罗斯从埃及带回来的棕榈树幼苗——他们已经看过很多次了——不着痕迹地转换了话题。

我们回到房子里，走进客厅，发现帕斯科夫人正大声跟我的表姐瑞秋讲她的厨娘跟花园工人的风流韵事。

"我想不通啊，阿什利夫人，是在哪里发生的呢？她跟我的厨师住同一间房，据我们所知，她从来没出过门的呀。"

"会不会是在地窖里？"我的表姐瑞秋问道。

我们刚一进门，谈话立刻被打断了。自从安布罗斯离家两年以来，我头一次感到周日过得如此之快。就算他在的时候，周日的时光也经常难挨。他讨厌帕斯科夫人，对她的女儿们十分冷淡，他客气地容忍露易丝，因为她是他老友的女儿，所以他向来只找牧师和我的教父作陪。那样的话，我们四人便能畅所欲言。女人一来，真是度日如年。今天却非同往日。

晚餐上桌，肉类摆得满满当当，银器擦得锃亮，好似一场盛宴。我坐在安布罗斯常坐的首位，我的表姐瑞秋坐在正对面。帕斯科夫人与我邻座，这一回她没把我惹急。大部分时间里，她那张好事的大脸都冲着餐桌的另一头，她哈哈大笑，狼吞虎咽，甚至忘记了对她的丈夫唠叨。牧师仿佛头一次放开了手脚，他满面通红，目光热切，竟吟起诗来了。帕斯科一家子像玫瑰一样盛放，我的教父竟也乐在其中。

唯有露易丝沉默寡言，超然离群。我竭尽全力与她搭话，可她没有或者不肯接话。她拘谨地坐在我的左侧，心不在焉地吃着面包碎屑，一副咽的是大理石的表情。唉，她想生气的话，那就随便她生气吧。我忙于享受这愉悦，没时间去操心她。我蜷在椅子里，双臂倚着扶手，望着我的表姐瑞秋笑个不停，而她不停地鼓动牧师吟诵诗篇。吃饱喝足，主客尽欢，这是我所体验过的最美好的周日晚宴，我愿意倾尽所有，换来安布罗斯与我们一同分享这一切。甜点吃完，葡萄酒被端上桌，我不知是否该像往常那样起身开门送客，还是应当让坐在对面的女主人发号施令。谈话中断，她突然抬头望着我笑了笑。我报以微笑，算作回答。两人的目光似乎凝滞了一会儿。这情景很是古怪，匪夷所思。从未体验过的感觉直入我的心底。

接着，我的教父用粗哑深沉的嗓音说道："阿什利夫人，您说说，菲利普是不是跟安布罗斯特别相像？"

大家沉默了一会儿。她把餐巾布放在桌上。"非常相像，"她说道，"以至于我坐这儿吃晚餐时还在想，两人究竟有没有区别。"

她起身，其他女人也跟着站起来，我穿过餐厅打开门。可是当她们远去，我回到自己的椅子上时，那种感觉依然萦绕心头。

第十二章

　　他们六点钟左右离去，因为牧师要去另一个郊区做晚祷。我听见帕斯科夫人跟我的表姐瑞秋约定本周内去她家过一个下午，帕斯科家的女儿也个个提出要求，一个让她就一幅水彩画提点建议，另一个说要织一套挂毯罩子，拿不定主意选哪种羊毛，还有一个每周四给村里一位生病的女人大声读书，想问问我的表姐瑞秋能不能陪她去，因为那个可怜的女人想要见见我的表姐。"当然，"我们穿过大厅走向前门时，帕斯科夫人说道，"许多人想见您一面，阿什利夫人，我想您可以考虑未来四周每天下午都安排会面。"

　　"她在佩林也能见人，"我的教父说道，"我们家的位置方便接待，比这里还方便。我确信她一两天内就会大驾光临。"

　　他扫了我一眼，我急忙回应，把更多麻烦事扼杀于未然。

　　"不行的，先生，"我说道，"我表姐瑞秋暂时要住在这儿。她得逛完整个庄园才会接受外出邀请呢。我们明天去巴顿农场喝茶，其他的农场要挨个转一遍。若不优先看望每一个佃户，人们会感到深受冒犯的。"

露易丝瞪大双眼望着我，我假装没看见。

"哦，这样啊，好，应该的，"我的教父也惊讶地说道，"非常好，很合理。我原本想提议自己陪同阿什利夫人，但既然你已安排妥当，那就是另一码事了。另外，"他转身对我的表姐瑞秋说道，"如果您在这儿住得不顺心——菲利普，抱歉我说这话，毕竟这里很多年都没接待女士了，想必您自己明白，他们都粗手粗脚的——或者您想找个女士做伴，我知道我女儿一定会乐意接待您。"

"我们的牧师住宅有间客房，"帕斯科夫人说，"如果您什么时候觉得寂寞了，阿什利夫人，那间房一直给您备着。您来住的话，我们会很高兴的。"

"没错，没错。"牧师附和道。我怀疑他又要来一段诗歌了。

"你们心眼真好，简直慷慨至极，"我的表姐瑞秋说道，"等庄园这边的事情忙完之后，咱们再谈吧？先谢谢你们啦。"

众人又闲聊一番，然后互相道别，几辆马车沿车道向远处驶去。

我们回到客厅。这个夜晚过得确实很愉快，但我很高兴他们终于离去，房子里再次陷入寂静。她一定跟我有同样的想法，因为她在客厅里站了一会儿，目光环顾四周，然后说道："我喜欢聚会之后屋里的寂静。椅子随处摆放，坐垫乱七八糟，一切都说明人们言谈甚欢。回到空荡荡的房间里，人会为聚会结束而开心，为能缓口气而开心得说上一句'终于又能独处了'。在佛罗伦萨的时候，安布罗斯常跟我说，能体验访客离去所带来的愉悦，忍受他们的无趣乏味也值得。他说得太对了。"

我望着她抚平椅套，触摸到一个坐垫。"你不用收拾，"我对她说道，"西科姆、约翰和其他人明天会打理。"

"女人的天性，"她对我说道，"别傻看着我，坐下，装满你的烟斗。你开心吗？"

"开心。"我侧身四仰八叉地躺在脚凳上。"说不清为什么，"我补充道，"以往我总觉得周日十分讨厌。因为我不善言辞，今天我只需坐在凳子上，随你替我说话。"

"女人的用途就在于此，"她说道，"这是她们熟练掌握的技能之一。如果谈话出现中断，天性会告诉她们如何处理。"

"对，但是你做得不着痕迹，"我说道，"帕斯科夫人恰恰相反。她唠叨个不停，闹得人只想大喊大叫。以往的周日晚宴上，男人谁都别想开口说话。不知你是用什么方法把晚宴变得如此惬意。"

"很惬意吗？"

"哎呀，当然啦，我跟你说了嘛。"

"那你最好赶紧娶了你的露易丝，弄个真正的女主人回来，别只找一个传话筒。"

我在脚凳上坐正，眼睛盯着她看。她在镜子前整理自己的头发。

"娶露易丝？"我说道，"少来了，我谁也不想娶。她不是'我的露易丝'。"

"噢！"我的表姐瑞秋说道，"我倒觉得她就是呢，至少你的教父给我留下这种印象。"

她找了张凳子坐下，伸手拿起她的刺绣。小约翰恰好进来拉窗帘，所以我没作声。然而，我心里腾起一阵怒火。我的教父凭什么有这样的臆想？我等到约翰走开才开口说话。

"我的教父说了什么？"我问道。

"具体说什么我不记得，"她说道，"我觉得他认为这是大家心知肚明的事情。在从教堂回来的马车里，他说他女儿来这里插花，说对于你这个在全是男性的家庭里长大的人来说，这种事情你是做不来的。你越早结婚，有个人照应，就越好。他说露易丝非常懂你的心思，你也非常懂她。但愿你为自己周六的无礼行为道过歉了。"

"嗯，我道歉了，"我说道，"但是似乎没什么用。我从没见过露易丝心情这么糟糕。对了，她说你美丽动人。帕斯科家的姑娘也是这么想的。"

"真会说话。"

"牧师的意见与她们相左。"

"太伤人了。"

"但他认为你有女人味，十足的女人味。"

"哪方面呢？"

"我估计是跟帕斯科夫人不同的女人味吧。"

她迸出一串笑声，目光从刺绣上挪开。"菲利普，你会如何界定呢？"

"界定什么？"

"帕斯科夫人和我的女人味之间的区别。"

"噢，鬼才知道，"我用脚踹了踹凳腿，"我对这个话题一无所知。我只知道我喜欢看你，不喜欢看帕斯科夫人。"

"这个回答又简单又贴心，谢谢你，菲利普。"

对于她的双手，我的话同样适用。我喜欢看她的双手。帕斯科夫人的双手就像是煮烂的香肠。

"话说回来，露易丝那事纯属空穴来风，"我说道，"所以请不要再提了。我从没想过娶她，也没打算娶她。"

"可怜的露易丝。"

"我教父竟然有这种想法，真是荒唐。"

"不尽然。两个年轻人年龄相当，经常处在一起，并且乐意有对方陪伴，外人把他们看成一对是理所当然的。况且，那姑娘心眼好，长得俊，做事也麻利，一定会是个贤内助。"

"瑞秋表姐，你能别说了吗？"

她再次抬头望着我，嘴角露出笑意。

"看望所有人，去牧师家里住，去佩林，"我说道，"这些也别再提了。这房子有什么问题？有我陪着怎么了？"

"没什么，目前没有。"

"那……"

"我会待到西科姆厌倦我为止。"

"西科姆与此事无关，"我说道，"威灵顿、塔木林，谁都跟这事没半点关系。我是这里的主人，这件事只能由我决定。"

"那我只好客随主便啦，"她答道，"这也是守妇道。"

我狐疑地抬头望着她，看她有没有在笑，但她专注于刺绣，我看不到她的双眼。

"明天我按资历列一份佃户名单，"我说道，"受雇时间最长的先去看望，按照周六的安排，咱们从巴顿农场开始。每天下午两点钟出发，直到把庄园里的每一个人都见一遍。"

"好的，菲利普。"

"你得给帕斯科夫人和她家的姑娘们写个便条，说明你有别的安排。"

"我明天一早就写。"

"见完咱们自家人，你每周在家里待三天，分别是周二、周三和周四，以防郡里来人拜访。"

"你怎么知道他们什么时候来？"

"因为我已经听够帕斯科一家和露易丝经常讨论这些了。"

"我明白了。我一个人坐在客厅里接待，还是你跟我一起，菲利普？"

"你独自接待。他们拜访的是你，不是我。接见郡里的人不是男人该做的事。"

"假如有人邀请我出门参加晚宴，我可以接受吗？"

"不会有人邀请你，你正在服丧呢。如果要设宴待客，也得在这里办。但是每次不能超过两对夫妇。"

"这规矩是谁定的呀？"她问道。

"管他什么规矩，"我答道，"安布罗斯和我从来不按规矩办事，规矩都是我们自己定的。"

她把头埋得更深，我敏锐地察觉那是为了掩饰笑意，但至于她在笑什么，我却想不明白。我不是在说笑。

"我猜啊，"过了一会儿，她说道，"你不介意给我列一份规矩清单吧？或者说行为准则？趁着等人来拜访的空当，我可以在这儿研究研究。若我做出有悖你规矩的失礼行为，使我自己颜面尽失，那可就惨了。"

"无论对谁，你想说什么都行，"我说道，"我只要求你在这里说，就在这间客厅里。无论什么情况，别让任何人进图书室。"

"为什么？图书室里怎么了？"

"我会坐在图书室里。双脚支在壁炉上。"

"周二、周四和周五也那样吗？"

"周四不会。周四我进城去银行。"

她举着几卷丝线靠近烛台，仔细查看颜色，然后叠起来卷进刺绣里。她把刺绣卷成一捆放在一旁。

我扫了一眼时钟，时间尚早。她打算这么早就上楼吗？我有点失落。

"郡里的人来拜访之后，"她说道，"又有什么安排？"

"哎呀，那你就该去回访了呀，每一家都要的。我会安排马车每天下午两点来接你。抱歉，不是每天下午，是每周二、周四和周五下午。"

"我一个人去？"

"你一个人去。"

"那我周一和周三做什么？"

"周一和周三啊，我想想……"我快速思索，却编不出来，"你画素描吗？或者唱歌？就像帕斯科夫人那样？你可以周一练习唱歌，周三画素描或油画。"

"我不会画素描，也不会唱歌，"我的表姐瑞秋说道，"恐怕你安排的休闲项目都完全不适合我。假如我不在家等郡里的人来拜访，而是以教他们意大利语的名义上门，那样更适合我。"

她吹灭身旁高台上的蜡烛，站了起来。我也从脚凳上起身。

"阿什利夫人出去教人意大利语？"我假装惊恐地说道，"太有损名声啦。未婚女才去教课，因为她们没人养活。"

"没人养的寡妇该怎么办呢？"她问道。

"寡妇？"我不假思索地说道，"哦，寡妇尽快再婚，或者卖掉婚戒换钱。"

"我明白了。唉，我两样都不打算去做。我选择教意大利语。"她拍拍我的肩膀，走出了房间，头也不回地对我说了句晚安。

我感觉自己涨红了脸。老天啊，我说的什么话？我不顾她的状况，忘记了她的身份和遭遇，就随口乱说。我像以往和安布罗斯聊天的时候那样，沉浸于谈话的乐趣之中，以至于口不择言。再婚，卖掉婚戒。她到底会对我作何想法？

我在她眼中该是多么粗心大意，多么不通人情，多么愚笨痴傻，多么缺乏教养啊！面颊的赤红色传到后脑勺，直冲我的发根。完蛋啦。道歉顶什么用，反而会小题大做。最好顺其自然，盼望、祈祷她忘在脑后。我庆幸没别的人在场，比如我的教父，否则他们会把我扯到一边，指责我有失风度。或者在就餐时段，有西科姆和小约翰在旁伺候着会怎么样？再婚，卖掉婚戒。噢，老天啊……噢，老天啊……我究竟发了什么痴癫？今晚我将难以入眠，我将睁大双眼躺在床上，我将辗转反侧，耳边不断回响她如迅雷一般快速做出的回答："我两样都不打算去做。我选择教意大利语。"

我喊上老唐，从侧门走到花圃。我踱来踱去，我那番话的冒犯感似乎一点没有减轻，反而越来越沉重。我简直就是个粗俗、轻率、没脑子的混球……可是她的话究竟是什么意思？难道她手头紧张到真的打算去做她所说的事情吗？阿什利夫人出去教意大利语？我想起她从普利茅斯寄给我的教父的信，想起她打算稍事休息之后前往伦敦。我想起拉伊纳尔迪说过的话——她有权出售位于佛罗伦萨的那栋大宅。我想起——毋宁说是我意识到——若贯彻执行安布罗斯的遗嘱，她可是什么都得不到的啊，他每一分每一毫的家产都归我所有。我再次回想起仆人们的闲话，没给阿什利夫人留一点东西。如果阿什利夫人跑出去教意大利语，家里的仆人、庄园里的佃户、街坊邻居、郡里的人，他们会作何感想？

　　换作两天前，或者三天前，我不会在乎的。我幻想里的那个女人，她饿死也是活该。可现在不行。现在情况不同了。要想办法解决这个问题，可我不知道有什么办法。我绝不能与她讨论此事。这个念头让我再次满面羞红。紧接着，我松了一口气，我突然想起，从法律角度而言，所有的钱财和家产暂时还不属于我，要到六个月后我过了生日才会过户给我。因此，我没有处置权，我的教父才掌握生杀大权。他是家产的受委托人，是我的监护人，所以该由他去找我的表姐瑞秋，为她从财产里挖出些东西来。我要趁早见我的教父谈谈此事。我本人绝不能卷入其中。就当是原本就随时会发生的一件法律事务，一种我们国家的习俗。没错，就用这个办法。老天保佑我想到了这个办法。教意大利语……多丢脸，多骇人啊。

　　心里稍微舒坦了些，我走回房子，但没忘记起初的口不择言。再婚，卖掉婚戒……我走到东端的草坪边上，轻轻地对正在矮树丛里闻来闻去的老唐吹了声口哨。脚步踏在鹅卵石小路上，发出轻微的嘎吱声，我听见有人从头顶冲我说道："你经常半夜跑树林里散步吗？"是我的表姐瑞秋。她坐在蓝色卧室敞开的窗边，屋里黑灯瞎火。口不择言的愧疚感全力袭来，我庆幸她看不见我的表情。

　　"偶尔，"我说道，"当我有心事的时候。"

"就是说你今晚有心事吗？"

"哎呀，是的，"我答道，"我在树林里散步的时候得出了一个重要结论。"

"什么结论？"

"你在见到我之前就不待见我，认为我骄傲自负、鲁莽无礼，是个被宠坏的家伙，这些想法完全合情合理。我这三样占全了，而且比你想得还要差劲。"

她两臂支着窗框，探出窗外。

"那在树林里散步对你没好处，"她说道，"而且你的结论愚蠢至极。"

"瑞秋表姐……"

"怎么了？"

我不知该如何开口道歉。轻易连成一串而促使我在客厅口不择言的那些词，在我希望能弥补过错的此时此刻却无论如何也不肯现身。我站在她的窗下，张嘴说不出话，心里羞愧万分。突然间，我看到她转头往后面够了一下，然后再次倚在窗前，从窗户那儿向我扔了一样东西。那东西先砸中我的脸，接着掉在地上。我弯腰捡了起来。那是她花盆里的一朵花——一朵藏红花。

"别傻站着啦，菲利普，快去睡觉吧。"她说道。

她关上窗户，拉好窗帘。不知怎的，愧疚感离我而去，随之而去的还有慌乱，我感觉心情舒畅了。

由于我拟订了看望佃户的计划，在这周的前几天骑马去佩林已无法实现。此外，若不带我的表姐瑞秋去拜访露易丝，我几乎想不出借口去见我的教父。周四那天，我的机会来了。邮车从普利茅斯送来了她从意大利带来的所有灌木和草本植物，西科姆刚把消息告诉她——当时我正在吃早餐——我的表姐瑞秋便收拾妥当下了楼，她用蕾丝披肩包着头，做好了出门去花园的准备。餐厅的门通往大厅，我看见她匆匆经过。我出来向她问早安。

"我记得你曾说过，"我说道，"安布罗斯告诉你女人不该在十一点前抛头露面。这才八点半，你下楼做什么？"

"邮车来了，"她说道，"在九月份最后一天的早上八点半，我不是个女人，而是个园丁。塔木林和我有事要做。"

她像个期待大餐的小孩，满脸的欢欣喜悦。

"你要去数植物的数目吗？"我问道。

"数数？不，"她说道，"我得去看看这一路上有多少还活着，哪些应该立刻种进土里。塔木林不懂，但我懂。树先不着急种，等我们有空再说，不过我想立刻去看看那些草本植物。"我发现她戴了一双粗旧手套，与她整洁弱小的身体极不相称。

"你不是要亲自动土吧？"我问道。

"当然要的啊。你等着瞧吧，我比塔木林和他的手下干活还快呢。中午不用等我回来吃饭啦。"

"可是今天下午，"我抗议道，"咱们定好了要去朗凯里农场和库姆农场呀。农场的厨房会备好饭食，还要喝茶呢。"

"你送个便条过去，把看望日期推迟，"她说道，"需要种东西的时候，其他事情我都顾不得。再见。"她冲我挥挥手，穿过前门向鹅卵石车道走去。

"瑞秋表姐？"我透过餐厅窗户对她喊道。

"怎么了？"她头也不回地说道。

"安布罗斯对女人的看法错了，"我大声喊道，"早上八点半的女人真的很好看。"

"安布罗斯说的不是八点半，"她对我喊道，"他说的是六点半，而且他指的不是下了楼的女人。"

我转身在餐厅里狂笑，发现西科姆噘着嘴站在身旁。他一脸嫌弃地走到橱柜前，示意小约翰撤掉早餐菜肴。今天搞种植起码有一样确定无疑，那就是不需要我到场。我改变上午的安排，吩咐人给吉普赛装上马鞍，到了十点钟，我已在去往佩林的路上。我的教父恰好在家中的书房里，我开门见山，径自提出今日登门造访的主题。

"所以你该明白，"我对他说道，"必须有所行动，而且立刻就办。唉，若是给帕斯科夫人知道阿什利夫人打算教意大利语养活自己，那不出二十四小时，消息就得传到郡里。"

如我所料，我的教父震惊不已，一脸痛苦的模样。

"哎呀，丢人啊，"他赞同道，"必定无疑。根本行不通的。当然，此事极其微妙。我需要时间来仔细思考如何处置。"

我的火气腾地蹿了起来。我知道他对涉及法律的事务慎之又慎。他会推来推去，浪费好几天时间。

"别浪费时间啦，"我说道，"你不如我了解我的表姐瑞秋。她会随便逮着哪个佃户就问'你知道有谁想学意大利语吗'。到那会儿，我们情何以堪？何况闲言碎语已经通过西科姆之口传入我的耳中，人人都知道遗嘱里没她的份儿。这必须纠正过来，马上就改。"

他陷入沉思，无意识地咬着钢笔。

"那个意大利律师对她的状况只字未提，"他说道，"可惜我没办法与他商讨此事。我们没有任何途径去了解她的私人收入有多少，或者她上一次婚姻获得了多少遗产。"

"我相信所有收入都用来偿付圣加利特的债务了，"我说道，"我记得安布罗斯曾在信中提到这些。正由于她的财务问题牵涉颇多，去年他们才没回国。毫无疑问，她就是为此才不得不出售那座大宅。哎呀，估计她名下连一毛钱都没有。我们必须为她争取些什么，今天就敲定。"

我的教父开始整理散放在桌面上的文件。

"菲利普，"他透过眼镜扫了我一眼说道，"我很高兴你转变了态度。你表姐瑞秋来之前，我心里很不安宁。那时你打算粗鲁地对待她，不愿为她做任何事情，这必然会引发一场丑闻。你现在总算明事理了。"

"我那会儿判断失误，"我急切地说道，"都忘掉吧。"

"那好，"他答道，"我写封信给阿什利夫人和银行，向她和银行解释庄园打算如何处理这件事。最好的办法是我替她开立一个账户，庄园按季度支付一笔钱。等她搬去伦敦或别的地方，我们再向当地的银行分部说明。再过六个月，等你年满二十五岁，你就能亲自处理啦。现在该说说每季度支付多少钱。你建议给多少？"

我思考片刻，说出了一个数目。

"金额不小啊，菲利普，"他说道，"过于慷慨了。她用不了那么多的，至少目前用不了。"

"哎呀，老天啊，咱们别抠抠搜搜的啦，"我说道，"既然要做，那就像安布罗斯那样去做，否则干脆别做。"

"嗯。"他说道，然后在记录簿上勾画了一两个数字。

"好啦，看到这个，她会很高兴的，"他说道，"这应当能弥补遗嘱所带来的失落感。"

从事法律职业的人多么铁石心肠啊。他划拉着钢笔计算数目，思考一分一毫的用途、庄园能支付多少。天啊！我恨金钱！

"快点吧，先生，"我说道，"快写信，写完我带走。我也可以骑马去银行送信。我的表姐瑞秋可以立刻从那儿取钱。"

"亲爱的小伙子，阿什利夫人哪会那么急着用钱。你真是从一个极端掉到另一个极端。"

他叹了口气，从面前的记录簿中抽出一张纸。

"她说你像安布罗斯，果真没错啊。"他答道。

他写信的时候，我从他身后盯着，好看清他写了什么。他没提起我，只谈到庄园，说是庄园有意给她遗产，并且决定按季度支付。我像一只鹰一样仔细地盯着他。

"如果你不愿被人看出牵涉其中，"他对我说道，"最好别把信带走。多布森今天下午要去你那边，他可以替我把信带去。那样面子上好看点。"

"太好了，"我说道，"我这就去银行。谢谢你，叔叔。"

"走之前别忘了去看看露易丝，"他说道，"她应该在家里。"

我急于离开，本不想去见露易丝，但我不能说出口。她恰好在客厅里，而我不得不通过教父书房那扇通往客厅的门。

"我似乎听到了你的声音，"她说道，"你来这儿待一天吗？我给你拿点蛋糕和水果。你一定饿了。"

"我马上要走，"我说道，"谢谢你，露易丝。我骑马过来找我的教父谈公事的。"

"哦，"她说道，"我懂了。"她看见我时欣喜而自然的表情转换成了周日的生硬面孔。"阿什利夫人可好？"她问道。

"我的表姐瑞秋一切安好，她非常忙，"我说道，"她从意大利带回来的灌木今天早上刚刚抵达，她正和塔木林在温室里栽种。"

"我原以为你会待在家里帮她呢。"露易丝说道。

我不知道这姑娘是怎么回事，但她语气里前所未有的变化听来特别让人讨厌。我突然回想起她往日的举止，比如我们在花园里赛跑，当我玩得不亦乐乎时，她会无缘无故地甩甩卷发对我说："我不玩了。"然后站在那儿用这同样的倔强表情紧盯着我。

"你很清楚我不会搞园艺，"我说道，然后恶作剧般地补充道，"你的怒火还没消啊？"

她猛地起身，满脸涨红。"怒火？不知道你在说什么。"她急忙说道。

"哎呀，不对，你知道的，"我说道，"你周日一整天情绪低落，明眼人都看得出来。真奇怪啊，帕斯科家的姑娘竟然没说起这事。"

"帕斯科家的姑娘啊，"她说道，"可能跟别人一样，都忙着说别的事情呢。"

"什么事情呀？"我问道。

"一个久经世故的女人，就像阿什利夫人那样，把你这样的年轻小伙子玩弄于股掌之间，得有多轻松啊。"露易丝说道。

我转身走出房间。我真想揍她一顿。

第十三章

　　我沿着佩林的大马路骑马往回走，穿过乡村来到镇里，又返回家中，这一路走了得有二十英里。我中途在镇码头的酒馆喝了一杯苹果酒，但什么都没吃，到四点钟已是饥肠辘辘。

　　房顶钟楼的大钟敲了四下，我径直骑向马厩，结果在那儿等候的不是马夫，竟是威灵顿。

　　眼见吉普赛大汗淋漓，他咂了咂舌头。"这样不行的啊，菲利普先生，"我下马时他说道，我如同往日从哈罗公学放假返家时般深感愧疚，"母马体温过高会着凉的，您看您把它累得满身冒热气。它这体格干不了跟着猎狗追猎的活。"

　　"如果我带着它追猎的话，早就跑去博德明沼泽啦，"我说道，"别没事找事啊，威灵顿。我去找肯德尔先生谈公事，之后又去了一趟镇里。对不起，把吉普赛累坏了，但这也是没办法的事情。我觉得它不会有事的。"

　　"希望吧，先生。"威灵顿说道，然后用双手抚摩可怜的吉普赛的腹部，仿佛我带它去参加了一场障碍马赛。

我走回房子里，进入图书室。火烧得很旺，却不见我表姐瑞秋的踪影。我拉铃喊来西科姆。

"阿什利夫人呢？"他刚一进门，我便问道。

"夫人三点钟过后没多久回来的，先生，"他说道，"您走之后，她和园丁一直在地里忙活。塔木林这会儿在我的管家室里，他说从没见到谁干起活来像夫人那样劲头十足，她可真是个奇人。"

"她一定疲乏了。"我说道。

"想必是的，先生。我建议她去休息，可她不肯听。'西科姆，叫仆人给我端来几罐热水，我洗个澡，'她对我说，'头发也洗一洗。'我原本打算叫我侄女去，毕竟身为淑女而自己洗头发是不合礼数的，但她也不肯听。"

"叫仆人也给我端热水来吧，"我对他说道，"我这一天也够累的。我还饿得要死，晚餐早些吃吧。"

"好的，先生。四点四十五分？"

"如果可以的话，西科姆。"

我吹着口哨上了楼，脱掉衣服坐进卧室火炉前热气腾腾的浴缸里。几条爱犬从我表姐瑞秋的房间顺着走廊跑过来。它们早已习惯了访客的存在，她去哪儿就跟去哪儿。老唐从台阶顶端冲我摇摇尾巴。

"哈喽，老朋友，"我说道，"你背信弃义啊。你为了一个女人而抛下了我。"它伸出柔软的舌头舔舔我的手，一双大眼盯着我。

仆人端来水罐，把热水倒进浴缸。我心情畅快地盘腿坐在浴缸里搓澡，并在蒸腾的水汽里胡乱哼着曲子。当我用毛巾擦干身体时，我发现床边的桌上放了一盆花。那是从林子里折来的嫩枝，其中有兰花和仙客来。以前从没有人往我的屋子里放过花。西科姆不会想得那么周到，其他仆人也不会，一定是表姐瑞秋放的。这盆花真是给我的好心情锦上添花。她栽种草木忙活了一整天，还抽出时间插花给我。我打好领结，穿上晚宴大衣，嘴里还在胡乱哼曲。我沿走廊过去，敲了敲那间会客室的门。

"谁啊？"她在门内问道。

"是我，菲利普，"我应声说道，"我来告诉你今天的晚餐会早点开饭。我饿坏了，听说你今天的事迹，我估摸着你也饿了。你跟塔木林到底忙活什么呢，非得又洗澡又洗头的？"

那充满感染力的笑声便是她的回答。

"我们挖地呢，像地鼠一样。"她说道。

"挖地挖到灰头土脸吗？"

"浑身是土，"她答道，"我洗完了澡，正在弄干头发。我已经穿戴妥当，看起来跟菲比婶婶一模一样。你可以进来。"

我推开门走进会客室。她坐在火炉前的脚凳上，换掉丧服的她是如此不同，我一时间差点认不出来。她身穿一件白色礼服外套，领口和袖口用丝带绑着，头发扎到头顶，而不是从中间整齐地分开。

我从没见过与菲比婶婶如此相似之人。我站在门口直冲她眨眼。

"进来坐下吧。别一副傻呆呆的样子。"她对我说道。

我关好身后的门，进屋坐在一张凳子上。

"请原谅我，"我说道，"我以前从没见过穿便服的女人。"

"这不是便服，"她说道，"是我早餐时穿的。安布罗斯常说这是我的修女长袍。"

她抬起胳膊用发夹拢头发。

"你二十四岁了，"她说道，"早该看过菲比婶婶之类朴实文雅的女人整理头发。你很窘迫吗？"

　　我交叉双臂，跷起二郎腿，目光不离她。"一点都不窘迫，"我说道，"震惊而已。"

　　她哈哈大笑，然后用嘴含住发夹，把头发盘成一个卷，拿出发夹扎进脑后低垂的发髻里。整个过程只持续了几秒钟，或者说，在我看来只有那么短的时间。

　　"你每天都用这么少时间扎头发吗？"我惊奇地问道。

　　"哦，菲利普，你要学的东西还多着呢，"她对我说道，"你没见过你的露易丝扎头发吗？"

　　"没有，也不想看。"我突然想起离开佩林时露易丝所说的话，便脱口说道。表姐瑞秋哈哈大笑，一枚发夹掉到了我腿上。

　　"留给你作纪念，"她说道，"放到枕头下，明天早餐时看看西科姆什么表情。"

　　她走出会客室，进入对面的卧室，门却敞开着。

　　"我穿衣服，你坐那儿，可以喊着跟我说话。"她大声说道。

　　我偷偷瞥了一眼小五斗柜，看看有没有教父的信，却什么都没看到。我疑惑这是怎么回事。或许她把信带进卧室了，或许她想把此事当作我的教父和她之间的私事，不会对我提及。我希望如此。

　　"你这一天去哪儿了？"她大声问道。

　　"去镇里了，"我说道，"有几个人不得不见。"我不想提到去银行的事。

　　"我跟塔木林和其他园丁过得很开心，"她说道，"扔掉的草本植物只有寥寥几棵。菲利普啊，种植园里要做的事情还多着呢。

紧挨草坪的矮树丛得清理掉，铺一条人行道，再过小二十年，你将会有一座全康沃尔郡都要来观赏的春园了。"

"我知道，"我说道，"安布罗斯早有此打算。"

"这事需要精心筹划，"她说道，"不能只靠运气和塔木林管理。他人很和善，但所知有限。你为什么不自己多上点心呢？"

"我懂得少，"我说道，"毕竟不是我的专长。安布罗斯知道的。"

"有人能帮你的啊，"她说道，"你可以找个伦敦的设计师来布置。"

我没搭话。我不想从伦敦找个设计师过来，我确信她比任何设计师都更懂行。

正当此时，西科姆露面，在过道里逡巡。

"怎么了，西科姆，晚餐准备好了？"我问道。

"没，先生，"他答道，"肯德尔先生的手下多布森骑马给夫人送来一张便条。"

我的心沉了下去。那个顽劣的浑蛋肯定路上跑去喝酒才耽搁了这么久。这下好了，她得当着我的面看便条了，时机不妙啊。我听见西科姆敲了敲敞开的门，把信递了过去。

"我下去到图书室等你。"我说道。

"不，别走，"她喊道，"我穿好了。我们一起下去。肯德尔先生送来一封信，可能是邀请我们两个去佩林呢。"

西科姆沿走廊走远，我站起来，满心想要跟他一起离开。我突然间觉得惴惴不安。蓝色卧室里没有一点动静。她一定是在读信。时间像是过了好几个世纪，她终于从卧室走出来站到门口，那封信敞开着拿在手里，她穿着用晚餐的衣服。或许是丧服衬托，她的皮肤显得如此白皙。

"你做了什么？"她问道。

她的声音听起来不同往常，有种古怪的紧张感。

"做什么？"我说道，"没什么啊。怎么了？"

"别撒谎，菲利普。你不擅长撒谎。"

我尴尬地站在火炉前，目光四处游走，不敢与那双指责的眼睛对视。

"你去了佩林，"她说道，"你今天骑马去那儿见你的监护人了。"

她说得没错。我是这世上最无可救药、最差劲的撒谎者。在她面前，我就是这样的人。

"我可能去了，"我说道，"去了又怎样？"

"是你让他写的这封信。"她说道。

"没有，"我咽了下口水，"我没做这种事情。他自愿写的。我去找他谈公事，谈了几项法律事务之后，就……"

"你就告诉他你的表姐瑞秋打算出去教意大利语，对不对？"她问道。

我感到浑身燥热，却又浑身冰凉，局促不安得难受。

"不尽然。"我说道。

"想必我跟你那么说的时候，你知道我是在开玩笑的吧？"她说道。如果当时她是开玩笑，我心想，那她为何现在这么生我的气？

"你不知道自己做了什么事，"她说道，"你让我感觉极其羞耻。"她走到窗前背对着我。"如果你想羞辱我，"她说道，"恭

149

喜你找对方法了。"

"我不明白，"我说道，"为什么你要如此高傲？"

"高傲？"她转过身，双眼圆睁，目光阴沉，怒气冲冲地望着我。"你怎么敢说我高傲？"她说道。我也望着她。一个人刚刚还跟我有说有笑的，这会儿突然如此愤怒，我想我是被惊到了。紧接着，令我自己都深感惊讶的是，不安感消失无踪了。我径直走向她，站在她身旁。

"我偏要说你高傲，"我说道，"我还要得寸进尺，说你骄傲得可恨。被羞辱的不是你，是我。你说你要去教意大利语，那不是开玩笑。你回答得太顺当，肯定不是开玩笑。你说出那句话，是因为你心里就有那个想法。"

"我有那个想法又怎样？"她说道，"教意大利语有什么丢人的？"

"对普通人来说，不丢人，"我说道，"但对你而言，就是丢人。安布罗斯·阿什利的夫人出去教意大利语就是丢人现眼，这说明去世的丈夫没有在遗嘱里给她留下遗产。而我，菲利普·阿什利，作为他的继承人，决不允许此事发生。你必须收下那笔按季度支付的遗产，瑞秋表姐，当你从银行取钱的时候，请记得这钱不是庄园给的，也不是遗产继承人给的，而是你的丈夫安布罗斯·阿什利给的。"

说出这些话时，一股同她的怒火一样汹涌的怒意冲上我的心头。我气的是这么一个弱小的人物竟敢当着我的面指责我羞辱她，更让我生气的是，她竟敢拒收这本该属于她的钱。

"怎么？你听明白我刚刚对你说的话了吗？"

有那么一瞬间，我以为她要动手打我。她静静地站在那儿，目光冷然地看着我。接着，她双眼含泪，一把推开我跑进卧室，砰的一声甩上了门。我下楼走进餐厅，摇铃告诉西科姆说阿什利夫人不会下楼吃晚餐了。我给自己倒了一杯红葡萄酒，独自坐在首席。老天啊！原来女人是这么个德行。我从未感觉如此愤怒，也从未感觉如此心累。农忙时节和工人一起顶着毒辣的太阳干一整天的活，和拖欠租金的佃户争吵，或者处理与邻家的争端，比起跟一个起初笑逐颜开却突然恶言相向的女人争执五分钟，这些都是小巫见大巫。最致命的武器便是眼泪吗？因为她们明知眼泪对旁人的效力吗？至于在我身旁忙来忙去的西科姆，我多么希望他能躲得远远的。

"先生，您觉得夫人身体不适吗？"他问道。

我大可以告诉他，夫人并非身体不适，而是怒气冲天，估计很快就会摇铃叫威灵顿和马车来带她回普利茅斯。

"不，"我说道，"她头发还没干。你告诉约翰，让他把晚餐端去她房间。"

这大概就是男人结婚之后所要面对的吧，我心想。摔门而去，互不搭理，独自用餐。出门忙活了一整天勾起来的食欲、泡热水澡的舒适感、宁静的夜晚坐在火炉旁，慵懒地望着那双忙于刺绣的白皙、纤细的手，这样的享受终归消散无踪。我精心穿戴晚餐盛装，沿走廊一路过去，敲响会客室的门，看到她裹着那件白袍坐在脚凳上，头发扎在头顶，那时我心里是多么喜悦啊。两人的心情多么闲适，营造出来的亲密氛围，给整个夜晚的憧憬都蒙上了一层柔光。如今呢，我一个人独坐餐桌旁，眼前的牛排味同嚼蜡，难以下咽。她在做什么？躺在床上？蜡烛是否已经熄灭，窗帘是否拉得严严实实，使屋里陷入一片漆黑？抑或她的怒火已经平息，泪水擦得干干净净，镇定地坐在会客室里用餐盘吃着晚饭，做戏给西科姆看？我不知道。我不在乎。安布罗斯常说女人跟男人是不同的物种，我总算体会到了。有一件事我已确定无疑，我今生今世都不会结婚……

晚餐过后，我起身坐进图书室。我点起烟斗，双脚放到炉具上，平静心神，去追逐那偶尔给人带来愉悦和慰藉——但今晚彻底丧失了吸引力的——餐后小憩。我习惯了看着她坐在对面的椅子上，老唐卧在她的脚边，这会儿那张椅子空荡荡的，显得诡异。唉，随便吧，竟给一个女人毁掉了这一天的末尾。我起身从书架上拿来一本书翻了翻。之后我一定是打了个瞌睡，因为当我再次抬头看去，墙角的钟表指针已经快要指向九点。回床上，睡觉去吧。炉火已灭，再坐下去毫无意义。我领着爱犬来到狗舍——天气变了，风呼啸着洒下雨点——然后噔噔上楼回到房间。正当要把外套搭在椅子上时，我看见床边桌上的火盆旁放着一张便条。我走到桌前，拿起便条看了看。那是我的表姐瑞秋写的。

"亲爱的菲利普，"上面写道，"如若可以，请原谅我今晚的无礼态度。在你的家里胡作非为，着实无法宽恕。我没有任何借口可言，只是近日完全不在状态，情绪过于张扬。我已向你的监护人致信，一来感谢他给我写信，二来表明我接受津贴。两位为我考虑，实属慷慨大方，古道热肠。晚安。瑞秋。"

我把那信读了两遍，然后放进口袋里。她傲气散尽，怒火全消了？那些情绪随泪水化为无形了？她接受了津贴，这让我松了一口气。我曾设想过再去一次银行，向他们解释一番并收回成命，然后再去拜访我的教父，与他争执一场，最后以惨淡的方式收场：我的表姐瑞秋如风卷残云般离开这个家，跑去伦敦住进旅舍，教人学习意大利语。

这张便条是否耗费了她极大的心血？让她原本的傲气骤然变为谦逊？我对她不得不如此为之感到厌恶。自打安布罗斯去世后，我发现自己头一次把这堆烂事归咎于他。他自然是为将来做过一些打算的。疾病和猝死谁都可能遇到。他一定知道遗嘱里没有设定关于妻子的条款，就是把他的妻子置于我们的摆布之中。而只要往家里寄一封信给我的教父就能避免当前的所有问题。我脑海里浮现出她坐在菲比婶婶的会客室里给我写这张便条的情景。我不知道她是否已经走出会客室回去睡觉。我踌躇片刻，然后沿走廊过去，站在她房间旁边的拱门下。

会客室的门敞开着，卧室的门紧闭着。我敲了敲卧室的门。起初没有回音，接着她说道："谁啊？"

我没说"菲利普"，而是推开门走了进去。屋里一片漆黑，从我手里的烛光看去，床帘拉了一半。我可以看见她盖在被子下的体形轮廓。

"我刚看了你的便条，"我说道，"我想谢谢你，跟你道声晚安。"

我原以为她会坐起来点亮蜡烛，但她没有。她只是在床帘后的枕头上静静躺着。

"我还想告诉你，"我说道，"我绝无半点施惠于你的意思。请你相信我。"

床帘后传来的声音平静、压抑得古怪。

"我从没想过你有那个想法。"她答道。

两人沉默了一会儿，她说道："教意大利语对我而言不会有任何困扰。我不觉得做这种事情有损尊严。我受不了的是你说那样会损害安布罗斯的名声。"

"确实，"我说道，"但忘掉此事吧。以后切勿再提。"

"你骑马跑去佩林与你的监护人商讨，"她说道，"既想得周到，又非常符合你的性格。我那时看起来一定很令人讨厌，没有丝毫的感激之情。我无法原谅自己。"那快要再次哭出来的语气冲击着我，使得我心头一紧。

"我宁愿你打我一顿，"我告诉她，"也不愿看到你哭。"

我听见她在床上动了动，然后摸出一条手帕擤了擤鼻涕。床帘后的黑暗中这样普通而简单的动作和声音使得我心里更加难受。

不久后，她说道："我接受津贴，菲利普，但是本周之后，我不能再赖着你的殷勤款待。我想下周如果可以的话，我要离开这里搬去别处，可能会去伦敦吧。"

听了她的话，我心里一阵茫然。

"去伦敦？"我说道，"可是为什么呀？怎么回事？"

"我本来就只打算待几天，"她答道，"如今已比原先的计划多待了很久。"

"但是你人都还没见完呀，"我说道，"该做的事情也还没做完。"

"有什么用呢？"她说道，"那些终究没有意义。"

她说话少气无力，跟她的性格大相径庭。

"在庄园里转悠，"我说道，"看望佃户，我以为你乐在其中。每天一起跟人打交道，你看起来都很开心。还有今天和塔木林一同栽种那些灌木，难道这些全是逢场作戏，或是仅仅出于礼貌？"

她好一会儿没有回答，然后说道："菲利普，有时候我觉得你根本不懂体谅人。"

或许我真的不懂吧。我闷闷不乐，深受打击，却又毫不在乎。

"行吧，"我说道，"你爱走就走吧。你这一走会引得闲话满天飞，但没关系。"

"我原以为，"她说道，"我留在这儿才会引来更多闲话。"

"你留在这儿会有人说闲话？"我说道，"什么意思？难道你不知按理来说你本就属于这里，若非安布罗斯那么混账，这里就是你的家？"

"噢，天啊，"她骤然怒气冲冲地说道，"你以为我回来是为了别的吗？"

我又说错话了。慌不择言，不通世故，不该说的话我全说了。我突然感觉糟糕透顶，手足无措。我走到床前拉开床帘，直愣愣地俯视着她。她背靠枕头躺着，双手握在身前。她身穿一件白色的衣服，那衣服像唱诗班孩童的法衣一样领口皱缩，她头发松散，用一条彩带扎在脑后，如同露易丝小时候一般。我吃了一惊：她看起来竟是如此年轻。

"听着，"我说道，"我不知道你为什么来这里，不知道你做那些事情是出于何种动机。对于你，对于任何女人，我都看不透。我只知道，我喜欢有你在这里的感觉。我不想让你走。这很复杂吗？"

她双手用几乎算得上防御的姿态护在面前，仿佛以为我要伤害她。

"对，"她说道，"非常复杂。"

"那也是你把它搅和得如此复杂，"我说道，"不是我。"

我抱拢双臂看着她，呈现出并不存在的轻松姿态。可是从某种角度来说，我站在这儿，她躺在那儿，我已经占据了上风。我不明白，一个女人披散着头发，没有一点女人的样子，反而变回了一个小姑娘，她怎么可能生气。

我看到她目光闪烁不定。她在脑海里寻找借口，给自己离去找新的理由，在那一瞬间，我想到了一个妙招。

"你今晚跟我说，"我说道，"让我从伦敦请一个设计师来布置花园。我知道安布罗斯早有这个打算。之所以一直没请，是因为我一个都不认识，再者身边有这样的人会让我烦得发疯。如果你明白花园对安布罗斯的意义，对这里还有点感情，你就应该待几个月，替我把花园布置妥当。"

我的话一语中的。她盯着前方，手指摩挲着戒指。我早先注意到，每当有心事的时候，她就会做出这个动作。我乘胜追击。

"安布罗斯计划好的事情，我从来都无法执行，"我对她说道，"塔木林也做不到。塔木林心灵手巧，这我知道，但他少不得有人指挥。这一年来，他时常来找我征求意见，而我总是不知所措。如果你留在这儿，度过栽种最繁忙的秋天，就是给我们所有人帮了大忙。"

她把戒指翻来覆去。"我想我应该问问你教父的意见。"她对我说道。

"这跟我教父无关，"我说道，"你把我当什么了，未成年的学生娃吗？唯一需要考虑的是你想不想留下。如果你真要走，我也拦不住。"

意外的是，她仍用微弱的声音说道："你干吗那么问？你知道我想要留下的。"

老天啊，我怎么可能知道？她明明一副不愿留下的样子嘛。

"那你留下来，待一段时间，"我说道，"收拾花园？就这么定了，你不会反悔？"

"我留下来，"她说道，"待一段时间。"

我情不自禁地笑了。她满眼严肃，我觉得如果我笑了，她就会改变主意。我内心狂喜。

"那好，"我说道，"祝你晚安，我这就离开。你给我教父写的信呢？需要我帮忙放进邮袋里吗？"

"西科姆拿去了。"她说道。

"那你现在休息，不会再生我的气了吧？"

"我没生气，菲利普。"

"你生气了。我以为你会打我一顿。"

她仰头看着我。"有时候你蠢得要命，"她说道，"我想我总有一天会打你的。过来。"

我靠近一点，膝盖触到了被子。

"弯腰。"她说道。

她双手捧住我的脸，吻了我一下。

"去睡吧，"她说道，"乖一点，睡个好觉。"她把我推开，拉上了床帘。

我端着烛台跌跌撞撞地出了蓝色卧室，像喝了白兰地一样头重脚轻，精神恍惚，刚刚我站在她床前，她躺在床上，那种俯视的主动权似乎全部丧失。最后那句话，还有最后那个动作，都是她采取主动。小姑娘似的打扮和唱诗班孩童的领结误导了我。她始终是个成年女人。对此我很快乐。前嫌尽释，她已答应留下来。她也没再流泪。

我没有直接回床上，而是下楼再次来到图书室给我的教父写信，告诉他一切顺利，请他安心。他无须知道我们两人这一夜的纠纷。我匆匆写好，去大厅把信放进明天寄走的邮袋里。

西科姆按规矩把邮袋放在大厅的桌上，钥匙就放在一旁。当我打开邮袋，两封信掉进我的手里，这两封都是我的表姐瑞秋写的。正如她所说的，一封寄给我的教父尼克·肯德尔。第二封信寄给佛罗伦萨的拉伊纳尔迪先生。我盯着那封信看了一会儿，然后把它放回邮袋。那样想很不明智，或许说毫无根据，荒唐可笑——那人是她的朋友，她为什么不能给他写信？然而，当我上楼躺在床上时，我感觉仿佛确实被她打了一顿。

第十四章

翌日，表姐瑞秋下了楼，我与她同到花园，她心情愉快，无忧无虑，仿佛我们二人从未发生过争执。她待我的态度只有一个区别，那就是更和蔼、更温柔了，她不再频频调笑我，会与我一同欢笑，而非嘲笑我。她不断地询问我对栽种灌木的意见，这不是因为我懂行，而是她为了让我将来照看它们的时候能享受其中的乐趣。

"你想怎么做都行，"我告诉她，"吩咐下人修剪灌木树篱，砍掉树木，用灌木种满那边的斜坡，总之随便你去做，我对设计布局一窍不通。"

"但是我希望最终效果能让你满意，菲利普，"她说道，"这些全属于你，将来还会传给你的孩子们。要是随便我设计，万一弄完你不喜欢呢？"

"我不会不喜欢的，"我说道，"也别再提我的孩子这回事了。我做单身汉的心思相当坚决。"

"这本质上是自私，"她说道，"也是愚蠢。"

"我认为不是，"我反驳道，"我认为做一辈子单身汉可以避免许多烦心事和焦虑。"

"你想过那样会失去什么吗？"

"我有理有据地猜测，"我对她说道，"百年之好所能带来的幸福并非如同人们所宣称的那样。如果一个男人想要得到温暖和慰藉，想要看到一样漂亮的事物，这些都能从他自己的房子里得到，如果他对房子足够呵护的话。"

令我震惊的是，她笑得如此大声，连在种植园另一头干活的塔木林和其他园丁都抬头看着我们。

"等到某一天，"她对我说道，"等你坠入爱河，我再跟你重提这些话。从石头墙壁里获得温暖和慰藉，这是二十四岁的小伙子说出来的话。噢，菲利普啊！"银铃般的笑声再次传来。

我不明白我的话有什么可笑之处。

"我非常理解你的意思，"我说道，"只是我从来没有在那方面受到触动。"

"显而易见，"她说道，"街坊四邻的姑娘家一定伤透了心。可怜的露易丝……"

但我不愿被人牵着鼻子去讨论露易丝，也不想再就爱情和婚姻争辩。我更感兴趣的是看她收拾花园。

十月来临，天气良好，温暖宜人，起初的三周基本没有下雨，塔木林和其他工人得以在表姐瑞秋的监督下超前推进种植园的工作。我们还接连看望了庄园里的所有佃户，这正如我所预料的那样，给人带来了巨大的满足。我打小就认识每一个人，习惯了经常去拜访他们，因为这是我的本职工作的一部分。但对于在意大利长大，过着不同生活的瑞秋表姐来说，这是一种全新的体验。她的一言一行堪称典范，我如痴如醉地看着她与人们相处。她集优雅和友善于一身，既让人们不由自主地肃然起敬，又能使他们放松身心。她的提问一针见血，回答一语中的。此外——这一点让她深受许多人的爱戴——她似乎对人们的所有疾病都有治疗的方法。"因为我爱摆弄花花草草，"她对他们说道，"所以也懂草药。在意大利，我们经常研究这类东西。"她会用某种植物做出止痛膏，敷在让人疼得气喘吁吁的胸口，或者用另一种植物做出药油，用来治疗烫伤；她还指导人们制作大麦茶，以治疗消化不良和失眠症——这是世界上最好的睡前饮料，她告诉他们；她倾囊相授，讲解某些水果的果汁几乎能治百病，从喉咙痛到眼睑发炎，药到病除。

"你知道将来会怎样，"我对她说，"你会取代这里的接生婆。他们会大半夜找你去接生，一旦开了这个头，你可就不得安生了。"

"也有专门针对这种的药茶，"她说道，"用覆盆子和荨麻的叶子制作而成。女人产前喝上六个月，生产时毫无痛觉。"

"这是巫术，"我说道，"他们会觉得那样不好。"

"胡扯！为什么女人就要受罪？"我的表姐瑞秋说道。

某些日子的下午时分，正如我预先提醒的那样，郡里的人会来拜访她。与她和下等人相处时一样，她应付起被西科姆称作"上流人士"的这些人同样熟练自如。我很快发现，西科姆如鱼得水，像活在极乐世界。周二或周四下午三点钟，马车驶到门前，他早已在大厅候着。他仍穿着丧服，但外套崭新笔挺，专为这种场合准备。可怜的约翰只好替访客打开前门，然后将他们交给上司西科姆，西科姆则迈着缓慢而庄严的步伐（约翰常在事后向我描述），引领访客穿过大厅来到客厅。他潇洒地推开客厅的门（这是我的表姐瑞秋教的），像宴会致敬酒辞者那样喊出来宾的姓名。她曾告诉我，西科姆会预先跟她讨论哪位宾客可能来访，并简要介绍那位宾客的最新家族史。他的预言基本应验，我们怀疑是否有某种方法在仆人的住所间把消息挨家挨户地传出去，就像雨林里的野蛮人击鼓传信那样。举例来说，西科姆告诉我的表姐瑞秋，他确信特里梅因夫人预定了周四下午的马车，并且会带已婚的女儿高夫人和未婚的女儿伊索贝尔小姐同来；他提醒我的表姐瑞秋，与伊索贝尔小姐谈话时一定要当心，因为这位年轻的姑娘患有言语失调症。再比如，他说上了年纪的彭琳夫人可能来访，因为她总在那一天看望孙女，而这位孙女住的地方距离我们只有十英里；他还提醒我的表姐瑞秋，无论如何，千万不要在彭琳夫人面前提及狐狸，因为她在长子出生前曾被一只狐狸惊吓过，致使他左肩至今留下一块胎记。

"菲利普，"我的表姐瑞秋之后说道，"她在这里的时候，我竭尽全力把话题引得偏离狩猎。但是没用啊，她像闻到芝士味的老鼠，总要回到这个话题上去。到后来，为了避免她乱说话，我不得不现编一个在阿尔卑斯山追猎野猫的故事。这种事情不可能发生，也没有人做过。"

每当我在最后一辆马车安全驶过车道后从树林里偷偷溜回家时，她总会给我讲访客的故事。我们会一同大笑，她会在镜子前整理头发，收拾坐垫，而我则消灭掉访客剩下的甜蛋糕。整件事仿佛像一个游戏，像一场阴谋。不过我觉得她坐在客厅与人谈话时，心里是高兴的。各色各样的人，他们的生活、思想、职业，这些都能勾起她的兴趣。她常对我说："你不懂啊，菲利普，比起佛罗伦萨截然不同的社会，这些全都如此新鲜。我一直对英国乡下的生活充满好奇。现在我开始有所了解啦。我真的每一分钟都很享受。"

听到这里，我会从糖罐里拿出一块糖碾碎，给自己切一块香饼。

"我认为没什么比跟随便任何人泛泛而谈，无论是佛罗伦萨的，还是康沃尔郡的，"我说道，"更无趣了。"

"啊，你真是无可救药，"她说道，"你最终会思想狭隘，脑子里除了大萝卜和青菜，别的一无所有。"

聊到此处，我便大咧咧地坐到椅子里，故意把沾满泥巴的靴子蹬在脚凳上，拿一只眼斜视她，看她作何反应。她从来不会因此责骂我，就算看到了也假装没看见。

"继续说下去，"我会说，"给我讲讲郡里最近的流言蜚语。"

"可既然你不感兴趣，"她会这么回答我，"为什么我要跟你讲？"

"因为我喜欢听你说话。"

于是在我上楼更换晚餐礼服之前，她会给我来一顿郡里的流言蜚语盛宴——谁新近订了婚约，谁结了婚，谁死掉了，谁家要生娃啦。她跟陌生人说上二十分钟搜集的信息，似乎比我跟熟人聊一辈子得来的信息还要多。

"果然如我所料，"她说道，"方圆五十英里当妈的都对你又爱又恨。"

"此话怎讲？"

"因为她们的女儿你连看都不看一眼。你高高在上，做事规矩、体面，各方面都堪称如意郎君。求求你啦，阿什利夫人，敦促你表弟多出门走走吧。"

"你怎么回答她们的？"

"我说你所追求的温暖和慰藉从这四面墙围着的地方就能得到。仔细想想，"她补充道，"这可能会引发误解。我以后说话必须谨慎。"

"她们邀请你，只要你别把我掺和进来，"我说道，"我就不在乎你跟她们说什么。我无意于观望任何人的女儿。"

"大家都很看好露易丝呢，"她说道，"好些人说她终究会嫁给你。帕斯科家的第三个女儿也有一半胜算。"

"老天啊！"我惊呼道，"贝琳达·帕斯科？我宁愿娶洗衣服的凯蒂·瑟尔。说真的，瑞秋表姐，你可得保护我。何不告诉那些嚼舌头的，说我是个隐士，空闲时间全用于书写拉丁语诗歌？这样说也许能吓退她们。"

"说什么也吓退不了她们，"她答道，"长相俊美的年轻单身汉竟然喜欢独处和诗歌，这只会更让她们觉得你懂浪漫。这些最能吊人胃口了。"

"那她们去别处填饱胃口吧，"我说道，"这里的女人——或许别处都一样——脑子里无时无刻不在想着婚嫁，着实让我惊讶。"

"她们没别的可想，"她说道，"可选的对象少之又少。闲话我都记着，我可以讲给你听。她们说有几个合适的鳏夫待嫁。据说西康沃尔有一个贵族。五十岁，是个继承人，两个女儿都已出嫁。"

"不会是圣艾夫斯那个老家伙吧？"我怒气冲冲地说道。

"哎呀，是他，我记得就是这个名字。大伙儿说他魅力十足呢。"

"魅力十足，就他？"我对她说道，"他向来大白天就喝得醉醺醺，四处招惹女仆。巴顿农场的比利·罗有个侄女在那儿做事，她吓得跑回家来了。"

"现在是谁在说闲话来着？"表姐瑞秋说道，"可怜的圣艾夫斯大人，要是他有个老婆，断不至于四处拈花惹草啦。当然，这都取决于妻子本人。"

"唉，你是不会嫁给他的。"我强硬地说道。

"起码你可以请他来吃晚餐吧？"她提议道，目光里满是严肃——我现在已经明白，这里面透露着恶作剧的味道，"我们可以开一场派对，菲利普。年轻漂亮的女人归你，最受欢迎的鳏夫归我。但我想我已经选定了。如果要说的话，我会选择你的教父肯德尔先生。他说话直爽，我很欣赏。"

或许她有意为之，而我却上了钩，大发脾气。

"你不是说真的吧？"我说道，"嫁给我教父？老天啊，瑞秋表姐，他快六十了；他从来待人冷淡，牢骚满腹。"

"那说明他不像你一样有家庭的温暖和慰藉呀。"她说道。

她哈哈大笑，我当即明白过来，和她一同大笑。可之后，我心存怀疑地思索了一番。我的教父每周日来时的确风度翩翩，他们两个相处甚欢。我们一起去他家用过一两次晚餐，我的教父迸发出我前所未见的活力。可是他做鳏夫有十年之久啦。他断然不至于异想天开，想与我的表姐瑞秋有所牵涉吧？她定然不会接受的吧？我越想越生气。我的表姐跑去佩林，我的表姐瑞秋，阿什利夫人，变成了肯德尔夫人。多可怕啊！那老家伙敢有如此胆大妄为的想法，我若再邀请他周日来吃晚餐就不是人。但是停止邀请他过来，就打破了多年的习惯啊。这是不可能的。因此我必须照往常一样，可是到了下个周日，当坐在瑞秋表姐右侧的教父弯腰凑过去听她讲话，然后突然往后一靠，大笑着喊着"哎呀，妙啊，妙啊"时，我愤怒地思索这其中有何意味，他们为什么一起笑得如此开心。抛出一个笑话，激起人们的好奇心，这是女人的又一个花招，我心想。

她坐在周日晚餐的餐桌前，气色良好，心情舒畅。牧师和我的教父分别坐在她左右两边，两人口若悬河，我像上周日的露易丝那样，没来由地心情愤懑，一句话都说不出口，餐桌的这一头像贵格会教徒集会一样寂然无声。露易丝坐在那儿盯着她的餐盘，我盯着我的，我突然抬眼看见贝琳达·帕斯科，她瞪着圆圆的大眼睛看着我。想起村子里传的谣言，我更加哑口无言。我们的沉默促使我的表姐瑞秋更加殷勤，她是为了掩盖尴尬吧，我心想。她和我的教父、牧师争强斗勇，纷纷吟诵诗歌，而我越来越生气，并暗自庆幸帕斯科夫人身体抱恙，未能一同前来。露易丝无关紧要。我没必要同她讲话。

可等到他们全都离去，表姐瑞秋向我发难了。"我招待你的朋友的时候，"她说道，"我希望你能给予一点点支持。你怎么回事，菲利普？你拉着脸坐在那儿，像头犟驴，跟旁边的人一句话都不说。那些可怜的姑娘哟……"她一脸不快地冲我摇摇头。

"你那头聊得火热，"我说道，"我觉得没必要插嘴。用希腊语扯什么'我爱你'，牧师用希伯来语说的'我心愉悦'真好听啊。"

"哎呀，确实好听啊，"她说道，"那是用颤音说出来的，我佩服得很。你的教父想让我看看月光下的灯塔尖。他说，看上一眼，终生难忘。"

"哦，他休想给你看，"我回答道，"灯塔是我的财产。佩林庄园倒是有些老土堆，让他带你去看吧。上面长满了荆棘呢。"我朝火炉里扔了一块木炭，寄希望于用噼里啪啦的声音惹恼她。

"我不知道你是怎么回事，"她说道，"一点幽默感都没有。"她说完拍拍我的肩膀，上楼去了。女人就这一条惹人生气：最后一句话总从她们嘴里说出，弄得别人满肚子怒火，她自己倒落得清静。女人似乎从来不是错的一方。就算错了，她也会颠倒黑白，把错推在男人身上。她会说些伤人的话，暗示跟我的教父月下散步，或者做别的事情，比如跑去洛斯特威西尔市场，还一脸严肃地问我应不应该戴上她从伦敦邮购的圆帽——面纱的孔隙太大，遮不住她的脸，并且我的教父说那圆帽与她极为相称。当我生起气来，说我不在乎她是否用面罩遮住自己的脸庞时，她的情绪会更加平静——这场对话发生在周一晚餐时分——我坐在那儿紧皱眉头，她却继续跟西科姆闲聊，显得我更为生气。

后来到了图书室里，没了别人在场，她的脾气便会缓和下来，那种安详感仍在，但也多了一分温柔。她既不会嘲笑我缺乏幽默感，也不会责怪我脸色阴沉。她叫我替她拿着丝绸布料，选出我最喜欢的颜色，因为她想给我缝一件椅套，罩在庄园办公室里的椅子上。她既不引起我的恼怒，也不追根究底，却不着痕迹地询问我这一天过得怎样，见了谁，做了什么，以至于我的愠怒全部消散，重归平静、放松，只看着她双手抚弄那些丝绸布料，心想为何起初不这般对待我，偏要先说些伤人的话，破坏了气氛，然后再自寻麻烦，来安抚我的情绪？仿佛我的情绪波动能给她带来愉悦，但其中原因，我却无从得知。我只知道，她调笑我时，我心中不悦，大感受伤；她待我温柔时，我满心雀跃，心情平静。

到了月末，好天气结束了。雨连下三天，花园里做不了事，庄园也没什么活，骑马出入都会浑身浇得湿透，郡里的访客和我一样被困在家中。西科姆提出建议，正好趁此机会整理安布罗斯的个人财物——我们两个一直在回避这件事。一天早上，表姐瑞秋和我站在图书室窗前望着窗外的大雨，他提出了这个问题。

"我负责办公室，"我说道，"给你一天时间收拾会客室。从伦敦寄来的那些箱子怎么处理？如此一来，又有许多礼服要分类、试穿，再放回原处？"

"不是礼服，"她说道，"是窗帘罩子。我觉得菲比婶婶缺乏审美，蓝色卧室应该名副其实。如今是灰色的，一点都不蓝。床上的被子也已生虫，但别跟西科姆说。陈年旧虫啦。我给你选了新的窗帘和被子。"

正说话间，西科姆走进来，他看我们明显手头闲着，便说道："天气恶劣，先生，我想可以安排仆人多在室内清扫。您的房间需要打理。不过，阿什利先生的行李箱和置物盒摆了一地，他们没办法除尘。"

我扫了她一眼，担心西科姆说话不通世故伤了她，以至于她一口回绝，但令我意外的是，她竟欣然应承。

"你说得对，西科姆，"她说道，"置物盒拆箱之前，仆人没办法清扫那个房间。那间屋子的确闲置太久了。菲利普，该怎么处理？"

"既然你也赞同，"我说道，"太好了。先把火生起来，待屋里暖和了，咱们再上楼。"

我想我们二人都试图互相掩饰自己的情绪。我们生硬地让自己的言行显得欢快。为了我，她决意不显露痛苦，而我出于同样的目的，也表现出完全有违我天性的热情。雨点噼里啪啦地砸在我原先那间屋子的窗户上，天花板现出一块湿痕。自打去年冬天就未生起的火炉，发出了不协调的噼啪声。置物盒在地板上一字排开，等待我们开封；其中一个置物盒上面放着那张令我记忆深刻的深绿色旅行毯，一角用大号字体写着安布罗斯姓名的首字母缩写"A.A."。我突然想起，他走的那天，我曾亲手把这张毛毯搭在他的膝盖上。

瑞秋表姐打破了沉寂。"来吧，"她说道，"先打开衣服行李箱吗？"

她有意把语气压得严肃而镇静。我把钥匙递给她，那是她来时交给西科姆保管的。

"悉听尊便。"我说道。

她把钥匙插进锁孔转了一下，掀开盖子。他的旧家居服放在最顶层。我对这件衣服非常熟悉。它用粗布制成，是深红色。他的拖鞋也在里面，看起来又长又扁。我站在那儿盯着这些物品，仿佛回到了过去。我记得他有天早上刮着胡子走进我的房间，脸上满是泡沫。"听着，小子，我在想……"他所走进的正是我们此刻所在的房间，当时他所穿的正是那件家居服和那双拖鞋。我的表姐瑞秋把东西从行李箱里拿出来。

"这些怎么处置？"她问道，原本严肃的语气变得更加低沉、压抑。

"我不知道，"我说道，"你决定吧。"

"如果我送给你，你会穿吗？"她问道。

我有种怪异的感觉。我留下了他的帽子、拐杖，他最后一次出行时忘在家里的那件肘部是皮革制的旧打猎外套，我也经常穿在身上。可是看着眼前的晨衣和拖鞋，仿佛打开了他的棺材，俯视他的尸体。

"不，"我说道，"不，应该不会穿。"

她没作声，默默地把东西放到床上。接下来是一套衣服。那是一套轻便服装——一定是他热天穿的。我对这套衣服眼生，但她肯定很熟悉。衣服因放在行李箱里而起了褶皱，她从箱里取出来，和家居服一同放在床上。"要熨一下。"她说道。突然间，她开始飞快地把行李箱中的物品翻出来叠放成一堆，几乎触手即离。

"菲利普，既然你不想留着，"她说道，"庄园里爱戴他的人或许想要留下。你最清楚哪些能送出去，该送给谁。"

我想她不明白自己在做什么。她近乎疯狂地把衣服从行李箱拿出来，而我则站在一旁看着她。

"行李箱呢？"她问道，"行李箱总能派上用场。你留下吗？"她抬头望着我，犹豫着说。

突然间，她冲入我的怀抱，头抵着我的胸口。

"噢，菲利普，"她说道，"请原谅我。我应该让你和西科姆整理，我不该上楼来。"

那感觉很奇怪，像搂着一个孩子，或者一只受伤的动物。我抚弄她的头发，脸颊贴着她的头。

"没事，"我说道，"别哭，去图书室吧。我自己收拾就

170

行。"

"不，"她说道，"我太笨了，太愚蠢了。你会和我一样痛苦，你那么爱他……"

我不断用双唇吻着她的头发，心里涌起奇怪的情绪。她倚着我站在那儿，显得那么弱小。

"没关系，"我说道，"男人能承受得了这些痛苦，对女人而言则有些困难。我来吧，瑞秋，你下楼去。"

她略微挪开，用手帕擦了擦眼睛。

"不，"她说道，"我现在好点了，我不哭了。衣服都已经开封。如果你愿意把衣服送给庄园里的人，我会深表感激。有你自己想留的，就拿去穿吧。放心穿就行，我不会介意，只会高兴。"

装书的箱子比较靠近火炉，我搬来一张椅子替她放在暖和的地方，然后跪在其他行李箱旁边逐个打开。

我希望她没注意到——连我自己都没有注意——我头一次没有喊她表姐，而是直呼其名。我不知道自己怎么回事。我想肯定是因为站在那儿抱着她，她显得比我弱小太多吧。

书并不像衣服那样承载个人感情。里面有几本我知道并且喜爱的旧书，安布罗斯出门总是随身带着，这些她让我放在我的床头。还有他的袖口链扣、领扣、手表和钢笔，这些她全部塞给我，我高兴地收下了。有些书我从没见过，她一本接一本地拿起来跟我说明，整理遗物此时不再那么让人悲伤了。她说这本书是他从罗马买的，物美价廉，他很高兴；那本有旧封皮的，还有旁边的那本，是从佛罗伦萨买的。她讲述他买书的地方，说起卖书给他的那位老人，在她与我闲聊的过程中，我仿佛觉得两人间的隔阂消散了，随着她抹掉的眼泪消失了。我们把书挨个放在地上，我给她拿来一个掸子，她把书上的灰尘清扫干净。有时候，她会给我读一两段内容，告诉我那一段很讨安布罗斯喜欢；当她给我看图片和雕版画的时候，我看见她对着勾起记忆的页面微笑。

她翻到一本花园布局画册。"这本书对我们用处很大。"她说着从椅子上起身，拿着书到窗边光亮稍好的地方。

我随手打开另一本书，一张纸飘落。那是安布罗斯的字迹，看样子像从一封信中间摘出来的片段，被人忘得一干二净。

"这是病，没错，这种病我经常听说，就像盗窃癖或其他疾病，它无疑遗传自她挥金如土的父亲亚历山大·科林。她病了多长时间，我不清楚，或许向来如此。迄今为止所有事务的众多疑点都找到了答案。有一点我很清楚，亲爱的小子，那就是我再不能也不敢让她掌管我的财务，否则我会身败名裂，庄园也将深受其害。若有机会，你务必告诫肯德尔……"

信里的内容戛然而止，没有结尾，也没有日期，字迹正常。正思索间，她从窗边返回，我把纸片团成团握在手心。

"你拿的什么？"她问道。

"没什么。"我说道。

我把那片纸扔进火里，她看着纸片燃烧，纸上的字卷曲着在火里闪动。

"那是安布罗斯的字迹，"她说道，"是什么？信吗？"

"不过是他随便写的笔记，"我说道，"记在废纸上的。"我感觉火光照得我满脸发热。

接着，我伸手从行李箱拿出另一本书，她也拿了一本。两人肩并肩一起继续整理书籍，可沉默再次将我们隔开。

第十五章

晌午时分，书籍整理完毕。西科姆让约翰和小亚瑟上楼询问我们，他们去吃晚餐之前是否需要搬东西下楼。

"衣服留在床上，约翰，"我说道，"上面盖个罩子，马上我会叫西科姆帮忙打包。这一摞书搬到楼下的图书室。"

"亚瑟，请把这些搬去会客室。"表姐瑞秋说道。

自从我烧完字条，那是她头一次开口。

"菲利普，我想把园艺书籍放在我的房间，可以吗？"她问道。

"怎么了，可以，当然可以，"我答道，"所有书都归你，你知道的。"

"不，"她说道，"不行，安布罗斯会想把其他书籍放进图书室。"她起身整理一下裙子，把掸子递给约翰。

"楼下备了些冷碟简餐，夫人。"他说道。

"谢谢你，约翰。我不饿。"

仆人们搬着书走远，我踌躇着站在敞开的门边。

"你不下楼去图书室，"我问道，"帮我把书摆好吗？"

"不去了。"她说道，然后顿了片刻，仿佛要再说些什么，但没有说出口。紧接着，她沿走廊向自己的房间走去。

我透过餐厅的窗户望着外面，独自吃完了午餐。雨依然在下。不必想着出门，因为无事可做。我应当找西科姆帮忙，把衣服整理好。征求他的建议会让他很开心：哪些可以送去巴顿农场，哪些送去特雷南特农场，哪些送去东苑。每样都要精挑细选，以免送错了冒犯他人，这将占用我们两人整个下午的时间。我试图把心思放在这件事上，可是我的思绪像倏然而至却又骤然消失的牙痛，总被拉回到那张纸片上。它怎么会夹在那本书里？它被人撕下来遗忘掉，在那儿藏了多久？六个月，一年，抑或更久？难道安布罗斯给我写了一封信，却未能寄到目的地？同一封信是否还有其他纸片，出于某个未知的原因仍夹在某本书的书页之间？那封信字迹清晰，文笔流畅，一定是在他生病之前写的。由此判断可能写于去年冬天，或者去年秋天……羞耻感占据着我的内心。去翻旧账，就为了搞清楚一封未寄到我手中的信，到底有何意义？这与我无关。我多么希望自己没有看到它啊。

西科姆和我整个下午都在忙着整理衣物，他负责把衣服装进袋子，我负责写一同送出去的说明信。他建议应该在圣诞节送出去，我觉得这个提议合情合理，能够博得佃户的欢心。收拾完毕，我下楼再次来到图书室，把书籍摆放到书架上。每放一本书之前，我都把书甩一遍；甩动书本时，我感觉自己鬼鬼祟祟的，仿佛犯下了卑鄙的罪行。

"……这是病，没错……就像盗窃癖或其他疾病……"我为何要记住这些话？安布罗斯究竟在说什么？

我伸手拿来一本词典，查了查"盗窃癖"的意思——"一种并非出于经济利益，但无法抗拒的盗窃行为。"他所指控的并非这种行为，而是挥霍无度，铺张浪费。铺张浪费怎么会是一种疾病？作为世上最慷慨的人，安布罗斯绝不可能对任何人做出这种指控。当我把词典放回书架时，门被推开，我的表姐瑞秋走了进来。

我像骗人被她抓了现行一样心里发虚。"我刚把书摆完。"我说道，心想自己的声音是否如我听来那样没有底气。

"我看出来了。"她答道，然后走去坐在火炉旁。她已换好了用晚餐的礼服。我没想到时间过得如此之快。

"衣服都整理好了，"我说道，"西科姆帮了大忙。我们认为圣诞节送出去较为适宜，如果你同意的话。"

"好，"她说道，"他刚刚跟我说了。我认为非常合适。"

不知是我的举止有问题，还是她的举止导致的，我们两人之间有些生分。

"雨下了一整天。"我说道。

"嗯。"她说道。

我瞥了眼双手，上面沾满了书的灰尘。"失陪一下，"我说道，"我去洗洗，换上晚餐衣服。"我上楼换好衣服，再下来时晚餐已摆在桌上。我们默默地坐在自己的位置。长久以来，西科姆习惯于在晚餐时分表达自己的想法，这不，今晚快吃完的时候，他对我的表姐瑞秋说道："夫人，您给菲利普先生看过布料了吗？"

"没有，西科姆，"她说道，"一时没顾上。不过，假如他想看的话，我晚餐后带他看。让约翰搬下来送去图书室就好。"

"布料？"我疑惑地问道，"什么布料？"

"你不记得了？"她问道，"我跟你说过我订了一些用于蓝色卧室的布料。西科姆见过，他觉得很好。"

"哦，对，"我说道，"对，我想起来了。"

"我这辈子没见过那么好的东西，先生，"西科姆说道，"附近哪座庄园都没有能与之媲美的装饰品。"

"啊，那可是从意大利进口来的，西科姆，"我的表姐瑞秋说道，"伦敦只有一处能买到。我在佛罗伦萨听人说的。你想不想去看看布料，菲利普，还是不感兴趣？"

她既殷切又忧虑地向我提出这个问题，仿佛希望我给出意见，却又担心我觉得无趣。

我不明就里，只觉得面上一红。"当然，好，"我说道，"我很乐意看看。"

我们离开餐桌，走进图书室。西科姆跟在身后，片刻之后，约翰把布匹搬下来摊开。

西科姆所言不虚，康沃尔郡找不出第二件这样的装饰品。无论是在牛津，还是在伦敦，我在别处也从未见过。华美的锦缎，沉甸甸的丝绸吊饰，琳琅满目，只有博物馆里才能得见。

"都是上等的布料，先生。"西科姆说道。他神色肃穆，如同身在教堂一般。

"这蓝色的我打算做床罩，"我的表姐瑞秋说道，"深蓝色和金色的做窗帘，被褥布料做被子。菲利普，你意下如何？"

她急切地看着我，我不知道如何回答。

"你不喜欢吗？"她问道。

"我很喜欢，"我说道，"但是——"我感觉自己脸又红了，

"这些是不是很昂贵？"

"哦，对，价值不菲，"她答道，"这种上等布料都很昂贵，但能用上好几年，菲利普。哎呀，床上铺这些被子，窗帘挂这些吊饰，你的孙子、曾孙子都可以在蓝色卧室睡觉。对不对，西科姆？"

"是的，夫人。"西科姆说道。

"关键在于你喜不喜欢，菲利普？"她再次问道。

"噢，喜欢，"我说道，"谁能不喜欢呢？"

"那就都给你了，"她说道，"这是我送给你的礼物。拿去吧，西科姆。我明天一早就写信给伦敦的布店，说我们买下啦。"

西科姆和约翰一同折好布料抱出图书室。我感觉到她的目光落在我身上，我没有与她对视，而是拿出烟斗，用比以往多出许久的时间才点着。

"你有心事，"她说道，"在想什么？"

我不知如何回答她。我不想扫她的兴。

"你不该送我这么贵重的礼物，"我尴尬地说道，"会花去你太多钱。"

"可我就想送给你，"她说道，"你为我做了那么多事。相比而言，这些微不足道。"

她柔声细语，带着些恳求，我抬头看去，发现她露出受伤的神色。

"你想得周到，"我说道，"但我仍然认为你不该送我。"

"该不该送由我说了算，"她反驳道，"我知道等你看见装饰后的屋子，你一定会喜欢。"

我自觉卑鄙无耻，又心有不安，不是因为她想送我礼物——她很慷慨大方，也很冲动——换作昨日，我会毫不犹豫地收下。然而，我已读过那化为灰烬的信，今晚始终被疑虑占据，担心她为我做事会反受其害，对她让步就是对一些我还没完全理解的事物屈服。

过了一会儿，她对我说道："那本园艺书将会对我们规划花园布局大有裨益。我都忘了自己曾把那书给了安布罗斯。你一定要看看里面的版画。当然，其中的内容跟这里不相匹配，但某些方面还是可以挪过来用的。比如建一个梯道，越过田野俯瞰大海，另一侧造一个凹陷的水上花园，就跟我在罗马住的那些大宅里的一样，书里有一张这样的版画。我知道该造在哪儿，就那面旧墙所在的位置。"

我不自觉地用既漫不经心又不客气的语调问道："自打出生以来，你一直生活在意大利吗？"

"是的，"她回答道，"安布罗斯没跟你说过吗？我母亲那一脉来自罗马，我父亲亚历山大·科林是那种在哪儿都安不了家的人。他向来住不惯英国，我想他跟康沃尔这里的家人不和。他喜欢罗马的生活，这一点与我母亲志趣相投。但是他们从来没有积蓄，日子过得紧巴巴的。我从小习以为常，但随着年纪增长，我发觉这很难以忍受。"

"他们都已去世了吗？"我问道。

"哦，对，我父亲在我十六岁时去世，之后的五年，我们母女俩相依为命，直到我嫁给科西莫·圣加利特。那五年担惊受怕，居无定所，吃了上顿没下顿。我小时候没有生在福窝里，菲利普，我上周日还在想自己的人生跟露易丝大相径庭。"

如此说来，她头一次嫁人是在二十一岁，与露易丝同岁。不知她和她母亲在她遇见圣加利特之前是怎么过的，也许正如她打算在这里做的那样，可能是靠教意大利语糊口吧。或许正是那段经历让她萌生了这个想法。

"我母亲生前非常漂亮，"她说道，"除了肤色之外，她跟我差别很大。身材高挑，体格几乎算得上庞大。和她那种类型的许多人一样，她的身体突然垮掉，人老珠黄，身体发胖，变得粗枝大叶。幸好我父亲没活着看到她的处境，幸好他没看到她经历的许多事，也没看到我经历的事。"

她就事论事，语气平淡，听不出辛酸的味道，可是看着她坐在图书室的火炉旁，我心想自己对她的了解如此之浅薄，对她过去的人生更是所知甚少。她说露易丝生在福窝里，这是实话。我突然想到，自己何尝不是如此。二十四岁的我身在此处，除了在哈罗公学和牛津大学循规蹈矩的那几年，我守着家里的五百英亩田地，对外界一无所知。像表姐瑞秋那样颠沛流离，结婚、离婚又再婚，那是什么感觉？她是像关上一扇门一样把往事抛在身后，再也不去想它，还是每天都被过去的记忆困扰？

"他比你年纪大很多吗？"我问道。

"科西莫？"她说道，"啊，没有，只大一岁左右。我母亲在佛罗伦萨被人引介给他，结识圣加利特家族的人向来是她的心愿。他用了将近一年时间才决定接受我母亲和我。后来她人老珠黄，可怜的人儿啊，又失去了他。我嫁的那人背了一身债务，安布罗斯肯定写信全跟你说过。我的婚姻并不幸福。"

我原本打算说："不，安布罗斯比你想象的还谨言慎行。如果有事情让他难受，让他震惊，他会假装没有这回事，当作它从未发生过。他从未跟我说过你嫁给他之前的生活，只提到那个圣加利特是在决斗中被杀死的。"但这些我没有说出口。我突然明白，我也不想探究她的过去。我不想了解圣加利特，不想了解她母亲和她在佛罗伦萨的生活。我想把往事关在门后，再加上一把锁。

"对，"我说道，"没错，安布罗斯写信跟我说过。"

她长叹一口气，拍了拍脑后的垫子。

"唉，"她说道，"如今看来，恍若隔世。遭了那么多年罪的姑娘已长大成人，我嫁给科西莫·圣加利特，你知道，跟他过了将近十年。就算拿全世界来换，也换不回我的青春。但说起来，我这也是先入为主的看法。"

"你说起话来，"我说道，"好像已经九十九岁了。"

"对于女人来说，我确实近于老人啦，"她说道，"我已经三十五了。"

她看着我笑了笑。

"哦？"我说道，"我以为你年纪更大些呢。"

"大多数女人会认为你这话是侮辱人，但我把它当作夸赞，"她说道，"谢谢你，菲利普。"我还没来得及组织语言，她便接着说道："你今早扔进火里的那张纸上究竟写了什么？"

这突如其来的话问得我措手不及。我望着她，使劲咽了下口水。

"纸？"我推诿道，"什么纸？"

"你完全明白我在说什么，"她说道，"有安布罗斯字迹的那张纸，你烧掉不给我看的那张。"

我当即断定半真半假比直接说谎要好得多。我感觉面红耳赤，但我仍直视她的眼睛。

"是从一封信上扯下来的纸片，"我说道，"我想一定是他写给我的。他仅仅提到对开销有所担忧。内容只有一两句，说了什么我都忘了。我之所以把它扔进火里，是因为当时的情况下你看到它会勾起伤心事。"

令我惊讶，同时也让我松了一口气的是，那紧盯我的目光缓和下来，紧握戒指的双手落在她的膝上。

"就这些吗？"她说道，"我想了很久……总想不明白。"

谢天谢地，她信了我的话。

"可怜的安布罗斯，"她说道，"他认为我铺张浪费，对此一直牵肠挂肚。我想这种事你不常听说。那儿的生活与他在家里所知的截然不同，他从来都接受不了，况且——老天，我不怪他——我知道他心底里对我遇见他之前的生活不满。那么多繁重的债务，他全付清了。"

我没搭话，但是当我坐在那儿抽着烟斗观察她时，我心里轻松了许多，不再感到慌张。真假参半的话打消了她的疑虑，她对我说话不再犹豫。

"最初的几个月，"她说道，"他为我花钱大手大脚。菲利普，你无法想象那对我意味着什么——我终于遇到了一个可以信任的人，不止于此，他还是我可以倾心去爱的人。我想如果我问他要世上的任何东西，他都会给我。所以当他生病的时候……"她停了下来，目光里满是痛苦，"我才那么难以理解他前后的变化。"

"你是说，"我问道，"他不再舍得为你花钱了吗？"

"不，他舍得，"她说道，"但跟以前不一样了。他给我买这买那，送礼物，送各种珠宝，几乎像是在考验我。我说不清楚。每当问他要钱置办家里必需的小物品，那是不得不添置的东西，他便一分不给。他常常望着我，脸上流露出古怪的怀疑神色；他会问我要钱做什么，打算怎么花，是不是要给别人……最终我不得不去找拉伊纳尔迪，找他拿钱支付仆人的工资。"

她再次顿住，默默看着我。

"安布罗斯发觉你找他拿钱了吗？"我问道。

"嗯，"她说道，"他从来都跟拉伊纳尔迪看不对眼，想必我以前跟你说过。可是当他知道我去找拉伊纳尔迪要钱……这最后一击使得他再也无法忍受拉伊纳尔迪来大宅里。说出来你可能不信，菲利普，我不得不趁安布罗斯休息的时候，偷偷跟拉伊纳尔迪见面拿钱贴补家用。"她突然比画着双手，从椅子上起身。

"噢，天啊，"她说道，"我原本没打算跟你说这些。"

她走到窗前拉开窗帘，望着外面的骤雨。

"为什么？"我问道。

"因为我不想破坏你对他的印象，"她说道，"你对他在这个家里的言行举止有自己的想象，那时的他是你的安布罗斯，就让这些印象保留原样吧。最后几个月的安布罗斯留在我的记忆里，我不想跟任何人分享，尤其是你。"

我并不想与她分享她的记忆，只想让她把属于过去的记忆之门一扇一扇地关上。

"你知道吗？"她从窗边转身看着我，"我们万不该打开楼上房间里的那些箱子，而应该任由它们放在那里。我们万不该碰他的东西，从我打开行李箱，看到他的家居服和拖鞋的那一刻起，我就觉得我们错了。我们释放出了两人之间原本没有的东西，那是某种痛苦的情绪。"她面色变得惨白，双手在身前紧握。"我没忘记你扔进火里烧掉的信件，"她说道，"我原先已经把那些思绪推到一旁，可是从今天打开那些行李箱以来，我仿佛把那些信重读了一遍。"

我从椅子上起身，背对着火炉站定。她在房间里来回踱步，我却不知道该对她说什么。

"他在信里说我看守着他，"她接着说道，"我当然要看守着他，以免他伤到自己。拉伊纳尔迪让我从修道院请修女来帮忙，我不愿意，如果请了她们，安布罗斯会说她们是我找来监视他的耳目。他谁都不信。医生们一心好意，耐心待他，可他常常不肯见他们。他逼我把仆人一个个撵走，最后只剩下吉塞佩，那是他唯一相信的人，他说吉塞佩有着一双狗一样的眼睛……"

她哽咽得说不出话，把脸扭向一旁。我想起大宅门房里的那个仆人，想起他竭力避免勾起我的悲痛。安布罗斯也相信那个有着诚恳、忠实目光的人，真是奇怪啊。那个仆人我也只见过一次而已。

"这些现在都不必再提，"我对她说道，"再提对安布罗斯无益，并且只会让你痛苦。至于我，你和他之间的事情与我无关。往事已经过去，我全都忘掉了。大宅不是他的家，你嫁给安布罗斯的时候，那儿也不是你的家。这里才是。"

她转头望着我。"有时候，"她缓缓说道，"你跟他那么相像，让我觉得心惊胆战。你用和他一样的表情看着我，仿佛他根本未曾去世，我所经受的一切又要重演。怀疑，挖苦，一遍又一遍，夜以继日，我不想再经历一次。"

在她说话的同时，我脑子里清晰地浮现出圣加利特大宅的情景。我看见那个小小的庭院，看见春天的金链花树开满黄色的花朵。我看见一张椅子，安布罗斯坐在上面，旁边放着他的拐杖。我切身感受到那儿阴郁的宁静。从阳台往下张望的那个女人头一次不再是我想象出来的虚构人物，而是瑞秋。她用同样的恳求表情看着安布罗斯，那表情里流露着痛苦，饱含乞求。突然间，我觉得自己成熟起来，变得非常睿智，充满莫名的全新力量。我朝她伸出双手。

"瑞秋，过来。"我说道。

她从房间对面走过来，把双手放进我的手心。

"这个家里没有痛苦，"我对她说道，"这是我的家。痛苦随着人去世就消失了。那些衣服都整理好收起来了。从现在开始，我对安布罗斯的记忆就是你对他的记忆。大厅里靠椅上他的旧帽子，台子上他的拐杖，还有其他东西，我们都留下。你现在是这里的一员，正如他曾经属于这里，正如我仍然属于这里。我们三个都是这里的一部分。你明白吗？"

她抬头望着我，手依然放在我的掌心。

"嗯。"她说道。

我感到一种古怪的激动情绪，仿佛我所做的、所说的一切早已设定、筹划好了，可与此同时，有个细微的声音在阴暗的角落里对我窃窃私语："此刻说的话决不可食言。决不可……决不可……"我们握着对方的手站在那儿，她对我说道："菲利普，你为何待我这么好？"

我想起早上她哭的时候把头倚在我的心口，那时我用双臂抱了她一会儿，脸贴着她的头发。我渴望那样的场景重现，这渴望超越了一切。可今晚她并没有哭泣。今晚她没有把头倚在我的心口。她只是握住我的手站在那儿。

　　"我不是待你好，"我说道，"我只是想让你开心。"

　　她挪开身子，拿起烛台回去睡觉。她一边走一边对我说："晚安，菲利普，上帝保佑你。将来或许你能体会到我曾体验的一切快乐。"

　　我听见她上了楼，坐下来凝视着图书室的火炉。如果说家里还有痛苦的话，那痛苦并非来源于她，也不是安布罗斯带来的，而是潜藏在我内心深处的一颗种子，这我永远不会跟她提起，她也永远不必知道。嫉妒之心，我原以为早已隐匿、忘怀的古老原罪啊，竟然重新萌发。可这一次我嫉妒的不是瑞秋，而是安布罗斯，这个迄今为止我在这个世界上最熟知、最敬爱的人。

第十六章

十一月和十二月转瞬即逝，或者在我看来如此。若在以往，随着白昼变短，天气变坏，室外少有事情可做，下午四点半天就擦黑，漫漫长夜于我而言是单调乏味的。我不好读书，不擅社交，因而不愿与邻居一同打猎，也不愿出门去与他们共进晚餐，我总是急切地等待新年到来，等到圣诞节过完，白昼最短的那天过去之后，我便期待着春天。西部的春天来得早一些，元旦尚未来临，头一轮的灌木便郁郁葱葱。可是这个秋天过得并不枯燥。落叶缤纷，树木光秃秃的，雨水浇灌着巴顿农场，把它浸淫成了棕色，寒风肆虐大海，把它吹成了灰色。然而，我的心情并不沮丧。

表姐瑞秋和我过着有规律的日常生活，这规律甚少改变，似乎和我们十分契合。天好的时候，她上午在田里指点塔木林和其他园丁收拾花草树木，或者监督建造我们规划的梯道。针对这项工程，除了用到树林里的工人之外，还另外雇了人。我则照常忙于庄园的事务，往返于各个农场之间，或者视察偏远地区的其他农场，因为我在那边也有田产。我们十二点半吃了顿简餐：一如既往的冷盘，有火腿或馅饼，配上蛋糕。那是仆人们的用餐时间，我们便自己动手。午餐时分是我每天见到她的第一面，因为她通常在自己的房间里吃早餐。

每当我出门在庄园里忙活，或者在办公室里的时候，听到钟楼上预示正午到来的大钟敲响，紧接着便是召唤人们吃午饭的铃声大作，我心里就会生出一阵激动，心跳就会加快。

手头的活计突然间让我兴致缺缺。如果我正在室外骑马，比如说在公园里、树林里或附近的农场里，钟声和铃声在空气中回荡——那声音传得很远，有风助阵的话，三英里之外都能听到——我便会急切地掉转吉普赛的马头向家里奔去，仿佛再耽搁一会儿就会错过午餐时间的一分一秒。在办公室里也是一样。我躺靠在椅子上，嘴里噙着钢笔，盯着面前的文件，钟声和铃声响起，原本奋笔疾书的东西突然变得无关紧要。信等以后再写，数字不需要计算，博德明的那件公务可以换个时间处理。我把一切杂务推到一旁，离开办公室，穿过庭院走进屋子里，最后来到餐厅。

她通常比我先到，以便接待我，向我问候早安。她常常在我的餐盘旁边放一截嫩枝作为礼物，我便把它插在纽扣孔里；她有时会弄些新做的大麦茶给我品尝——她似乎有好几百种药茶配方，老是给厨师去试做。几周之后，西科姆神神秘秘地小声告诉我，厨师每天都去找她要菜单，所以我们才能吃得如此顺心。

"夫人不想让阿什利先生知道，"西科姆说道，"否则会被视作大胆妄为。"

我哈哈大笑，却没告诉她我已得知内情。不过，有时候为了活跃气氛，我会对正在吃的菜发表评论，惊呼"不知厨房里那些人怎么回事，手艺堪比法国大厨啦"。她会浑然不知地问我："你喜欢吗？是不是比你以前吃的味道好？"

如今大家都尊称她"夫人"，我对此并不介怀。我为这个称呼感到高兴，它也给我带来一种自豪感。

吃过午餐，她会去楼上休息；如果是周二或周四，我会给她喊来马车，威灵顿载着她回访那些来拜访她的街坊四邻。有时候顺道出去办事，我会陪她坐上一英里左右，然后从马车下来，让她自己乘车离去。出去串门时，她会精心打扮，穿上最好的披风，戴上新面纱和圆帽。我会背对马匹坐在马车里，方便观察她，而她总不掀起面纱，我想这是为了戏弄我。

"现在该说说闲话啦，"我会这么跟她说，"说说那些微不足道的惊人事件和绯闻。我愿洗耳恭听。"

"跟我一起去吧，"她会这么回答我，"对你大有好处。"

"休想。晚餐时你可以全告诉我。"

下车后，我站在马路上看着马车向远处驶去，车窗外一条手帕挥动，那是对我的嘲笑。到五点吃晚饭的时候我们才会再次见面，中间相隔的几个小时成了煎熬。无论是处理公事，还是在庄园里做事，抑或跟人谈话，这期间我总有一种紧迫感，急于把事做完。几点钟了？我看看安布罗斯的手表，才四点半？时间过得好慢。途经马厩回房子时，我立刻能辨明她是否已经返回，因为我可以看到马车停在车库，马儿正在吃草喝水。走进房子，穿过图书室和客厅，我看到这两间屋子都空荡荡的，表明她上楼休息去了。她总在晚餐之前休息。接着我会去洗洗澡，或洗把脸，换好衣服，下楼去图书室等候她。随着钟表指针移近五点钟，我的急切感越来越强烈。我会把图书室的门敞开，方便听见她的脚步声。

首先会传来爱犬啪嗒啪嗒的脚步声——如今它们把我不当回事，像影子一样随时跟着她——接着是她的礼服拂动台阶的哗啦声。我想，这是我一整天里最热爱的时刻了。那声音中蕴含的期望给我带来如此巨大的冲击，以至于我在她迈进房间时不知该说什么、做什么。不知道她的礼服是用什么料子做成的，是硬质丝绸，是绸缎，还是织锦？可它似乎会拂动地面，抬起来，然后再次拂动地面。不知是那礼服本身就会飘动，还是因为她穿在身上以那般的优雅款款移步，使得她进来之前原本昏暗、阴郁的图书室突然活了过来。

烛光映衬下，她散发出白天所没有的温柔，仿佛明亮的晨光和昏暗的暮光有意营造出决绝而冰冷的效果，而当夜幕落下，百叶窗紧闭，天气放晴，房子变得静寂，她便闪耀出内敛的光辉。她面颊红润，头发光亮，目光深邃，无论是转头说话，还是走去书架拿书，又或者弯腰轻拍躺在火炉旁的老唐，她的每一个动作都带着恰如其分的优雅风度，让人心醉神往。在这样的时刻，我便会想，我以前怎么会认为她微不足道呢？

西科姆通知晚餐准备就绪，我们走进餐厅各自落座。我坐在首席，她坐在我右手边，我觉得向来如此，没有什么新鲜之处，也没有什么不妥之处，仿佛我从来没有穿着旧夹克独自坐在那儿，面前支起一本书，以免跟西科姆说话。可是，假若向来如此，这样的场景便不会如同现在这般撩拨人心，连简单的吃吃喝喝也变成了一场全新的冒险。

几周过去，这种兴奋感并未减弱，反而与日俱增，以至于我发现自己找各种借口在家里溜达，哪怕仅有五分钟也罢，只要能看上她一眼，就让中午和晚上惯常的共处时光额外增加了一分。

她可能在图书室，或者因为某些事穿过大厅，或者在客厅里等待访客，此时她便会对我微笑，略感惊讶地说："菲利普，你怎么这个点就回来了？"为此我不得不编个借口。至于花园方面，以往安布罗斯试图勾起我的兴趣时，我会打哈欠、撂挑子，如今则随时在场指导种植花草树木和建造梯道，而晚餐过后的夜里，我们会一起翻看她的意大利语书籍，对比各种版画，就哪些可以挪用大加争论。我想即使她要在巴顿农场建一座古罗马广场，我也会同意的。我口中说着行、不行、确实非常好，或者摇头反对，但实际上我根本没认真听。真正给我带来愉悦的，是看着她投入这项事务，看着她仔细对比一张又一张图画，看她双眉紧皱，手里拿着笔在纸上写写画画，看着那双手翻开一本又一本图书。

我们并非每次都坐在楼下的图书室里。有时她会要我同她一起上楼去菲比婶婶的会客室，我们把书籍和花园的规划图摆满地板。在楼下的图书室里，我是男主人；但在她的会客室里，她是女主人。我不知道这样是不是更符合我的心意。我们抛弃了繁文缛节。西科姆不会打扰我们——她极其老练地吩咐他别再用那神圣的银制茶托了——她会给我们两人煮大麦茶，她说这是欧洲大陆的传统，比普通茶叶对眼睛和皮肤更有好处。

晚餐后的这段时光过得飞快，我多么希望她忘记询问时间，可是钟楼上离我们如此之近的讨厌的大钟敲响了十下，想忽略都难，那钟声总会打破宁静。

"没想到已经这么晚了。"她会起身合上书本说道。我知道这是要打发我走啦，即便赖在门口聊天也不行。大钟敲响十下，我必须走了。有时她会伸手让我吻一下，有时则会让我吻她的脸颊，有时她会拍拍我的肩膀，仿佛在拍一条小狗。可她再没有靠近过我，或者像那晚躺在床上那样双手捧着我的脸。我不寻求那样的亲近，也不期望那样的亲近；可是当我说完晚安，沿着走廊回到自己的房间，打开百叶窗，望着窗外静悄悄的花园，耳边传来海浪拍打树林下的小海湾的细微声音时，我便会觉得异常孤寂，像一个刚过完假期的孩子。

白天一个又一个小时热切盼来的夜晚结束了。下一个夜晚到来之前是那么漫长。无论是我的精神，还是我的肉体，都没有休息的打算。在她来之前的日子里，冬天的晚餐后，我常常在火炉旁打瞌睡，然后舒展身体，打着哈欠爬到楼上，高高兴兴地钻进被窝，一觉睡到隔日七点。如今大不一样了。我精神得能走动一整晚。我可以聊到破晓。走动一整晚是愚蠢的，聊到破晓则是不可能的。于是我跌坐在敞开的窗户前的椅子上，一边抽烟，一边凝视窗外的草地；有时我只是坐在那儿放空脑子，什么也不想，熬过这宁静的时光，直到凌晨一两点才脱衣睡觉。

十二月里，满月过后下了几场雾，独守空房的夜晚生出一种让我更加难以承受的特质，这样的夜晚有一种冰冷而清冽的美感，它触动我的心灵，促使我满怀敬畏地凝视它。向窗外望去，狭长的草坪绵延到草地，草地绵延到海边，一切都笼罩在雾中，月光照耀下，一片白茫茫的。毗邻草坪的树木黑黝黝的，静静地立着。兔子跑了出来，在草地里扒来扒去，又四散跑回自己的窝里。突然间，一只雌狐高昂尖锐的啸叫划过寂静，随后变为轻轻的鸣咽，那声音古怪刺耳，与夜晚的其他叫声明显不同，我看见那细长的身体贴着地面从树林里悄悄钻出来，跑到草地上，又钻进树林中去了。不久，从远处空旷的公园里再次传来它的叫声。满月爬到树顶，悬在空中，窗外的草地上万籁俱寂。不知蓝色卧室里的瑞秋是否已经熟睡，或者她也像我一样把窗帘敞开。十点钟催促我上床睡觉的大钟敲响一下，敲响两下，我心想，眼前无尽的美景原本可以两人共赏。

无关紧要的人能承受得了乏味的人世。可这不是乏味的人世，它充满了魅力，它完全属于我。我不愿独享。

一想到她答应的是暂居，不知还会再待多久，是否会在圣诞节过后来对我说"菲利普，下周我去伦敦"，我的心情就会像晴雨表一样来回波荡，从狂喜坠到麻木和绝望。恶劣天气使得种植完全停止，春天到来之前做不了什么。阳台倒是可以完工，因为趁干燥的时候做这个最好，可是有了规划图，工人没有她的指点也能顺利施工。她随时可能下定决心离开，我再也没办法找借口留住她。

以前过圣诞节，若安布罗斯在家，他会在圣诞节前夕给佃户开办晚宴。他没在家的那几个冬天，我没有效仿他的做法，因为他出门回来后会在仲夏节举行晚宴。现在我决定按照传统再次举行晚宴，只要瑞秋到场就好。

小时候，这是我的圣诞节里最美好的时刻。仆人会在平安夜前一周搬来一棵高大的杉树，放进车库上面的长屋里，晚宴就是在那儿举行的。原本我是不知道在那儿举行的，可是到了中午，仆人们去吃午餐，身边没了人，我就会绕到后面，沿着台阶爬到通往长屋的侧门。进了长屋，我会看见那棵大树耸立在另一头的大盆里，紧挨墙壁叠放着预备成排摆开的长条搁板桌。我此前从来没有帮忙布置过，直到第一次从哈罗公学回来过寒假。这次进步如此巨大，我感到了前所未有的骄傲。身为小孩，我只能和安布罗斯一起坐在首席；长大之后，我自己就能独领一桌啦。

如今我再次向伐木工发号施令，事实上，我亲自去林子里选了圣诞树。瑞秋欢喜得很，没有什么庆典能让她比这更开心的了。她殷切地请教西科姆和厨师，察看食品库、储藏室和肉库；她甚至劝说我的男性佃户，让他派两个巴顿农场的姑娘过来，在她的监督下制作法式油酥面团。一切都那么让人兴奋，又让人感觉神秘，因为我打定主意不让她看到圣诞树，而她决意不让我知道晚餐会有什么菜式。

一个个包裹送来，她吩咐人搬到楼上。每当我敲响会客室的门，我便会听见纸片的哗啦声，过了好久，她才会应答："进来。"她跪在地板上，两眼放光，面颊红润，一面罩子盖着散落在地毯上的几样物品，她会叫我不要看。

我回到了童年时代，回到了往日的疯狂时光——我身穿睡衣踮着脚尖站在楼梯上偷听楼下的低语声，安布罗斯突然从图书室里蹿出来嘲笑我："上楼睡觉去，你个淘气鬼，小心我剥了你的皮。"

唯独一件事让我心烦。给瑞秋送什么礼物？我逛遍特鲁罗的各家书店，搜寻园艺书籍，一天下来一无所获，况且哪一本都不如她从意大利带来的书籍精美。我不知道什么样的礼物能讨得女人的欢心。每逢要送礼物给露易丝的时候，我的教父都会买些做女式礼服的布料给她，可是瑞秋只穿丧服，送礼物哪有送丧服的道理。我记得曾有一次，我的教父从伦敦买了一个盒式的项链坠给露易丝，她非常高兴，周日来参加晚宴时总会戴着。我有办法了。

众多家传珠宝之中，一定有一样可以送给瑞秋。那些珠宝没有和阿什利家的文件一起存在家中的保险柜里，而是由银行保管。为防火灾，安布罗斯认为这是最好的办法。至于那儿存了些什么，我一概不知。我模模糊糊地记得，我很小的时候有一次跟安布罗斯去银行，他拿起一串项链，笑着对我说那是我们祖母传下来的，我母亲结婚时戴过，但只借来戴过那一天，因为我父亲并非直系继承人。他还说如果我表现得好，将来会让我送给我的妻子。我现在明白过来，无论银行里存放了什么，那都是属于我的，或者说在三个月后将会属于我，不过这只是套话而已。

我的教父自然知道那儿有什么珠宝，可他去埃克塞特办事，要到平安夜和露易丝一同参加晚宴时才能回到家中。我决定亲自去一趟银行，要求他们把珠宝拿出来看看。

库奇先生一如往常地殷勤接待我，他把我请进面向海港的私人办公室，认真聆听我的要求。

"想必肯德尔先生也不反对吧？"他问道。

"当然，"我急切地说道，"我们早已说好的。"这是假话，但我已二十四岁，距离生日仅有数月之遥，每件小事都要经过我的教父允许，实在可笑。这种状态让我很是生气。

库奇先生派人去保险库拿珠宝，珠宝被装在密封的盒子里送了上来。他揭开封印，往面前的桌子上铺了一块布，把珠宝逐一摆好。

我没想到家藏的珠宝会如此精美。有戒指、手镯、耳环和胸针，许多都是成套的，比如红宝石头饰搭配红宝石耳环，比如蓝宝石手镯搭配吊坠和戒指。可是看着眼前的珠宝，我连动手摸一下的想法都没有，因为我失望地想到，瑞秋尚在服丧期间，不能佩戴彩色宝石。她用不上的东西，送了也毫无意义。

紧接着，库奇先生打开最后一个盒子，从中取出一串珍珠项链。这项链共分四股，像领结一般戴在脖子上，用一个钻石钩环连接。我立刻认了出来，这正是我小时候安布罗斯给我看过的那条。

"我喜欢这一件，"我说道，"这是所有藏品中最精美的。我记得堂兄安布罗斯给我看过。"

"哎呀，我不敢苟同，"库奇先生说道，"我认为红宝石饰物最值钱。不过，这串珍珠项链承载着家族的情感，你祖母安布罗斯·阿什利夫人在圣詹姆斯成婚时戴过，后来庄园传给了你叔叔，你菲利普婶婶自然也把它继承了。你家许多人都曾在成婚当天戴过它，其中包括你母亲，事实上，我想她是最后一个戴它的人。在别处举办婚礼时，你堂兄安布罗斯·阿什利先生从来不许它出郡界。"他拿起项链，从窗户透进来的光亮洒在圆润的珍珠上。

"的确，"他说道，"这是件好东西。它尘封了二十五年。我参加了你母亲的婚礼，她是个漂亮的女人，这件饰物与她十分相配。"

我伸手从他手里拿过项链。

"嗯，我现在想自己保管。"我说着把项链和包装一同放回盒子。他面露惊讶之色。

"此举恐怕不太明智啊，阿什利先生，"他说道，"若给丢了，岂不是坏事。"

"丢不了。"我简单地答道。

他一脸不快，我急忙抽身就走，以免他再提出更有说服力的理由。

"如果你担心我的监护人非议，"我对他说道，"且请放心，等他从埃克塞特回来，我会向他说明。"

"但愿如此，"库奇先生说道，"但我更希望他能在场。当然，到了四月，等你合法继承了家产，把所有藏品全部拿走，怎么处置都没有问题。我不建议你这么做，但你要拿走也属于合法行为。"

我与他握手，祝他圣诞节愉快，然后心情愉悦地骑马回家。就算找遍全国，也找不出一件比这更好的礼物送给她。谢天谢地，珍珠是白色的。想到上一个戴这串项链的是我母亲，我便产生了一种传承感。我要把这一点告诉她。现在我可以轻松地等待平安夜到来啦。

还要等两天……天气晴朗，雾气稀薄，看样子晚宴时一定会雾气尽散，晴朗无比。仆人们个个兴奋不已，到了平安夜那天上午，搁板桌和椅子在长屋里收拾整齐，刀叉餐盘摆放妥当，常绿植物从房梁上垂落，我吩咐西科姆等人随我来装扮圣诞树。西科姆精通典礼布置，他站在一旁，以便从远处观察，当我们左右摆弄圣诞树，逐一把树枝扶正，挂好冰凉的杉树果和冬青果时，他朝我们挥挥手，一副弦乐六重奏指挥家的模样。

"我看角度不太对，菲利普先生，"他说道，"如果把树稍微向左挪一点，会更显眼。啊！过了……嗯，这样好多了。约翰，右边的第四根枝条弯啦。唉，唉……你手太重。把树枝都拨弄开，亚瑟，拨弄开。树要摆得像自然生长的那样。吉姆，别踩着果子。菲利普先生，先就这样吧，再动一下就全毁了。"

我从没想过他竟然有这样的艺术眼光。

他往后退了几步，双手背在身后，半眯着眼睛。"菲利普先生，"他对我说道，"我们达到了完美。"我看见小约翰戳了戳亚瑟的肋骨，然后跑开了。

晚宴预计五点开始。肯德尔父女和帕斯科一家是仅有的"四轮马车一族"，其他客人则乘坐大篷车或两轮马车，住得近的甚至会步行赴宴。我早已在纸上分别写好姓名，放在相应的餐盘上面。不怎么识字的，或者完全不识字的，身边都有识字的人可以帮忙。餐桌共有三张，我将坐在首席，瑞秋坐在另一头。第二张餐桌由巴顿农场的比利·罗坐首席，第三张以库姆农场的彼得·约翰斯为首席。

按照以往的程序，五点过后不久，所有客人要在长屋集合并落座，一切就绪后，我们再走进屋里。晚宴结束之后，安布罗斯和我会从圣诞树上取下礼物送给众人，男人就送钱，女人就送新披肩，人手一个装满食物的篮子。礼物从来没变过，习惯若出现丝毫变化，会惊吓到他们每一个人。不过，今年圣诞节我邀请了瑞秋与我一同分发礼物。

更换晚宴礼服之前，我把那串珍珠项链一起送去了瑞秋的房间。那串项链有外包装，但我在里面留了张便条，上面写着："我母亲是最后一个佩戴它的人，如今它归你所有。希望你今晚戴上，以后也戴着。菲利普。"

我洗澡更衣，四点五十五分便准备妥当。

照以往的习惯，肯德尔父女和帕斯科一家不会来家里，而是径直去长屋与佃户聊天，以免冷场。安布罗斯在世时常说这个办法很好。仆人们也会在长屋忙活，安布罗斯和我会走过里间的石头通道，穿过庭院，出来爬上通往车库上方的长屋的楼梯。今晚，瑞秋和我将会单独走过这段路。

我下了楼，在客厅里等候。我站在那儿，心里有些忧虑，因为我这辈子从未给女人送过礼物。忧虑可能源自我的做法有失礼节，也许只能送花、书或者画之类的东西。万一她像纠结于季度津贴那样大发脾气呢？万一她莫名其妙地认为我这么做是羞辱她呢？这样的想法让我心烦意乱，每一分钟都是煎熬。终于，我听到了她踩在楼梯上的脚步声。爱犬今晚没有先于她出现，它们早已被关在了狗窝里。

她来得缓慢，熟悉的礼服"沙沙"的摩擦声缓缓靠近。客厅门打开，她迈步进来，在我面前站定。如我所料，她一袭深黑色礼服，但我以前从未见过这一件。这礼服下摆蓬松，只在胸衣和腰部紧贴身体；它闪耀着光彩，仿佛有灯光打在上面。她的肩膀裸露在外，头发扎得比以往略高，发丝向上卷起固定在脑后，露出双耳。戴在脖子上的便是那串项链，这是她全身唯一的珠宝饰品。在她皮肤的映衬下，项链散发出柔和的白光。她这般容光焕发，或者说欢欣愉悦的模样，我从未见过。露易丝和帕斯科一家终究说得没错，瑞秋确实很漂亮。

她站在那儿看了我片刻，然后朝我伸出双手，说道："菲利普。"我向她走去，在她面前站定。她双臂抱住我，把我搂得紧紧的。她眼中含泪，但今晚我不在乎她的泪水。她把双手抬离我的肩膀，摸上我的后脑勺，抚弄我的头发。

然后，她吻了我。这一吻不同以往。我抱着她站在那儿，心里想道："安布罗斯不是因为思念家乡而死，不是因为家族疾病而死，也不是因为精神发狂而死——他是因为这样的激情而死。"

我回吻了她。钟楼的大钟敲响五下。她没对我说一句话，我也没对她说一句话。她把手放在我的手心。我们一同穿过昏暗的厨房走道，穿过庭院，走向车库上方的长屋——通明的灯光从窗户透出。我们走向欢声笑语传来的地方，走向一张张充满期待的欢乐面庞。

第十七章

　　我们一进门，客人全站了起来。只听椅子挪动，脚踏地板，低声细语平静下来，所有人都转头看向我们。瑞秋在门口踌躇了一下，我觉得她没想到会来这么多人。紧接着，她看见屋子另一头的圣诞树，高兴得叫了出来。静寂被打破，人们窃窃私语，为她的惊喜感到高兴。

　　我们在头一张桌子的两端分别站定，瑞秋坐了下去，其他人随之坐下，聊天谈话的喧闹声立刻响起，还有刀叉碗碟碰撞的叮当声，不小心碰到邻座的男士纷纷大笑，互致歉意。我右手边是巴顿农场的比尔·罗夫人，她身穿薄纱织物，活泼的风头盖过了所有来宾。我发现左侧库姆农场的约翰斯夫人鄙夷地看着她。我出于礼仪安排座位时，竟然忘了两人"不搭腔"，她们俩曾在市集上因鸡蛋发生误解，这嫌隙持续了十五年之久。管它呢，我会殷勤招待她们，避免所有争执的。一壶壶苹果酒将为我助阵，我拿起离得最近的酒壶替她们斟满，再大度地给自己倒上，然后翻看菜单。厨房准备的饭菜十分丰盛，在对圣诞节晚宴的漫长记忆中，我从来没见过如此丰盛的晚餐。烤鹅、烤火鸡、片装的牛排和羊肉，缀着褶边的大块烟熏火腿，形状各异、大小不一的油酥面团和馅饼，鼓囊囊的洒满干果的布丁；硬菜之间则是松软酥脆的油酥面团，云朵般轻柔，那是瑞秋和巴顿农场的女仆精心烹制出来的。

饥肠辘辘的宾朋带着满怀期待和食欲的笑脸，我也不例外；其他桌上已然迸发出开怀大笑，那里因为没有"主人"的妨碍，几个厚脸皮的佃户已经放开手脚，把皮带和领结都给松开啦。我听见爱喝酒的杰克·利比粗着嗓子向邻座敬酒——我猜他在路上已经喝了一两杯苹果酒——"以上帝之名……这回喝完，就算把咱扔给乌鸦吃掉，咱也没啥感觉。"我左侧身材瘦小的约翰斯夫人薄唇紧抿，她像拿羽毛笔一样用手指夹着叉子戳弄鹅翅，那家伙冲我眨眨眼，对她小声说道："上手吧，亲爱的，用手把它们撕成碎块。"

此时我才发现每个人的餐盘边都摆着一个小袋子，袋子上有瑞秋的字迹。大家似乎同时注意到了，纷纷激动地撕开包装，一时间把吃饭忘在了脑后。在打开自己的袋子前，我看着他们，等了片刻。我心头猛地一痛，明白她做了什么。她给在场的男男女女每人一份礼物。她自己包装，分别附了一张便条。礼物个头儿不大，也不精美，但这小玩意儿能让他们乐开花。原来她神神秘秘地躲在会客室里是为了包装东西。我全明白了。

旁边的人再次开始用餐，我这才打开自己的袋子。我把它放在桌下的膝盖上，心想只有我自己一个人能看她给了我什么。那是一条挂钥匙的金链子，配套的铭牌上刻着我们的名字首字母缩写——

P.A.R.A.[1]，下面是日期。我双手握了一会儿，然后急忙塞进马甲口袋。我抬头望着她笑了笑。她一直在望着我。我朝她举杯，她举杯回应。天啊！我好开心。

热闹的晚宴继续进行，众人兴高采烈。不知不觉间，油乎乎的餐盘上堆满的食物被吃得一干二净，酒喝完一杯再续上。桌子中间的某个人开始唱歌，歌声传开，其他桌的客人也加入进来。靴子踏在地板上打拍子，刀叉跟着节奏敲击餐盘，人们欢快地伴着节拍前后摆动身体。库姆农场的约翰斯夫人跟我说，作为一个男人，我的睫毛长得过分。我给她斟了更多苹果酒。

最后，我想起安布罗斯总会精确地把控时间，便用力敲得桌子震天响。大伙儿静了下来。"愿意出去的，"我说道，"可以出去一会儿再回来。五分钟后，阿什利夫人和我将会分发圣诞树上的礼物。女士们，先生们，谢谢各位。"

客人推门出去的声音正如我所料。我嘴角带着笑意，注视着西科姆跟在最后，他步伐僵硬地踩出一条直线，仿佛担心地面会在他脚下塌陷。留下的人把桌椅挪到墙边。分发完礼物，我们离开之后，尚有精力的人将会邀请同伴跳舞，狂欢将会持续到午夜。小时候，我常常会透过婴儿室的窗户聆听踢踏声。今晚，我朝站在圣诞树边的一小撮人走去。牧师、帕斯科夫人，他们的三个女儿和一位教堂牧师都在那儿，还有我的教父和露易丝。露易丝气色不错，只是略显苍白。我与他们一一握手。帕斯科夫人连珠炮似的对我说道："这晚宴举办得妙不可言，我们从来没这么愉快过。姑娘们欣

---

1 Philip Ashley和Rachel Ashley的首字母缩写。

喜若狂。"

教堂牧师站在三人中间，她们的确欣喜若狂。

"你说办得好，我很高兴。"我说道，然后转头对瑞秋说："你开心吗？"

她迎上我的目光，笑了笑。"你觉得呢？"她说道，"很开心，开心得要哭了。"

我向我的教父致以问候。"晚上好，先生，祝您圣诞节快乐，"我说道，"埃克塞特怎么样？"

"冷，"他简短地说道，"冷得讨厌。"

他的态度很是唐突。他背着一只手站在那儿，另一只手摸着白胡须。不知是否这顿晚宴有不合他心意的地方，难道是苹果酒供应过度？紧接着，我看见他盯着瑞秋。他的目光紧紧地盯着她脖子上的那串珍珠项链。看到我凝视着他，他移开了目光。一时间，我仿佛回到了在哈罗公学读十年级时，被老师逮到我的拉丁语课本下面放着小抄的情形。然后，我耸了耸肩。我是菲利普·阿什利，已经二十四岁，这世上没有谁能规定我该不该给某个人送圣诞节礼物——我的教父也不行。不知帕斯科夫人是否已经说出了恶毒的话。或许以礼相待能防止她乱说，况且她也不一定认得那串项链。露易丝注意到了，这是显而易见的。我看到她蓝色的眼眸朝瑞秋晃了几下，又挪开了。

客人三三两两地回到长屋里，他们有说有笑，挤作一团，往圣诞树走来，瑞秋和我在树前站定。紧接着，我弯腰看着礼物，念出它们的名字，把礼包交给瑞秋，客人逐一过来取走礼物。她站在树前，面带绯红，笑脸盈盈，欢欣鼓舞。我只好专心念名字，以免去看她。"谢谢您，上帝保佑您，先生。"他们对我说道；到她那儿时："谢谢您，夫人。上帝也保佑您。"

分发礼物，跟每个人说上一句话，这用去了大半个小时。当最后一份礼物被毕恭毕敬地取走后，屋里突然陷入沉寂。人们在墙边聚成一堆，等待我致辞。"祝各位圣诞节快乐。"我说道。众人异口同声地回应："祝您圣诞节快乐，先生，也祝阿什利夫人圣诞节快乐。"

比利·罗特意为这次晚宴把头发抹得平平整整，他用细长的嗓音大声喊道："为这一对佳人欢呼三声。"欢呼声在长屋里回荡，差点把地板震塌，把我们撂到楼下的马车上。我扫了瑞秋一眼。她眼里蓄着泪水。我冲她摇摇头，她笑了笑，冲我眨眨眼，然后把手伸过来。我看见我的教父面如寒霜般瞪着我们。我无可救药地想到学生之间阻止他人横加指责的那句"如果你不喜欢，大可以走人啊"，这句话恰如其分。但我只是笑了笑，把瑞秋的手挽进我的臂弯，领着她从长屋回到房里。

有人趁送礼物的空当跑回客厅摆好了蛋糕和葡萄酒，我想应该是小约翰，因为西科姆像被远方的鼓点操纵一般忙得不可开交。我们吃得太饱，这两样都没动，不过我看见教区牧师捏了一块焦糖面包。也许他吃了三个。帕斯科夫人——老天啊，她存在于这个世界的作用肯定是通过喋喋不休破坏和谐氛围——转向瑞秋说道："阿什利夫人，请见谅，有些话我一定要讲出来。您戴的这串项链太漂亮啦，我一晚上都只盯着它看了。"

瑞秋冲她笑笑，抬手摸了摸项链。"是的，"她说道，"这是件非常贵重的饰品。"

"确实贵重，"我的教父冷冷地说道，"值很多钱呢。"

我想只有瑞秋和我注意到了他说话的语气。她疑惑地瞥了一眼我的教父，然后看了我一下，正准备说话时，我向前一步说道："马车到了。"

我走到客厅门口站定，往常对送客暗示充耳不闻的帕斯科夫人，此刻也从我的举止当中察觉出压轴戏要登场了。"来，女儿们，"她说道，"你们肯定都累了，明天还有很多事要忙。阿什利先生，一到圣诞节，神职人员一家都不消停啊。"我把帕斯科一家送到门口，所幸我猜得没错，他们的马车已经在等候了。教区牧师与他们同乘，像一只雏鸟蜷缩在两个羽翼丰满的姑娘中间。随着他们的马车驶离，肯德尔家的马车跟了上来。我回头看向客厅，却发现里面空空如也，只有我的教父一人。

"其他人去了哪里？"我问道。

"露易丝和阿什利夫人去楼上了，"他说道，"一会儿就下来。菲利普，正好我有话要跟你说。"

我走到壁炉前站定，双手背在身后。

"是吗？"我说道，"什么事？"

他一时间没有回答。他的尴尬显而易见。

"去埃克塞特之前，我没时间见你，"他说道，"否则我一定会跟你说这件事。菲利普，银行传来的消息让我觉得十分困扰。"

肯定跟项链有关，我心想。不过，这是我自己的事。

"我猜是库奇先生的消息吧？"我对他说道。

"是的，"他答道，"他通知我——这是非常正确、恰当的做法——说阿什利夫人的账户已经超支了几百英镑。"

我感觉如坠冰窟。我与他对视，接着紧张感消失，我的脸色恢复正常。

"哦？"我说道。

"我想不明白，"他踱着步继续说道，"她在这儿花销不会太大啊。身为客人，她的饮食起居有你照顾，所需的东西不会太多。唯一的解释就是她把钱寄到了国外。"

我仍站在壁炉前，心脏猛烈地撞击肋骨。"她出手大方，"我说道，"你今晚都看到了。她给每个人都备了一份礼物，这可不是几块钱就能办到的。"

"几百英镑够付他们十几次的工资了，"他答道，"我不质疑她出手大方，但只礼物一项不会导致超支。"

"她还掌管家里的开支，"我说道，"给蓝色卧室买了一些装饰品。这些都要计算在内。"

"也许吧，"我的教父说道，"但不管怎么说，按她预支的金额来看，原本按季度给她的津贴已经翻了一番，将近三倍于那个数额。我们将来该作何打算？"

"把现在给她的金额翻一番，给她三倍，"我说道，"显然原先给的不够。"

"可是这样太荒唐了，菲利普，"他抗议道，"哪个女人像她这般吃喝不愁，还需要花那么多钱啊。哪怕是伦敦贵妇也难以花费如此之巨。"

"可能她有我们所不知的债务要偿还，"我说道，"或许佛罗伦萨有债主催债。这不关我们的事。我要你提高津贴额度，补足超支部分。"

他嘬着嘴站在我面前，我想要此事一了百了。我支起耳朵，留意楼梯上的脚步声。

"还有一件事，"他局促不安地说道，"菲利普，你无权把那串项链从银行取出来。你知道那是家藏品之一，是庄园的财产，你无权挪用它，对吗？"

"那是我的东西，"我说道，"我自己的东西想怎么处置都行。"

"家产暂时未归你所有，"他说道，"三个月之后才会。"

"那又怎样？"我大手一挥，"三个月很快过去。项链交给她保管，不会有任何问题。"

他瞥了我一眼。

"未必。"他说道。

他含沙射影，我怒火陡起。

"老天啊！"我喊道，"你究竟在暗指什么？难道她会拿去卖掉吗？"

他一时间没有回答，只用手摸着胡须。

"自打去了埃克塞特，"他说道，"我对你的表姐瑞秋有了一点更深的了解。"

"你到底什么意思？"我问道。

他的目光从我身上转向门口，又落在我身上。

"我遇到几个老友，"他说道，"你不认识，他们是大旅行家。几年来，他们都在意大利和法国过冬。你表姐嫁给第一任丈夫圣加利特的时候，他们似乎见过她。"

"然后呢？"

"两人臭名远扬。他们挥霍无度，而且我必须说一句，还有生活散漫。导致圣加利特死亡的那场决斗是因另一个男人而起。他们说一听到安布罗斯·阿什利娶了圣加利特伯爵夫人就感到无比震惊，猜测她会在几个月内把他的财产挥霍干净。万幸此事没有发生，安布罗斯在她挥霍之前就去世了。对不起，菲利普，但是这消息搅得我心烦意乱。"他再次踱来踱去。

"我没想到你竟然堕落到听旅行家信口开河的地步，"我对他说道，"他们到底是什么人？他们怎敢恶意传播十年前的闲言碎语？若是当着我表姐瑞秋的面，他们绝不敢这么说。"

"不管这些啦，"他说道，"我现在担心的是那串项链。对不起，但是未来三个月内我仍是你的监护人，我必须要求你敦促她归还。我会把它放回银行，和其他珠宝一同保管。"

这下轮到我来回踱步了。我不明白自己做了什么。

"归还项链？"我说道，"可是我怎么可能要她归还？我今天晚上才把项链当作圣诞节礼物送给她。这种事我绝不能做。"

"那只好我替你去做了。"他说道。

他那冰冷顽固的表情，僵硬的站姿，对种种感情的漠然，我突然间恨之入骨。

"你敢试试。"我对他说道。

我希望他滚得远远的。我希望他一死了之。

"别这样，菲利普，"他换了语气说道，"你还年轻，容易受人摆弄，我非常理解你想给你表姐东西以示尊重的心情。可是家族的珠宝不只是用来表示尊重的。"

"她有权得到那些珠宝，"我说道，"如果说有谁理当佩戴，那就是她。"

"如果安布罗斯在世，她理当佩戴，"他说道，"但如今不行。那些珠宝是给你结婚时的妻子准备的。这是另一码事。那串项链有其本身的含义，今晚晚宴时的几个上了年纪的佃户可能会有闲言碎语。阿什利家的男子结婚当日，要让新娘戴上那串项链，作为独一无二的信物，这是本地人乐于看到的家族迷信，我刚跟你说过，上了年纪的佃户都知道这个传统。家门不幸，这种事情会招致闲话。想必以阿什利夫人的情况而言，她是最不愿意落人话柄的。"

"今晚来的那些人，"我不耐烦地说道，"如果他们有脑子思考的话，会认为那串项链是我表姐的私人财产。她戴了会招致闲话，我一辈子从没听过这种荒唐的说法。"

"这不是我所能决定的，"他说道，"毫无疑问，闲话很快就会传出来。有件事我必须坚持立场，那就是把项链放回银行保管。它目前不归你所有，你不能把它送人，而且未经我的允许，你无权去银行把它取出来。我重复一遍，如果你不去敦促阿什利夫人归还项链，我去。"

激烈争执之下，我们两个都没听到礼服扫动楼梯的声音。现在为时已晚，瑞秋身后跟着露易丝，两人站在门口。

她面朝我的教父站在那儿，而我的教父正站在客厅中央与我对峙。

"不好意思，"她说道，"我不小心听到你们说的话。对不起，我不想因为自己而拖累你们。菲利普让我今晚戴着项链，这是他的一份心意，肯德尔先生要求我归还，也是他职责所在。拿去吧。"她伸手从脖子上解开项链。

"不行，"我说道，"凭什么要你归还？"

"别这样，菲利普。"她说道。

她摘下项链递给我的教父。他无所适从，又松了一口气。

露易丝用同情的目光看着我。我把头转向一边。

"谢谢您，阿什利夫人，"我的教父嗓音粗哑地说道，"您得理解，这串项链的确属于庄园托管物品之一，菲利普不该把它从银行拿出来。他的做法欠缺考虑。年轻人嘛，毕竟做事冲动。"

"我完全理解，"她说道，"此事切莫再提。需要我把它包装起来吗？"

"谢谢您，不用啦，"他答道，"我用手帕包起来就行。"

他从胸口的口袋里掏出一条手帕，小心翼翼地把项链放在中间。

"我想露易丝和我该道声晚安啦，"他说道，"谢谢您举办了一场让人愉悦的晚宴，祝两位圣诞节快乐。"

我没搭话，而是走进大厅，站在前门门口，一言不发地扶露易丝上了马车。她同情地捏捏我的手，但我心里装了事，顾不上回应她。我的教父爬上马车坐在她旁边，两人离开了。

我缓缓走回客厅。瑞秋站在那儿，低头看着壁炉。没了项链，她的脖子看起来光秃秃的。我默默地站在那儿看着她，心里满是怒火，十分难受。她看到我，向我伸出手，我走了过去。我满怀心事，说不出话来。我感觉自己像个十岁的小孩子，遇到点事就想大哭一场。

"别，"她的声音仍然那么温柔，让人心头一暖，"你别在意。求你了，菲利普，求你了。我只戴一次就很高兴了。"

"我想让你戴着，"我说道，"我想让你一辈子留着它。天杀的，让他去死吧。"

"嘘，"她说道，"亲爱的，别说这种话。"

怒火与痛苦熏心，我恨不得立刻骑马去银行的保险库，把那儿所有的金银珠宝全拿出来送给她。我想把全世界都送给她。

"唉，全毁掉了，"我说道，"整个夜晚，整个圣诞节。一切都白白浪费了。"

她把我拉近，笑了起来。她说："你像个小孩子一样，两手空空地朝我跑过来。可怜的菲利普。"我退后一步，低头看着她。

"我不是小孩子，"我说道，"再过讨厌的三个月，我就二十五岁了。那串项链，我妈妈结婚当天戴着，之前是我婶婶戴的，再之前是我祖母。你不明白我想让你也戴着吗？"

她双手搭在我的肩上，又吻了我一下。

"唉，明白，"她说道，"所以我才这么开心，这么骄傲。你想让我戴着，是因为你知道如果我在这里嫁给安布罗斯，而不是在佛罗伦萨，他一定会在我们结婚当日把它送给我。"

我没吭声。几周之前，她曾说我不通人情。今晚，这话可以奉还给她。过了一会儿，她拍拍我的肩膀，上楼睡觉去了。

我伸进口袋摸了摸她送给我的金链子。如果别的不归我所有，那么它独属于我。

第十八章

在她的照看下，我们的圣诞节过得很愉快。我们骑马去庄园里的几处农场、小屋和农舍，把安布罗斯的衣物分发出去。每到一家都得吃一块馅饼，尝尝布丁，所以到了晚上，我们已经饱得吃不下晚饭，只能让仆人把昨晚剩下的鹅肉和火鸡肉吃光，而她和我则在客厅的壁炉前烤栗子吃。

紧接着，我仿佛回到了二十多年前，她要我闭上眼睛，然后笑着上楼去会客室，下楼之后往我手里塞了一棵小圣诞树。她把这树装饰得喜气洋洋，如梦如幻，上面挂着亮色纸包装的礼物，每件礼物都可笑至极。我知道她这么做是想让我忘记平安夜的闹剧和珍珠项链惹来的麻烦，可我怎能忘记，又怎能释怀。从圣诞节以来，我的教父和我之间的关系冷了下去。他听别人卑劣的胡言乱语也就罢了，我更愤恨的是他非要坚持遗嘱里的条条框框，使得我还得经受三个月的监管。万一瑞秋的花销超出我们的预期呢？我们不知道她的消费状况。安布罗斯和我的教父都不了解佛罗伦萨的生活方式。即便她挥霍无度，这也算很严重的罪行吗？至于那边的社会风气，

213

我们无从评判。我的教父一辈子过得小心翼翼，精打细算，再加上安布罗斯没什么开销，我的教父自然而然地认为等到家产归我所有，一切都会照常如旧。我无欲无求，与安布罗斯在世时的个人开销大差不差，但是教父把钱看得太重，使得我心生愤怒，决意按自己的想法行事，随意支配属于我的钱财。

他控告瑞秋浪费津贴，哼，他可能还要说我胡乱挥霍家产呢。我决定等新年过后把即将属于我的房子改造一番，但仅限于花园。巴顿农场的梯道继续造，旁边按照瑞秋的书上的版画打造的低地水上花园，其挖土和地面整修也要继续。

我还打算修缮房子。长久以来，瓦工纳特·邓恩每月都要来一趟，沿一级又一级梯子爬上屋顶，更换被风刮掉的石板，而且他次次都靠着烟囱悠闲地抽烟斗。如今该把整个屋顶修理一遍，换上新瓦片、石板、排水槽，加固多年来风吹雨打损坏的墙壁。两百多年前，议会议员把这里弄得一团糟，我的祖先则竭尽全力防止房子倒塌，但改动都太小了。我要弥补以往的疏忽，如果我的教父摆脸色，利用支票来牵制我，那他就去死吧。

所以我开始按自己的想法处理事务，一月尚未过完，我请了十五到二十个工人来修理房顶和房子内外，让他们照我的吩咐装修天花板和墙壁。一想起我的教父收到工程账单时的表情，我就开心得不得了。

我以修缮房子不宜接待客人为由暂停了周日晚宴，如此一来，帕斯科一家和肯德尔父女便不再像往常一样来家里做客，我就不用再见到我的教父，而这正是我的意图之一。我还让西科姆通过他那套森林传信的做法放出消息，说由于客厅有工人干活，阿什利夫人暂时不方便接待客人。整个冬天和早春这一段时间里，我们过着让我极为满意的隐士般的生活。菲比婶婶的会客室——瑞秋坚持这么称呼它——成了我们的住所。一天忙完之后，瑞秋坐下来缝缝补补或者看书，我则在一旁看着她。自从圣诞节前夜的珍珠项链事件以来，她的举止变得更加温柔，这温柔虽然出人意料的暖心，有时却让人难以忍受。

我想她不知道这温柔对我产生了怎样的影响。当我坐在椅子上谈论花园或其他实际事务时，那双手会在我的肩膀上停留片刻，或者抚弄我的头，勾得我的心跳久久不能平静。看她四处走动是一种愉悦，有时我甚至会想她是否因为知道我在看她，所以才故意从椅子上起身去窗边，抬手摸着窗帘，站在那儿望着窗外的草坪。她以自己独特的方式念我的名字。她喊别人时总是短促清晰，略微重读最后一个字母，可是她会故意缓慢说出"利"字，那种叫法在我听来变成了全新的发音，深得我的喜欢。小时候，我总想被人称作安布罗斯，这个梦想一直都在，直到今天。如今我庆幸自己的名字叫得比他的更久远。工人搬来铅管做从屋顶到地面的排水管，管材铭牌上刻着我的首字母缩写"P.A."和下面的日期，再下面是我母亲的纹章"狮子"，看到这些，我便产生一种奇异的自豪感，仿佛我给未来留下了一样自己的东西。瑞秋站在我旁边，她挽住我的胳膊说道："我第一次见到你这样自豪。菲利普，我因此更爱你一分。"

是的，我很自豪……可与这自豪相伴的，还有空虚。

家里和花圃里的工作继续开展。初春的到来，让人既痛苦又高兴。画眉和燕雀一大早就在窗下歌唱，把瑞秋和我从睡梦中吵醒。

中午见面时，我们聊起此事。她住在房子的东侧，阳光首先照进她的屋子，透过敞开的窗户将一缕光洒在她的枕头上。我则在更衣时才会沐浴到阳光。倚着窗俯瞰绵延通往海边的草坪，我看见马拉着犁耙爬向远处的山坡，海鸥在它们头顶盘旋，母羊和羊羔背靠着背，在靠近房子的牧场里互相取暖。麦鸡扑棱着翅膀成群结队地飞过，不久之后，它们将会交配，雄性麦鸡会欢快地一飞冲天。远处的海滩上，杓鹬啼鸣，黑人和白人牡蛎工像教区牧师一样，神情肃穆地在海草中摸索着寻找他们的早餐。空气在阳光的照耀下散发出咸咸的香味。

正是在这样的一个早上，西科姆过来告诉我，东苑卧病在床的萨姆·贝特迫切希望我去一趟，说他有重要的东西给我。据西科姆推断，他的东西太贵重，不能交给他的儿子或女儿。我稍微思索了一会儿。乡里乡邻常常把鸡毛蒜皮的小事搞得神神秘秘，让人忍俊不禁。不过，到了下午，我还是沿着小路走到四条路相交的门口，进了小屋跟他说话。萨姆坐在床上，身前的毯子上放着一件安布罗斯的外套，那是我圣诞节送给他的。我认出这是一件我不熟悉的浅色外套，大概是安布罗斯买来在欧洲大陆上避暑穿的。

"萨姆，"我说道，"我为你卧病在床感到抱歉。你怎么了？"

"咳嗽，老毛病啦，菲利普先生，每年春天都要折磨我一次，"他回答道，"我爹得过，说不定哪年春天，这病就会把我送到坟墓里去，就像他那样。"

"瞎说，萨姆，"我对他说道，"爹的病会传死儿子，这都是人们乱说的老话。"

萨姆·贝特摇了摇头。"话糙理不糙啊，先生，"他说道，

"况且您也知道的，安布罗斯和他父亲，您那位老绅士叔叔不就是这样吗？脑疾害死了他们俩啊。老天想让人死，谁都挡不住。我见过牛也会遗传疾病。"

我没吭声，同时在想萨姆怎么会知道安布罗斯死于何种疾病，我没跟任何人提起过。谣言在乡下传得可真快啊。

"你一定要让你女儿去问阿什利夫人找些药茶来治治你的咳嗽，"我对他说道，"她很懂这些。桉树油就是她的秘方之一。"

"我会的，菲利普先生，我会的，"他答道，"但事关这封信，我想应该请您亲自来一趟。"

他声音低沉，面露担忧，一脸肃穆。

"萨姆，什么信？"我问道。

"菲利普先生，"他说道，"圣诞节那天，您和安布罗斯夫人大发慈悲，把去世的老爷的衣物给了我们。每个人都能分到，我们所有人都很高兴。床上这件外套就是你们给我的。"他停顿片刻，伸手摸摸外套，毕恭毕敬的神色一如他圣诞节收到它时那般。"当天晚上，先生，我把它拿回家来，"萨姆继续说道，"我对女儿说，要是有个玻璃罩子，我们就把它放进去，她说别胡扯啦，衣服本来就是要穿的，可我不会穿的，菲利普先生。我会觉得冒昧，如果您能明白的话，先生。所以我把它放进那边的压平盒里，时常拿出来看一眼。后来我犯咳嗽躺在床上，不知搭错了哪根筋，就想把它穿身上。我就像您看到的这样，半躺在床上，外套很轻，贴着背很舒服。我咋天头一次穿上，菲利普先生，结果发现了这封信。"

他顿了顿，伸手从枕头下摸出一个小盒子。"菲利普先生，我找到了这个，"他说道，"这信一定是滑进了衣服的外层和衬里之间，叠起来的时候看不到，只有我这样的人因为拥有它而敬畏地抚弄它时才会发现。我听见纸的哗啦声，便贸然用刀子划开了衬里。就是它，先生。一封信，封得好好的，是安布罗斯先生写给您的。如果您能理解的话，我感觉就像得到了死去的人传来的消息。"

他把信递给我。的确，他说得没错，这信确实是安布罗斯写给我的。我低头看着那熟悉的字迹，心里突然一阵绞痛。

"萨姆，你的做法非常明智，"我说道，"找人叫我亲自来也非常正确。谢谢你。"

"没事，菲利普先生，您太客气啦，"他答道，"只是我觉得这封信可能在那儿藏了好几个月，早就该到您手里的。可怜的老爷已经走了，这信看到就让人难受，或许您读信也会难受。我心想最好亲口跟您说，比让我女儿去您府上更好。"

我再次感谢了他，把信揣进身前的口袋，又跟他聊了几分钟。不知为何，直觉让我告诉他不要向任何人提及此事，连他女儿也不例外，理由与他所说的一模一样，那就是尊重逝者。他一口答应，我走出他家。

我并未立刻返回家中，而是爬过树林，登上一条小路，这小路就在庄园的上方，毗邻特雷南特农场和林木茂盛的大路。安布罗斯比谁都喜欢走这条路。除了南面的灯塔，这儿是整个地界的最高点，树林和大海的山谷都能看得一清二楚。安布罗斯和他父亲在小路两边栽种的树洒下树荫，但高度尚不足以遮挡景色，到了五月，风铃草便会长满一地。树林顶部的小路尽头，在猛然下行通往峡谷中看守人的小屋之处，安布罗斯立了一块花岗石。"这块石头，"他半开玩笑半认真地对我说，"等我死了就当墓碑。我要在这儿安眠，而不是和阿什利家族的其他人埋在家族墓穴里。"

当他立下这块石头的时候，他肯定没想过自己永远不会埋在家族墓穴里，而是葬身于佛罗伦萨的清教徒公墓中。他在这石头上刻了自己曾到过的地方，末尾处则是一行打油诗，我们一起看的时候会捧腹大笑。虽然说来荒唐，但我相信他确有此意。去年冬天他不在家的时候，我常常穿过树林，沿那条小路来到这块花岗石旁，站在这儿俯视他珍爱的风景。

今天来到这儿，我双手按着石块站了一会儿，始终下不了决心。炊烟从下方看守人的小屋里冒出来，他不在时就用链子拴着的狗时不时莫名地吠叫两声，或许它的叫声能让它觉得自己有个伴。正午过去，气温下降，云朵划过天际。远远望去，牛从兰科利山上下来，去林中的湿地饮水；越过湿地，海湾处的海水没了阳光的照射，变成石头一般的灰色。微风向海岸吹来，下方的树木哗啦作响。

我坐在石头旁，把安布罗斯的信从口袋里拿出来，封底朝下搁在膝盖上。那红色封泥凝视着我，上面印着他的戒指痕迹和红嘴山鸦的脑袋。信封摸起来很薄，里面别无他物，只有一封信，一封我不愿打开的信。我说不清是怎样的疑虑使我犹豫不决，怎样的懦弱本能促使我像鸵鸟一样把脑袋埋进沙子里，不去面对现实。安布罗斯去世了，往事已经随他而去。我有自己的人生要去度过，有自己的决心要去践行。可能是因为这封信中会再次提到我选择遗忘的另一件事。既然安布罗斯曾指控瑞秋挥霍无度，或许如今对我也会使用同样的词汇，而且更有根据。短短几个月来，我花在修缮房子上的钱比他几年时间花得还多。我认为这并不是背叛。

可是不看这封信的话……他会怎么看我？如果我现在把它撕成碎片，不看其中的内容，他会怪罪我吗？我把信拿在手中，翻来覆去。看还是不看，我多么希望自己不用面对这样的抉择。在家里时，我的心思都在她身上，在会客室里，我注视着她的脸庞，看着她的双手和笑容，倾听她的声音，没有信的烦扰。可在这儿，在这树林里，在安布罗斯和我经常一起站立的花岗石旁——他挂着我手里这根拐杖，穿着我身上的这件外套——他的力量强大得无可匹敌。如今我像一个祈祷生日当天天气晴朗的小孩子，向上天祷告但愿这信中没有扰乱我心神的内容，然后打开了信封。信上的日期是去年四月，所以这封信是他去世前三个月写的。

最亲爱的孩子：

　　近期去信不多，并非我不思念你。过去几个月里，我一直在想念你，或许比以往更甚。然而，信件寄出去可能会丢失，或者被他人看了去，我不希望这两样事情发生，因此一直没写信，即使写了，我也知道自己所说的话没太多东西。我病了，发烧，头疼得厉害。现在好了些，但不知道能维持多久。发烧和头痛可能再次袭来，出现这些症状时，我说话、做事都不能自控。这一点是肯定的。

　　但我不知道病因。菲利普，亲爱的孩子，我心烦意乱。这是往轻了说的。我精神上十分痛苦。我给你写过信，应该是在冬季，可不久后便生了病，不记得那封信结果如何，可能是在情绪发作时毁掉了。在那封信里，我想我跟你提到她让我深深担忧的缺点。这缺点是否源自遗传，我不清楚，但我认为是遗传过来的，而且相信我们的孩子出生刚几个月就夭折给她造成了无可挽回的伤害。

我在给你的信中没有提及此事，因为我们当时都深受打击。于我而言，我有你这个亲人，这给了我慰藉。可对于女人而言，此事的伤害更深重。她此前做了种种打算，可仅仅过了四个半月，她的努力便付诸东流，医生说她再也无法生育，她痛苦得无以复加，也比我的痛苦更为深重。我确信她的举止自那以后发生了变化。她花钱越来越肆无忌惮，我感觉到她开始找借口，满口谎言，疏离我，跟我们刚结婚时的热情有天壤之别。几个月来，我发现她跟之前的信里提到的那个拉伊纳尔迪先生越来越亲密，此人是她的朋友，我猜测也是圣加利特家族的律师。我相信此人对她产生了不良影响。我怀疑他多年来一直爱着她，即便当圣加利特在世的时候也是如此，不久之前我断然不相信她对此人有同样的情愫，可如今她对我的态度大有变化，我无法断定了。每当提及他的名字，她的眼神便显露出阴郁，语气也有所变化，这勾起我最可怕的怀疑。

她由一对不负责任的父母养大，我们对她第一次婚姻之前，乃至第一次婚姻期间的生活闭口不提，我常常感到她的行为方式与咱们国内的不同。缔结婚姻并不那么神圣。我怀疑，事实上我有证据来证明，他给了她钱。钱啊，上帝原谅我说出这句话，是目前唯一能打动她的心灵的东西。我相信如果孩子没有早夭，这一切都不会发生。我多么希望医生劝我们不要出行的时候能听他的话，把她带回国去。那样的话，我们此时此刻会和你在一起，人人都能如意。

有时她全然正常，各方面都很好，好得我以为自己做了一场噩梦，醒来重新回到了新婚头几个月的幸福生活。可有时候，一句话或一个动作就打破了所有宁静。我走到庭院里，会看到拉伊纳尔迪。两人看见我便不再说话。我禁不住去想他们在谈论什么。有一次，她去了大宅，只剩下拉伊纳尔迪和我，他唐突地问起我的遗嘱。我们结婚时，他偶然看见过我的遗嘱。他说按当前的遗嘱内容，等我死了，我妻子将得不到任何东西。这我是知道的，但如果我能确定她花钱大手大脚只是暂时的，并非根深蒂固的，我一定会亲自拟定一份遗嘱，更正这个错误，找人见证，再签上我的大名。

这份新遗嘱会把房子和庄园交给她在有生之年继承，她死后留给你，前提是庄园的管理经营权完全掌握在你的手中。

这份遗嘱我还没有签字，原因我已经告诉你了。

注意，询问遗嘱的是拉伊纳尔迪，是他引起我对当前那份遗嘱里的遗漏事项的关注。她本人并没有向我提起。可他们两人独处时会说到遗嘱吗？当我不在场时，他们都说些什么？

打听遗嘱一事发生在三月。说实话，我当时身体抱恙，头疼欲裂，拉伊纳尔迪心怀鬼胎地提及此事，可能以为我要死了。或许就是这样，或许他们两人并没有谈论过，我没办法查证。我发现她常常看着我，目光里满是戒备和疏离。我抱她时，她似乎很害怕。她在怕什么？她在怕谁呢？

两天前，三月份致使我卧床不起的高烧再次发作，因此我才写下这封信。病情突然，我疼痛难忍，直犯恶心，症状很快转为大脑极度兴奋，导致我差点做出暴力行为；我精神恍惚，身体乏力，几乎不能站立。这些症状过去之后，难以忍受的睡眠欲望占据了我，我控制不了四肢，随时会跌倒在地上或床上。我记得我父亲没有这些症状。头疼归头疼，脾气难以控制，这两样是有的，其他的症状并没有。

菲利普，我的孩子，你是我在这世上唯一能信任的人，告诉我这意味着什么，如果可以的话，来看看我吧。别跟尼克·肯德尔说。别跟任何人说起。谨记，别写回信，速来。

有件事困扰着我，让我不得安宁。他们是否想毒害我？

安布罗斯

我把信原样折好。下面农舍花园里的狗停止了吠叫。我听见看守人打开大门，狗热情地朝他叫了起来。我听见农舍传来的声音，有桶撞击的哐啷声，有门关上的声音。寒鸦从山上的树林里扑棱棱地飞出来，一边盘旋一边鸣叫，黑压压一片落在湿地旁边的树顶上。

我没把信撕掉，而是在花岗石下面挖了个坑，把它夹进口袋书里，深埋进黑色的土中，双手平整表面。我爬下山，穿过树林来到下方的大路。再度爬山往家返时，我听见做工归家的人们一路欢声笑语。我站了片刻，看他们脚步沉重地穿过公园。脚手架靠在他们这一整天修葺的墙上，看起来暗淡阴郁，光秃秃的。

我从庭院的后门走进庄园，脚一踏上石板，西科姆就一脸惊讶地从管家室里迎向我。

"幸好您回来了，先生，"他说道，"夫人找您好久了。可怜的老唐出了点事，她很是担心。"

"出了事？"我说道，"怎么了？"

"房顶一块大石板掉下来砸到它身上，先生，"他答道，"您知道它最近耳朵有多不灵光，一点都不愿从图书室窗户外面的太阳下挪窝。那块石板砸中它的背部，它动不了了。"

我走去图书室，瑞秋跪在地板上，怀里搂着老唐的脑袋。我进门时，她抬起头来。"工人把它害死了，"她说道，"它快不行啦。你怎么出门那么久？要是有你在，就不会出这事了。"

她的话勾起了我早已遗忘的事情，但我想不起具体是什么事。西科姆离开图书室，屋里剩下我们两个人。原本在她眼眶里打转的泪水顺着她的脸庞流了下来。"老唐是你的狗，"她说道，"它是你的。你们一起长大，我受不了看着它死掉。"

我走过去跪在她旁边，这才明白我刚刚想到了什么。我所想的不是深埋在花岗石下面的那封信，也不是四肢软弱无力、静静地躺在我们两人中间即将死去的可怜的老唐。我心里只有一个念头：自从来到我家，这是她第一次不再为安布罗斯伤心流泪，这泪水是为我而流的。

第十九章

我们坐下来陪着老唐度过了漫漫长夜。我吃了晚饭，但瑞秋一口都不愿吃。快到午夜时，老唐死了，我把它抱走盖起来，打算明天埋在种植园里。我回到图书室里，那儿已经没了人，瑞秋上楼去了。我沿走廊来到会客室，她双眼湿润地坐在那儿盯着火炉。

我在她身旁坐下，握住她的双手。"它死得安详，"我对她说道，"没有受苦。"

"十五年了，"她说道，"十岁的小男孩打开了他的生日馅饼。它的脑袋倚在我怀里躺在那儿的时候，我不断想起你们相遇的情景。"

"再过三周，"我说道，"又要过生日了。我就二十五啦。你知道那天会怎样吗？"

"所有愿望都要实现，"她答道，"我小的时候，我妈妈总这么说。菲利普，你希望得到什么？"

我没有立刻回答她，而是和她一起望着火炉。

"在那天到来之前，"我说道，"我不知道。"

她戴着戒指的双手显得苍白，仍握在我的手心里。

"等我满二十五岁，"我说道，"我的教父就再也不能掌控财产了。它归我所有，我可以随意处置。银行保管的那串珍珠项链，还有其他的珠宝，我可以全都给你。"

"不，"她说道，"我不会要的，菲利普。那些要保管好，等你结婚时送给你妻子。我知道你目前还没有结婚的打算，但你总有一天会改主意的。"

我深知我渴望对她说什么，却不敢说出口，只好弯腰吻一下她的手，然后挪开。

"那些珠宝今天没归你所有，"我说道，"是因为疏忽大意。不仅仅是那些珠宝，这栋房子，所有钱财，整个庄园，一切都应该归你。你心里再清楚不过了。"

她露出痛苦的神色，目光从火炉移开，身体后仰靠在椅子上，抬手拨弄起戒指。

"此事不必再提，"她说道，"即便有疏忽大意，我也习惯了。"

"你是习惯了，"我说道，"我可没有。"

我起身背对火炉，俯视着她。我知道自己该怎么做，没有人能阻挡我。

"什么意思？"她仍然面带悲痛地说道。

"没什么，"我答道，"三周后你自会明白。"

"三周之后，"她说道，"等你过了生日，我必须离开，菲利普。"

她终于把我预想的话说了出来，但如今我心里有了谋划，这些话无关紧要。

"为什么？"我问道。

"我在这儿待得太久了。"她答道。

"告诉我，"我说道，"假如安布罗斯写了一份遗嘱，让财产在你有生之年归你所有，前提是我在此期间替你打理庄园，你会怎样？"

她的目光从我身上闪开，重新投在火苗上。

"我会怎样，"她问道，"这话什么意思？"

"你会在这儿住下吗？"我问道，"你会把我赶出去吗？"

"把你赶出去？"她惊呼道，"从你自己家里赶出去？哎呀，菲利普，这种话你怎么说得出口？"

"那你会留下喽？"我答道，"你会在这个家里住下，雇用我打理事务？我们会像现在一样生活在一起？"

"嗯，"她说道，"是的，应该会。我没想过。但是区别太大，无法相互比较。"

"区别在哪里？"

她挥了挥手。"我该怎么跟你解释呢？"她说道，"你难道不明白，正因为我是个女人，我的身份才不允许我住在这儿吗？你的教父必定头一个赞成我的想法。他嘴上不说，但我确定他认为我该离开了。如果房子是我的，你是我雇用的，那情形截然不同，我将变成阿什利夫人，你是我的继承人。可如今你是菲利普·阿什利，我是靠你的津贴生活的女性亲属。亲爱的，这两者之间有天壤之别。"

"确实。"我答道。

"既然如此，"她说道，"就别再提了。"

"要提的，"我说道，"因为事关重大。那份遗嘱呢？"

"什么遗嘱？"

"安布罗斯写好没签字，把财产留给你的那份？"

她的焦虑神色愈加深重。

"你怎么知道有这份遗嘱？我从来没跟你说起过。"她说道。

谎言可以当作托词，我对她撒了谎。

"我早知肯定有这样的遗嘱，"我回答道，"但可能因为没有签字，所以从法律角度来说是无效的。再进一步，遗嘱在你的物品当中。"

我瞎猜一通，但谎言奏效了。她不自觉地看向靠墙的小五斗橱，又把目光转到我身上。

"你究竟想让我说什么？"她问道。

"只是确认遗嘱存在而已。"我说道。

她略作犹豫，然后耸了耸肩。

"很好，是有这么一份遗嘱，"她回答道，"但它改变不了任何事情。遗嘱上没有签字。"

"我能看下吗？"我问道。

"看它做什么，菲利普？"

"我自有打算。你大可相信我。"

她望了我好大一会儿。她明显左右为难，我想还有紧张。她从椅子上起身走向五斗柜，途中迟疑地回头扫了我一眼。

"为什么突然提这事？"她说道，"为什么不能遗忘过去？那天晚上在图书室里，你答应过我要忘掉过去的。"

"你还答应过要留下来呢。"我反驳道。

遗嘱交不交给我，选择权在她手中。我想起当天下午自己在花岗石旁做出的选择。无论是好是坏，我选择了读那封信，如今她也必须做出决断。她走到五斗柜前，摸出一把小钥匙打开抽屉，从里面拿出一张纸递给我。

"想看就看吧。"她说道。

我把纸拿到烛光下。那是安布罗斯的字迹，清晰有力，比我那天下午看的信更有力。日期是一年前的十一月，那时他和瑞秋刚结婚七个月。标题是"安布罗斯·阿什利的遗嘱"，内容跟他对我所说的一模一样，瑞秋在世期间，财产归她所有，她去世后，由两人的长子女继承，若无子女，则由我继承，前提是在此期间由我掌管财产。

"我可以抄一份吗？"我向她问道。

"随便。"她说道。她面色苍白，无精打采，仿佛根本不在乎。"这事到此为止，菲利普，没必要再提起了。"

"我暂时保管，再抄写一份。"我说道，然后在五斗柜前坐下，拿出纸笔抄写，她则躺在椅子里，用手撑着脸颊。

我知道我必须确认安布罗斯在信中所说的一切，虽然我讨厌自己要说的每一个字，却不得不强迫自己询问她。我用笔写了起来——抄遗嘱不过是个借口，其作用在于我不必和她对视。

"安布罗斯十一月立的遗嘱，"我说道，"你知道他为什么选择那个月立新遗嘱吗？你们是同年四月结的婚。"

她过了很久才回答，我突然明白外科医生揭开新近愈合的伤疤时的感受了。

"我不知道他为什么十一月写遗嘱，"她说道，"当时我们两个谁也没考虑死这回事。恰恰相反，那是我们在一起的十八个月里最幸福的时光。"

"没错，"我一边取来一张空白纸，一边说道，"他写信跟我说过。"我听见她在椅子里挪动，转头看向我，但我仍在五斗柜上抄写。

"安布罗斯跟你说过？"她说道，"可我不让他说的，我担心你可能会误解，觉得自己被冷落了，毕竟这是人之常情。他答应我要保守秘密，却把我的话当耳旁风。"

她语调平淡，毫无表情。也许当外科医生揭开伤疤的时候，伤者会麻木地说自己一点都不痛吧。安布罗斯在埋于那块花岗石下面的信中说："对于女人而言，此事的伤害更深重。"我发现我把她的话写在了纸上，"当耳旁风……当耳旁风。"我把纸揉成一团，重新开始抄写。

"到最后，"我说道，"那么长时间以来，遗嘱都没有签字。"

"没有，"她说道，"你看到的就是安布罗斯拟定的样子。"

我抄写完毕，把遗嘱和副本折叠起来一同放进胸前装过那封信的口袋里，然后走过去在她椅子旁边跪下，伸出胳膊紧紧地抱住她。这个拥抱不是对女人的那种拥抱，而是对小孩的拥抱。

"瑞秋，"我说道，"为什么安布罗斯没在遗嘱上签字？"

她静静地待在那儿，一动不动，唯有搭在我肩膀上的那只手突然绷紧。

"告诉我吧，"我说道，"告诉我吧，瑞秋。"

她回答时的声音微弱而遥远，像是在我耳旁低语。

"我不知道，"她说道，"我们没再提过它。不过，我想当他明白我不能生育时，就对我失去了希望。某种信念消失了，只是他不知道罢了。"

我跪在地上，两臂环抱着她，想起花岗石下那本口袋书里夹着的信中以另一种方式提出同样的指控，思索相爱的两个人是如何对彼此产生这样的误解，并因为同样的悲痛而疏离。这样的男女爱情之间一定出现了问题，导致他们痛苦不堪，互相猜疑。"你当时不开心？"我问道。

"不开心？"她问道，"你以为呢？我几乎疯掉了。"

我想象得到他们坐在大宅门廊里的情景，两人之间弥漫着古怪的阴霾，这阴霾全然产生于他们自己的猜疑和恐惧，而且在我看来，这阴霾的根源深远得不可溯及。或许他嫉妒而不自知，闷闷不乐地思索她与圣加利特的过往和之前的种种，埋怨她没能和他共度那段时光，而她心怀同样的愤恨，担心孩子夭折必定会导致爱情夭折。总而言之，她对安布罗斯的了解是那么肤浅，他对她也知之甚少。我大可告诉她压在石头下的那封信的内容，但这于事无补，因为两人之间的误解太深了。

"这么说来，全因为疏忽大意，这遗嘱才没签字，并被搁置一旁的吗？"我问道。

"说是疏忽大意也罢，"她答道，"现在不重要了。不过那之后没多久，他脾气变了，整个人都变了。头疼让他痛得睁不开眼，他有一两次差点动手打人。我寻思自己有多大过错，心里很是惶恐。"

"你当时没朋友吗？"

"只有拉伊纳尔迪，但是今晚跟你说的这些话，我从没跟他说过。"

想起拉伊纳尔迪那张漠然冷淡的面庞，敏锐的目光直透人的心底，安布罗斯怀疑他的确无可厚非。可是作为她的丈夫，安布罗斯怎么能那么不自信呢？女人爱男人，这男人怎么会看不出来呢？或许人总有眼拙的时候吧。

"安布罗斯生病之后，"我说道，"你就没再让拉伊纳尔迪来家里？"

"我不敢啊，"她说道，"你不知道安布罗斯变成了什么样，我也不想跟你提起。求求你，菲利普，别再问下去了。"

"安布罗斯怀疑你什么？"

"各方面都怀疑。怀疑我不贞，还有比这更严重的。"

"什么会比不贞更严重？"

她突然把我推开，从椅子上起身走到门前打开门。"没有，"她说道，"这世上没有什么比不贞更严重的。你走吧，让我自己待一会儿。"

我缓缓起身，走到门前站在她身旁。

"对不起，"我说道，"我不是有意惹你生气的。"

"我没生气。"她答道。

"我以后再不会向你提问题了，"我说道，"这是最后一次。我向你郑重发誓。"

"谢谢。"她说道。

她绷着脸，面色苍白，声音冷淡。

"我提那些问题是有原因的，"我说道，"三周之后你自会明白。"

"我没问你原因，菲利普，"她说道，"我现在只想让你走开。"

她没有吻我，也没有伸手让我吻别。我向她鞠了一躬，便走开了。片刻之前，她还准许我跪在身旁，任由我抱着她，为什么突然发生如此大的转变？如果说安布罗斯对女人的了解很肤浅，那我比他还肤浅。预料之外的温柔出其不意地攫住男人的心，让他陷入狂喜，然而莫名其妙的情绪波动迅速把他打回原形。究竟是怎样混乱、迂回的思维在她们脑中横冲直撞，蒙蔽了她们的判断力？究竟是怎样的冲动在她们体内掠过，促使她们变得愤怒、冷淡，或者突然间慷慨大方？男女无疑是不同的：男人思维迟钝，理解起事情来稍显缓慢，而女人情绪飘忽，有个风吹草动便偏离方向。

第二天上午，她从楼上下来，态度变得如往常一般温柔亲切，对昨晚的谈话内容只字未提。我们一同把老唐葬在种植园中山茶花步道起点的一小片地方，我用石头给它的坟墓围了一个小圈。我们没提起安布罗斯送我这条狗时的十岁生日，也没谈起即将到来的二十五岁生日。第二天我一早起床，吩咐仆人给吉普赛装好马鞍，然后骑马去了博德明。我拜访了那里的律师，他名叫威尔弗雷德·特文，主要处理郡里的法律事务，由于我的教父在圣奥斯特尔有自己的人手，因此这位律师并未接触过阿什利家的事情。我向他解释说我遇到一件非常紧急且私密的事情，希望他起草一份正式的法律文件，让我能够在四月第一天把得到的所有财产全部交给我的表姐瑞秋·阿什利夫人。

我给他看了安布罗斯没签字的遗嘱，告诉他安布罗斯由于急病去世而没顾上签字。我让他在文件里写上安布罗斯拟定的大部分内容，即当瑞秋去世时，财产将会由我继承，并且在她的有生之年里，由我负责财产的管理。如果我先一步去世，那么财产将会由我身在肯特郡的表弟们继承，但条件是在她去世之后，而非之前。特文很快明白我的意思，而他与我的教父并非至交好友（这正是我来找他的原因之一），所以很高兴能处理一桩如此重要的事务。

"您要不要订立几项保护地产的条款？"他问道，"以目前的这份拟定遗嘱来看，阿什利夫人可以随意出售任何田地，如果您想完整地传给继承人，这在我看来并不明智。"

"嗯，"我缓缓说道，"是要有防止出售田地的条款。当然，房子也这么处理。"

"还有家传珠宝，"他说道，"以及其他个人财物？这些怎么办？"

"那些归她所有，"我说道，"随她处置。"

他把拟定遗嘱给我读了一遍，我觉得没有任何遗漏。

"还有一样，"他说道，"没有对阿什利夫人再婚设置限制性条款。"

"那种事不可能发生的。"我说道。

"大概不会，"他答道，"但是仍然要写进去。"

他征询似的看着我，手握着笔悬在空中。

"你表姐还比较年轻，不是吗？"他说道，"这肯定要考虑在内。"

我突然惊恐地想起远在郡里另一头的老头圣艾夫斯，以及瑞秋对我说过的那些玩笑话。

"如果她再婚，"我迅速说道，"财产要再归还于我。这是肯定的。"

他在纸上写下来，又给我念了一遍。

"阿什利先生，您想要在四月一日那天以合法形式准备好起草这份文件吗？"他说道。

"拜托啦。那天是我生日，财产肯定会在当天归我所有，谁都不会提出异议。"

他叠好文件，朝我笑了笑。

"把您的一切财产在归属于您的那一刻转送出去，"他说道，"这是极为慷慨的举动啊。"

"如果我堂哥安布罗斯在那份遗嘱上签了字，"我说道，"那些本来就不会属于我。"

"无所谓的，"他说道，"估计以前从没有过这样的事情，当然这是以我所知的而言，或者说以我半辈子的从业经验而言。想必您在那天之前不愿提及此事吧？"

"绝不能提起。此事要严守秘密。"

"好的，阿什利先生。谢谢您信任我，让我保守这个秘密。将来如有其他任何事务，我随时恭候您的大驾。"

他鞠了一躬，将我送出门，并保证完整的文件会在三月三十一日寄送给我。

我骑马回家，一路上只觉得心里没底。不知道我的教父听到这个消息会不会气得中风。我不在乎。等摆脱了他的监管，我愿他健康长寿，但就目前而言，我已经占据了上风。至于瑞秋，她现在不能抛下自己的财产去伦敦啦。如果她不让我待在家里，那好，我就住门房，每天去找她做事。我会和威灵顿、塔木林以及其他仆人待在一块，恭恭敬敬地听候她的吩咐。如果我还是个小孩子，我想我一定会因为单纯对生活的热爱而乱蹦乱跳。事实上，我让吉普赛停在岸边，扑通一声从另一侧跳下，差点摔了个跟头。三月的风嘲笑我，我想大声歌唱，可惜我这辈子唱歌从没着过调。灌木树篱郁郁葱葱，柳树萌出嫩芽，金雀花盛放，香气扑鼻。这是个脑袋一热做傻事的好日子。

下午三点左右，我骑着马沿马车道向房子走去，看见一辆邮车在门前停下。这种情形很反常，因为以往人们来拜访瑞秋总会乘坐自家的马车。邮车的车轮和车厢布满灰尘，似乎走了很远的路，而且这辆车和车夫我都不认识。我转头看向他们，骑马绕去马厩，然而来牵吉普赛的马夫对来客的了解并不比我多，并且威灵顿恰巧不在。

大厅里空无一人，当我轻手轻脚地走向客厅时，我听见紧闭的门后面传来声音。我决定不从这里上楼，而是绕到后面，经由仆人用的楼梯回我的房间。正当我推开客厅门时，瑞秋笑脸盈盈地出来走进大厅。她气色很好，洋溢着快乐，身上散发着情绪高涨时特有的光辉。

"菲利普，你回来了，"她说道，"快来客厅，我这位来客你一定要见见。他大老远来看我们两个。"她笑着揽住我的胳膊，几乎强拉着我走进客厅。一个男子坐在那儿，他看见我便从椅子上起身，伸出手朝我走来。

"我不请自来，"他说道，"非常抱歉。不过最初见到您的时候，您也是不请自到。"

来者是拉伊纳尔迪。

第二十章

我不知道自己的情绪是否在脸上显露无遗，但我觉得一定是显露出来了，因为瑞秋马上就转移了话题，对拉伊纳尔迪说我经常不着家，要么出去骑马，要么出去散步，她从来不知道我去了哪儿，也不知道我什么时候回来。"菲利普比他的工人们干活还卖力，"她说道，"对庄园每一寸地方的了解远远超出他们。"

她的手仍挽着我的胳膊，仿佛是要在来客面前炫耀我，就像老师炫耀一个面露愠色的学生那样。

"您的庄园打理得很好，祝贺您，"拉伊纳尔迪说道，"无怪乎您的表姐瑞秋流连忘返。我从来没见她面色这么好过。"

他那双厚眼皮、呆板的眼睛，那双我记得清清楚楚的眼睛，在她身上停留了片刻，然后再次转向我。

"比起佛罗伦萨闷热的空气，"他说道，"这儿的一定更有利于精神和身体休养。"

"我表姐生于西方国家，"我说道，"很少回到她的故乡。"

他皮笑肉不笑地对瑞秋说道："这要看哪种血缘关系最亲密

了，对不对？你这位年轻的亲戚忘了你母亲来自罗马。对了，还有一点，你长得越来越像她了。"

"希望只是脸像吧，"瑞秋说道，"可别是身材或者性格。菲利普，拉伊纳尔迪说只要是我们推荐的旅舍，他就愿意住进去，他不挑的，但我跟他说这是多此一举。家里肯定能给他腾出一间房吧？"

听了这话，我心里一沉，但我没有拒绝。

"当然啦，"我说道，"我这就吩咐仆人。让邮车走吧，您不会再用到了。"

"它把我从埃克斯特送过来，"拉伊纳尔迪说，"我会付钱给车夫，等回伦敦的时候再雇他。"

"这事有的是时间去商量，"瑞秋说道，"既然来了，起码要待上几天，四处看看。况且咱们还有很多事情要谈。"

我从客厅出来，吩咐仆人准备一个房间——房子西侧那间宽敞的无装饰房间足矣——然后缓缓上楼回到我的房间沐浴，更换晚餐礼服。我透过窗户看见拉伊纳尔迪走出大门付钱给邮车车夫，接着在马车道站立片刻，以审视的目光环顾周围。我感觉他一眼扫过去便估出了木材的价钱，计算出了树木和灌木的价值，我还看见他仔细打量前门的雕像，伸手抚摩涡形的轮廓。瑞秋一定是出来和他一同欣赏了，我听见她的笑声，接着两人开始用意大利语聊起来。前门关上，两人回到屋内。

我真想留在屋里不下去，叫约翰用餐盘给我端来晚餐。他们有那么多话要谈，没我在场会更方便。可我是一家之主，绝不能失礼。我慢慢地洗浴，不情愿地穿上衣服，下楼看到西科姆和约翰在客厅忙活。自从工人清理墙板、维修天花板之后，这客厅就没再用过。上等的银器被摆上桌，接待访客的各种行头都拿了出来。

"何必这么兴师动众，"我对西科姆说道，"在图书室用餐也可以。"

"是夫人吩咐的，先生。"西科姆恭敬地说道，我听见他叫约翰去食品室拿蕾丝边桌布——周日晚宴都没用过这么高级的东西。

我点着烟斗，出门走进花圃。春天的夜晚依然明亮，黄昏过一两个小时才会到来。客厅的窗帘虽还没拉上，蜡烛却已点上了。蓝色卧室的蜡烛也亮着，我看见瑞秋穿衣服的时候在窗前来回走动。如果今夜只有我们两个，我们会待在会客室里，我把在博德明所做之事藏在心里，她则温柔地跟我讲述这一天的见闻。现在这些都不会有了。他们在客厅里欢快无比，在餐厅里兴奋异常，谈论与我无关的事情。种种情绪之外，我本能地对他感到厌恶，觉得他并非来这儿闲逛，而是另有所图。瑞秋是否早知他到了伦敦，并且一定会来看望她？去博德明办事所带来的愉悦消失殆尽。小孩子的闹剧结束了。我心情低落地走进房子，脑子里满是担忧。拉伊纳尔迪独自站在客厅的壁炉旁。他已脱掉出行服装，换了身晚礼服，正端详着墙板上挂着的我祖母的肖像。

"魅力十足的脸庞，"他点评道，"纤美的眼睛，无瑕的肤色，您有着俊美的家庭血统。这画本身的价值并不高。"

"也许吧，"我说道，"如果您要看杰作的话，莱利和内勒的画作都挂在楼梯上。"

"我下楼的时候注意到了，"他说道，"莱利的画构图精美，但内勒的不太行。依我看，后者未能展现他的最佳风格，而是显得过于华丽，可能是他的学生所作。"我没搭话，因为我正在留心听瑞秋踏在楼梯上的脚步声。"来这里之前，我在佛罗伦萨替您的表姐售出富里尼的一张早期画作，"他说道，"那是圣加利特家族的藏品之一，可惜如今已散落各处。那张画作十分精美，以前挂在大宅的楼梯上，灯光的位置尽显它的美感。您去大宅的时候可能没注意到。"

"很可能没有。"我答道。

瑞秋走进客厅，她身穿平安夜穿的那件礼服，不过我看到她裹了一条披肩，对此我很高兴。她来回扫视我们两人，仿佛要从表情来判断谈话的氛围。

"我刚刚正在跟你表弟菲利普讲我有幸售出富里尼的圣母像，"拉伊纳尔迪说道，"同时又觉得惋惜。"

"我们都习惯了这种事，不是吗？"她回答道，"那么多宝贝留不住。"我发现自己很反感她使用"我们"一词来描述他们的关系。

"您把大宅卖出去了吗？"我直言不讳地问道。

"暂时没有，"拉伊纳尔迪说道，"其实这是我来见您表姐瑞秋的原因之一，我们决定租出去，租期三四年。出租会更有利，比出售有回转的余地。您表姐将来有可能想回佛罗伦萨，那儿毕竟是她生活过许多年的家。"

"我暂时没有回去的打算。"瑞秋说道。

"嗯，或许没有，"拉伊纳尔迪说道，"但将来说不准。"

她在客厅里走来走去，拉伊纳尔迪的目光一直跟随着她，我多么希望她能坐下来，以免他总盯着看。她常坐的那张椅子离烛光稍远一些，使得她的脸处在一片阴影之中。她根本不必在房间里走动，除非是为了展示自己的礼服。我往前拉了一张椅子，可她没坐下。

"你想想看，拉伊纳尔迪来伦敦一周多了，竟然没跟我说，"她说道，"西科姆告诉我他来的时候，我这辈子都没那么震惊过。我认为他不事先告诉我是有意怠慢。"她扭头冲拉伊纳尔迪笑笑，他朝她耸耸肩膀。

"但愿不告而来能让你更惊喜，"拉伊纳尔迪说道，"意外有喜有悲，得分情况。你记得那次在罗马，你正梳妆打扮去参加卡斯特吕绍家的派对，科西莫和我突然出现吗？你明显对我们两个很生气。"

"啊，可那次是有原因的，"她哈哈一笑，"要是你给忘了，我可不会提醒你。"

"我没忘，"他说道，"连你那礼服的颜色我都记得一清二楚，是琥珀色的，而且贝尼托·卡斯特吕绍还给你献花呢。我看了他的贺卡，科西莫没看着。"

西科姆进来说晚餐准备完毕，瑞秋领头穿过大厅进入餐厅，一路上边笑边和拉伊纳尔迪聊在罗马的往事。我从来没感觉如此郁闷或格格不入。两人不停地聊各个人物、地点，瑞秋时不时地从餐桌对面把手伸过来，像对待小孩那样说："见谅啊，菲利普，我跟拉伊纳尔迪太久没见了。"而他用那双深陷的黑色眼珠望着我，缓缓露出微笑。

他们有时突然用意大利语谈话。他正说着某件事，突然找不出对应的英语词汇，便因说了他自己的语言而向我低头致歉。她答话时，我听见陌生的词汇从她口中倾泻而出，那速度肯定比我们用英语聊天快很多，以至于她的整个状态都发生了变化，变得更有生机，更加活跃，但在某种程度上又显得更为冷酷，散发出我不太喜欢的全新的光辉。

在我看来，他们两人不该坐在我的餐桌前，不该出现在这装着墙板的餐厅里，而应该在别的地方，比如佛罗伦萨或罗马，身边有手脚麻利、面色深沉的仆人服侍，与和我身份有着天壤之别的社会名流用我听不懂的语言发出欢声笑语。西科姆穿着皮革拖鞋啪嗒啪嗒地四处走动，一只幼犬在桌下挠来搔去，这跟他们多不相称啊。我心情沮丧，失意地半躺在椅子上，对晚餐没有半点胃口，便伸手拿来核桃，用两手夹碎来排遣心中的郁结。我们推杯换盏喝啤酒和白兰地时，瑞秋始终陪着。或者说是我给他斟酒，因为我两样都不喝，而他照单全收。

他从随身携带的盒子里拿出一根雪茄点着，目光打量着我，而我耐心地点着自己的烟斗。

"全英国的年轻男子似乎都抽烟斗，"他说道，"其目的在于帮助消化，但我听说抽烟斗会让人口臭。"

"与喝白兰地一个道理，"我答道，"喝了还会妨碍判断力。"

我突然想起可怜的老唐，它死了，埋在种植园里，少壮时每当遇到它讨厌的狗，它就会伸长脖子、竖起尾巴，一跃而上咬住对方的脖子。我现在明白了它当时的感受。

"如果可以的话，菲利普，"瑞秋从椅子上起身说道，"拉伊纳尔迪和我有很多事情要谈，他带来许多文件要我签字。我们最好上楼去会客室里，你一起来吗？"

"不了，"我说道，"我出门一整天，办公室有信件要看。祝你们晚安。"

她走出客厅，拉伊纳尔迪亦步亦趋地跟上，我听见他们上楼的声音。约翰进来收拾桌子时，我仍坐在餐桌前。

我出门在花圃里散步。会客室里透出烛光，但窗帘拉得严严实实。没了外人在场，他们讲起意大利语了吧。她会坐在火炉旁的矮凳上，拉伊纳尔迪挨着她。不知她是否会跟他说起我们前一晚的话，以及我拿走遗嘱抄写一份。不知他会给她怎样的建议，向她提出怎样的忠告，带了哪些文件要让她签字。谈完公事，他们会重新谈论两人都知道的人和地方吗？她会不会像对待我那样给他煮大麦茶，然后在屋里走来走去，好让他看着她。不知他准备何时道别回去睡觉，那时她会不会伸手让他去吻？他会不会像我那样在门口徘徊，找借口与她调笑？她跟他这么相熟，会不会留他待到很晚？

我在花圃里踱来踱去，走到新修的梯道，几乎一路走到海滩，又折返回来沿着种有雪松树苗的步道一直走，如此循环往复，直至听见大钟敲响十下。那是我往日离开会客室的时间，他也会如此吗？我走到草地的边缘处站定，望向她的窗户。会客室里的烛光仍然亮着。我望着那儿，焦急地等待着。烛光还亮着。走路让我一身暖意，但这会儿树下的空气寒冷刺骨，我双手双脚逐渐变凉。暗夜笼罩，静寂无声，树顶上没有朦胧的月光。到了十一点，钟声刚刚响过，会客室的蜡烛熄灭，蓝色卧室的烛光亮起。我待了片刻，急匆匆地绕到房子后面，经过厨房走到西厢，抬头看向拉伊纳尔迪的房间。我松了一口气，那间房里也亮起了烛光。虽然百叶窗关着，我却能看见一道缝。窗户也关得严严实实。我心怀一丝偏狭的满足感，确定他今夜一整晚都不会打开窗户和百叶窗。

我走进屋里，上楼回到自己的房间。我刚把外套和领结脱掉扔到椅子上，便听见她的礼服在走廊里晃动，然后传来轻轻的敲门声。我走过去把门打开，她一身盛装地站在那儿，仍然裹着那条披肩。

"我过来跟你道晚安。"她说道。

"谢谢你，"我答道，"也祝你晚安。"

她低头看见我鞋子上的泥巴。

"你这一晚上去哪儿了？"她问道。

"在外面花圃散步。"我答道。

"为什么没来会客室里喝大麦茶？"她问道。

"不想喝。"我答道。

"你太荒唐了，"她说道，"晚饭那会儿就在闹脾气，像个欠收拾的学生。"

"对不起。"我说道。

"拉伊纳尔迪是我的老友，你心里很清楚，"她说道，"我们有很多话要谈，这你肯定明白吧？"

"就因为他比我早认识你，你就允许他在会客室待到十一点吗？"我问道。

"都十一点了？"她说道，"我真没注意。"

"他要待多久？"我问道。

"这取决于你。假如你礼貌待客，请他住下来，他可能会待三天。不会再久，他还要回伦敦。"

"既然是你要求我请他，那我就请他。"

"谢谢你，菲利普。"她突然抬头看着我，目光变得温柔，我看见她嘴角露出一丝笑意。"你怎么了，"她说道，"为什么这么傻乎乎的？你在花圃里散步的时候想了些什么？"

我有上百个答案回复她，比如我不信任拉伊纳尔迪，讨厌他待在我的房子里，我想让一切恢复如常，只有她和我独处。然而，因为我毫无理由地厌恶当晚谈论的所有话题，我开口问道："贝尼托·卡斯特吕绍是什么人，他为什么要给你送花？"

她哈哈大笑，抬手环抱着我。"他又老又肥，满嘴雪茄味——我爱你，好爱你。"她说完便走开了。

我毫不怀疑她在走后二十分钟内就睡着了，而我听着钟楼的大钟每个小时敲响一次，直到凌晨四点，然后辗转反侧地睡到早上七点，睡意正浓时被约翰在平常的起床时间无情地叫醒了。

拉伊纳尔迪待了不止三天，而是七天，在这七天里，我始终找不到任何理由来改变自己对他的看法。我想我最讨厌的莫过于他对待我的那种耐心。每当目光落在我身上时，他脸上总会露出微微笑意，仿佛我是个娇惯的孩子，白天所做的任何事情都要被盘根问底，当成学生的恶作剧一样对待。我决意不在午间回家用餐，下午四点多一点，我在回家进入客厅时，会看到他们两人照例用意大利语谈话，而我一进门就会停止。

"啊，工人回家了，"天杀的拉伊纳尔迪坐在我和瑞秋独处时常坐的椅子上对我说道，"当他在田间地头拖着步子，监督犁耙在土里翻出足够深的沟壑时，瑞秋啊，你和我却在想象的世界里驰骋于千里之外。我们一整天都没出门，只在新修的梯道上溜达了一会儿。真是人到中年，好处多多啊。"

"你太碍事啦，拉伊纳尔迪，"她会这么说道，"自打你来这儿，我该做的事都给落下了。没去拜访朋友，也没监督种植，菲利普会怪我懒惰的。"

"你精神上可没偷懒，"他回答道，"咱们谈的事情跟你这位年轻的表弟用脚丈量的土地一样宽广。今天没步行，骑马出去的？你们这些英国男人啊，总把自己弄得筋疲力尽。"

他说我是匹大头马，我能感觉出其中的嘲讽，瑞秋则再次像老师对待小孩那样给我救场，让我更加愤怒。

"当然啦，周三嘛，"她说道，"一到周三，菲利普既不骑马也不散步，而是在办公室里算账。他精打细算，花多少钱都记得清清楚楚，是不是呀，菲利普？"

"不尽然，"我说道，"其实我今天去参加了一个邻居的简易法庭，审理某个被控盗窃的家伙。他被罚了一笔钱，没关监狱。"

拉伊纳尔迪仍用宽容的目光看着我。

"既是个年轻的好心人，又是个年轻的农民，"他说道，"我常常听说人才辈出。瑞秋，你这表弟是不是非常像德尔·萨尔托画的圣约翰肖像？完美地集天真和纯洁于一身。"

"也许吧，"瑞秋说道，"我以前没想到过。在我看来，他只跟一个人相似。"

"啊，那是肯定的，"拉伊纳尔迪答道，"但他确实有些德尔·萨尔托的感觉。你得抽时间带他离开这一亩三分地，到咱们国家转转。旅行能开拓眼界，我倒想看看他在画廊或教堂徘徊的样子。"

"安布罗斯对那两样都没兴趣，"瑞秋说道，"我估计菲利普也不会多上心。对了，你在简易法庭上见到你的教父了吗？我想带拉伊纳尔迪去佩林拜访他。"

"嗯，见到他了，"我说道，"他向你问好。"

"肯德尔先生有个漂亮女儿，"瑞秋对拉伊纳尔迪说道，"比菲利普年轻一点儿。"

"女儿？呃，真好，"拉伊纳尔迪说道，"那你这位年轻表弟就不算完全脱离年轻姑娘的圈子喽？"

"差得远呢，"瑞秋笑道，"那些当妈的远隔四十英里都能一眼看见他。"

我记得我扫了她一眼，她笑得更欢了；从我身边路过去更换晚餐礼服时，她以令我生气的惯常方式拍拍我的肩膀——我之前把这称为"菲比婶婶的动作"，她对此很开心，以为我在夸赞她。

她上楼之后，拉伊纳尔迪趁机说道："您和您的监护人给瑞秋津贴是很慷慨的行为，她写信告诉我了。她深受感动。"

"不过是庄园该给的一小部分而已。"我说道，心里希望自己的语气能阻止谈话继续进行。我决不会告诉他三周后会发生什么。

"您可能知道，"拉伊纳尔迪说道，"除了我偶尔替她出售东西，津贴是她唯一的收入来源。这儿的空气让她的气色大有好转，不过我想她很快就会产生社交需求，就像她以前在佛罗伦萨那样。这是我没有卖掉大宅的真正原因，她与大宅之间有很强的羁绊。"

我没搭话。如果说羁绊强烈的话，那只能是因为他在从中作梗。他来之前，她可从没提过什么羁绊。不知他拥有多少个人财富，是否在出售圣加利特家产之外还自掏腰包给她钱。安布罗斯怀疑他是多么正确的做法啊。可是瑞秋有着怎样的弱点，使得她一直把他当律师和朋友呢？

"当然，"拉伊纳尔迪继续说道，"最终把大宅卖掉，让瑞秋在佛罗伦萨买间小公寓，或者在费耶索莱建一栋小房子，这样可能会比较明智。她有许多朋友不愿跟她失去联系，我就是其中一个。"

"我们第一次见面时，"我说道，"你说我的表姐瑞秋是个冲动的女人。无怪乎她会一直这样，想住哪儿就住哪儿。"

"确实，"拉伊纳尔迪说道，"但冲动的性格并非总会让她得到幸福。"

我猜测他说这话意指她嫁给安布罗斯是出于冲动，所以才不幸福，她来英国也是出于冲动，而他对后果没有把握。他对她有影响力，因为他掌管着她的各项事务，这种影响可能促使她返回佛罗伦萨。我相信他此次前来正是为了给她灌输这种思想，或许还要告诉她，庄园给的津贴不足以无限制地维持她的花销。我手捏王牌，他对此一无所知。三周之后，她将会永远摆脱拉伊纳尔迪的掌控。我想笑，但由于太讨厌他，我在他面前笑不出来。

"以您的成长经历而言，家里突然多了个女人，而且一住好几个月，一定感觉很怪异，"拉伊纳尔迪眯眼看着我说道，"搞得你心烦意乱了吧？"

"恰恰相反，"我说道，"我觉得非常荣幸。"

"对于您这样年轻稚嫩的人来说，"他答道，"这就像烈性药物一样，这么大的量会造成损害的。"

"对于即将年满二十五岁的我而言，"我反驳道，"我想我很清楚什么样的药物适合我。"

"您那四十三岁的堂哥安布罗斯也是这么想的，"拉伊纳尔迪说道，"结果呢，他想错了。"

"您这是在警告我，还是在提建议？"我问道。

"两样都有，"他说道，"如果您能正确看待的话。失陪啦，我去换上晚餐礼服。"

抛下一句称不上恶毒却足以破坏氛围的话，我猜他是想用这种方式离间我和瑞秋。如果他暗示我应该当心她，那么他在背后说了我什么坏话呢？他们两人坐在客厅里，他会不会趁我不在场时恶意诋毁我，说英国年轻男子无一不是四肢发达，头脑简单，抑或这种方式太拙劣？他显然心存大堆个人成见，随时准备发表意见，诽谤中伤他人。

"人个子高了吧，"有一次，他这么说道，"有个致命的缺陷，那就是得卑躬屈膝。"（他说这句话时，我正站在门梁下面低着头吩咐西科姆。）"不仅如此，肌肉发达的还会变胖。"

"安布罗斯从来没胖过。"瑞秋立刻接嘴道。

"那是因为他没有像这个小子那样锻炼。高强度的徒步、骑马和游泳只能让不该锻炼的部位得到锻炼。这种现象我经常见到，是几乎所有英国男子的通病。意大利人骨架小，不像英国男子那么好动，因此身材都保持得很好。我们不吃太多牛羊肉，所以饮食也更利于肝脏和血液循环。至于点心嘛……"他蔑视地用手比画了一下，"这小子成天吃点心。我见他昨天晚上吞了一整个馅饼。"

"你听见了吗，菲利普？"瑞秋说道，"拉伊纳尔迪认为你吃太多了。西科姆，以后得给菲利普的食物减量。"

"绝对不行，夫人，"西科姆震惊地说道，"让他比现在吃得少会有损健康。别忘了，夫人，菲利普先生还在长呢。"

"老天啊，"拉伊纳尔迪嘟囔道，"二十四岁还在长，恐怕是得了严重的腺体疾病吧。"

他抿了一口白兰地，那是她准许他带进客厅的。他若有所思地看着我，直到我自觉身高接近七英尺，像白痴儿杰克·特雷沃斯那样被他母亲拉去博德明市集收钱给人观赏。

"想必您身体很好吧？"拉伊纳尔迪问道，"小时候有没有患过增生类的严重疾病？"

"我记得至今从没生过病。"我答道。

"这本身就有问题，"他说道，"一旦老天叫人得病，从没生过病的人最容易被疾病打倒。我这话没说错吧，西科姆？"

"很有可能，先生。我不是很懂。"西科姆说道，可当他从客厅走出去时，我注意到他面带质疑地扫了我一眼，仿佛我已经患上了天花。"这白兰地酒啊，"拉伊纳尔迪说道，"起码得再窖藏三十年，等菲利普的孩子成年，味道才更美。瑞秋，你记不记得有天晚上在大宅里，你和科西莫招待了几乎整个佛罗伦萨，他非要所有人都披上化妆斗篷、戴上面具，就像庆祝威尼斯嘉年华那样？你那亲爱的已逝的母亲跟那个什么王子胡来，好像是洛伦佐·阿玛纳蒂，对不对？"

"可能是任何人，"瑞秋说道，"但绝不是洛伦佐，他那会儿正忙着追求我呢。"

"多么荒唐的夜晚啊，"拉伊纳尔迪若有所思地说道，"那时我们风华正茂，百无禁忌，可比如今的沉着冷静好太多了啊。英国人似乎从来不举办这样的聚会吧？当然啦，气候不宜嘛。若非如此，年轻的菲利普或许会觉得披上斗篷、戴上面具四处寻找肯德尔小姐很有趣味呢。"

"想必露易丝会觉得再好不过了。"瑞秋答道，我看见她的目光落在我身上，她的嘴角抽动了一下。

我走出客厅，留他们两个独处。我听见他们几乎立刻转为说意大利语，他一副盘问的语气，而她则笑着回答他的问题，我知道他们在谈论我，可能还包括露易丝，以及乡下传开的关于我们将来会订婚的谣言。天啊！他还要待多久啊？我还要忍受多少个日日夜夜啊？

终于，在他此行的最后一个晚上，我的教父带着露易丝来用晚餐了。那天晚上一切顺利，或者表面上一切顺利。我看到拉伊纳尔迪使尽浑身解数奉承我的教父，而我的教父、拉伊纳尔迪和瑞秋三人莫名地组成一个聊天小团体，剩下露易丝和我面面相觑。我发现拉伊纳尔迪时不时地望向我们，脸上带着和蔼、宠溺的微笑，有一次我甚至听见他低声对我的教父说："祝贺您的千金和教子，他们两个真是一对佳人。"露易丝也听见了，脸蛋一下子变成了绯红色。我立刻问她下次什么时候去伦敦，希望能让她放松下来，但我知道这可能是雪上加霜。晚餐过后，众人再次聊起伦敦，瑞秋说道："我最近也打算自己去伦敦。如果咱们一起到那儿，"这句话是对露易丝说的，"你一定要带我看看所有景点，因为我从没去过那儿。"

听见这话，我的教父竖起了耳朵。

"您打算离开英国了吗？"他问道，"唉，到康沃尔来看望我们，您肯定受够了这儿的严冬，伦敦就有趣多了。"他转头对拉伊纳尔迪说道："您也去吗？"

"我在那儿有几周的事情要做，"拉伊纳尔迪回答道，"不过如果瑞秋决定过去，我自然鞍前马后地招呼。首都我并非第一次去，我很了解那儿。希望您和贵千金去的时候能赏脸与我们一同用餐。"

"乐意之至，"我的教父说道，"春天的伦敦令人心旷神怡。"

听他们沉着地讨论假想中的会面，我真想把他们的脑袋全砸到一块儿，但还是拉伊纳尔迪用"我们"一词最让我发狂。我看透了他的如意算盘：诱使她去伦敦，一边忙其他事务，一边招待她，再劝说她返回意大利。出于自身的考虑，我的教父会给这计划推波助澜。

他们丝毫不知道我准备了一个计划来戏耍所有人。夜晚的时间缓缓流逝，双方互相示好，拉伊纳尔迪甚至在最后二十多分钟把我的教父拉到一旁，想必又说了不少坏话。

肯德尔父女走后，我没回客厅，而是上楼躺到床上，门虚掩着，方便听见瑞秋和拉伊纳尔迪上楼的声音。他们很久都没上楼。午夜来临，他们仍然在楼下。我走到楼梯平台，站在那儿听他们的动静。客厅的门开了一条缝，我能听见他们的低声细语。我用手撑着栏杆，赤脚下了一半楼梯。记忆闪回到童年时代，小时候，每当安布罗斯在楼下陪别人用晚餐时，我就会这么做。我心里的罪恶感与那时一模一样。声音不断传来，可偷听瑞秋和拉伊纳尔迪说话没有任何效果，因为两人讲的是意大利语。我时不时听见他们提起我的名字"菲利普"，有几次提到我的教父肯德尔。他们在谈论我或他，或者我们两个。瑞秋语气急切，听起来有些怪异，拉伊纳尔迪则像盘问一般。我突然心怀厌恶，怀疑我的教父是否把他从佛罗伦萨旅行回来的朋友说的话告诉了拉伊纳尔迪，而拉伊纳尔迪又把这些话说给了瑞秋。我在哈罗公学学的拉丁语和希腊语一点都派不上用场啊。这两人在我的家里用意大利语说话，谈论可能对我至关重要的事务，我却只能听出他们提到我的名字，从中一无所获。

他们突然陷入沉默。两人都没说话，我听不到任何动静。万一他走到她身前，用胳膊抱着她，而她则像圣诞节前夜亲吻我那般亲吻他呢？想到这里，一股恨意袭上心头，差点让我理智尽失，跑下楼甩开客厅的门。紧接着，我听见她的声音再次传来，然后礼服窸窸窣窣的声音离客厅门越来越近。我看见她那点燃的蜡烛火光闪烁。漫长的谈话终于结束了，他们要上床睡觉去啦。我像很久之前的那个孩子一样，蹑手蹑脚地回了自己屋里。

我听见瑞秋沿走廊回到自己的房间，他朝相反方向也回了房间。我无论如何不可能得知他们这几个小时都谈了些什么，但至少这是他在我家里的最后一晚，明天我就能安然入睡了。第二天早上，我迫不及待地赶他走，连早餐都没吃几口。载他去伦敦的邮车车轮声在车道上响起，瑞秋——我想她昨晚一定道过别了——身穿园艺工作服下来向他告别。

他握住她的手吻了一下。这一次，出于对我这位主人的礼貌，他用英语说了再见。"你会写信告知我你的计划吧？"他对她说道，"记住，等你要来的时候，我会在伦敦等你。"

"四月一日之前，"她说道，"我没有动身的打算。"她越过他的肩膀冲我笑了笑。

"那天不是你表弟的生日吗？"拉伊纳尔迪一边往邮车上爬，

一边说道，"希望他过得愉快，别吃太多馅饼。"紧接着，他透过窗户对我说出临别的恶言恶语："在那么独特的日子过生日，感觉一定很诡异吧。愚人节，对不对？不过话说回来，你都二十五岁了，年纪大得想不到那一点啦。"邮车沿车道驶向公园门口，他终于走了。我望向瑞秋。

"或许，"她说道，"我应该请他那天回来庆祝？"说完，她突然露出那让我心旌荡漾的笑容，把礼服上一直佩戴的报春花摘下来插进我的纽扣眼里。"这七天来，"她轻声说道，"你很乖，我却忽略了自己的职责。现在又只剩下我们两个了，你高兴吗？"未等我回答，她便跟着塔木林向种植园走去。

第二十一章

　　三月剩下的几周过得飞快。我对未来的信心与日俱增，心情越来越舒畅。瑞秋似乎感受到我的情绪，也为我高兴。

　　"我从来没见过有谁对庆生兴奋到这种程度，"她说道，"你像个刚醒来发现全世界充满魔法的小孩子。摆脱可怜的肯德尔先生和他的关心，对你而言就这么重要吗？我敢肯定没有比他更亲切的监护人了。对了，你生日当天有什么安排吗？"

　　"完全没有安排，"我回答道，"只是你要记得你那天对我说过的话。寿星许的愿全要满足。"

　　"十岁截止，"她说道，"之后不行。"

　　"不公平，"我说道，"当时你可没规定年纪。"

　　"如果要去海边野餐，或者划船，"她对我说道，"我可不去。这季节跑去坐在沙滩上还为时尚早，至于上船，我对此的了解比骑马还少。你还是带露易丝去吧。"

　　"我不带露易丝，"我说道，"凡与你的高贵形象不相称的地方，咱们都不去。"其实我想过那天要进行什么活动，只打算把文件放在早餐盘里让她看到,剩下的全看天意。然而,在三月三十一日到来时,我还有一件事要做。我想起银行里保管的珠宝,暗骂自己是个傻瓜,竟然没提早取出来。如此一来,生日当天我要打两场硬仗:一场是跟库奇先生,另一场则是跟我的教父。

先把库奇先生搞定。我估计包裹会很大,吉普赛驮不了,我又不愿叫四轮马车,因为我担心瑞秋听说此事后要跟我一起进城。此外,乘四轮马车去任何地方于我而言都是一件非同寻常的事情。于是,我随便找了个借口,徒步走进镇子,让车夫用双轮马车来接我。可惜天不遂人愿,那天早上,街坊四邻似乎全跑出来购物了,而在我们这个港口,想要躲避邻居,既不能钻到门洞里,又不能跳进海水里,我只好不断地躲在角落,以免碰见帕斯科夫人和她那几个女儿。我鬼鬼祟祟的行踪一定吸引了所有人的目光,有关阿什利先生行为怪异的流言蜚语从这家鱼铺传到另一家,在上午十一点前传进了玫瑰与皇冠酒馆,那会儿隔壁教区牧师的女人正好走上街道,阿什利先生喝得酩酊大醉的说法无疑将会广为传播。

走进银行的大门,我终于找到了安全的庇护所。库奇先生一如既往地热情接待我。

"这一次,"我告诉他,"我要把所有东西都取走。"他面带苦楚,惊讶地看着我。

"阿什利先生,"他说道,"您不是要把账户转去别的银行吧?"

"不是,"我说道,"我说的是家传珠宝。明天我将年满二十五岁,那些东西将成为我的合法财产。我想在生日当天醒来就能看到它们。"

256

他一定觉得我是个怪人，最起码是有点古怪。

"您是说，"他回答道，"您只想放纵一天？圣诞节前夜，您做过同样的事情，您的监护人肯德尔先生立刻就把项链送回来了。"

"不是放纵，库奇先生，"我说道，"我要把珠宝放在家里，拿在自己手中。我不知道你还有什么听不明白的。"

"我明白，"他说道，"那想必您家里有保险柜，或者至少有能存放的安全地方。"

"库奇先生，"我说道，"这是我自己的事。如果您能立刻把珠宝取来，我深表感激。这次不只要拿项链，所有藏品都拿来。"

搞得像是我抢他自己的东西一样。

"好的，"他不情愿地说道，"从保险库取出再小心包装起来，这需要一点时间。如果您在城里有其他事要办……"

"没别的事，"我打断他的话，"我就在这儿等，收拾好就带走。"他明白拖延无益，便吩咐职员去把东西取来。我带了托架，大小正好能容下所有物品——其实是我们在家里搬运大白菜用的柳条篮子，库奇先生畏畏缩缩地把珠宝盒子一件件地放进里面。

"阿什利先生，"他说道，"若让我收拾妥当送到家里，那样会好很多。银行有辆四轮马车，比这更合适。"

没错，我心想，那样又要让很多人嚼舌根了——银行的四轮马车驶向阿什利先生的住所，里面坐着个戴高帽的经理。还是双轮马车运菜篮比较好。

"没关系，库奇先生，"我说道，"我应付得来。"

我满心喜悦，脚步蹒跚地背着篮子从银行出来，跟身旁各站着一个女儿的帕斯科夫人撞了个满怀。

"老天，阿什利先生，"她说道，"您背了不少东西啊。"

"我落魄的样子正好给您看见了，"我对她说道，"我手头吃紧，只好卖大白菜给库奇先生和他的职员换钱。家里修屋顶把我掏得一干二净，我得在镇子里四处叫卖。"

她瞠目结舌地望着我，她的两个女儿也瞪大了眼睛。"只可惜啊，"我说道，"这一篮子已经有客户订了，否则我一定乐意卖给您一些胡萝卜。不过，如果将来牧师家缺蔬菜了，记得找我。"

说完，我走到正在等待的双轮马车前，吭哧吭哧地举起托架放了进去，然后爬上马车握住缰绳，车夫跳上来挨着我坐下，而她仍然站在街角目瞪口呆地看着我。这下好了，人们会说阿什利先生不光是个怪人、酒鬼，行事疯疯癫癫，还穷得叮当响。

马车沿长长的街道从四岔口回到家里，车夫去卸马车的工夫，我从后门走进房子，仆人们正在吃饭，我踮着脚尖走到前厅，用他们的楼梯上楼回到我的房间。我看了眼衣柜里的菜篮子，然后下楼去吃点午饭。

如果拉伊纳尔迪在的话，他一定会闭上眼睛，浑身颤抖。我狼吞虎咽地吃掉一块鸽肉饼，又灌下一大杯苹果酒。

瑞秋留下便条，说她在家里等着我，她以为我不会回来，所以上楼去了房间。这一回我倒不介意她不在场。我担心自己做坏事的喜悦会全写在脸上。

我急急忙忙地吃完午饭出门，这次是骑马去佩林。我口袋里安放着一份文件，那是律师特雷文先生[1]按照约定派专门的送信人寄过

---

1 即第十九章中的特文律师，疑为作者笔误。

来的。遗嘱我也带着。此次会面将不如早上那场愉快，尽管如此，我仍毫无畏惧。

我的教父在家里的书房中。

"菲利普啊，"他说道，"这话早说几个小时也没关系，祝你生日快乐。"

"谢谢您，"我说道，"还要谢谢您对我和安布罗斯的照顾，以及这些年来对我的监护。"

"这个嘛，"他笑着说道，"明天就结束啦。"

"是的，"我说道，"或者说是今晚午夜时分。我不愿在那个时间扰您清梦，所以想让您见证我签署一份文件，这份文件会在那个时刻生效。"

"哦？"他一边伸手去拿眼镜，一边说道，"一份文件，什么文件？"

我从胸前口袋里掏出遗嘱。

"我想让您先看一下这个，"我说道，"经过了大量的争论和讨论，这份文件才被不情愿地交到我手中。我早就感觉肯定会有这么一份，给您。"

我把遗嘱递给他，他把眼镜架到鼻子上看了一遍。"有日期，菲利普，"他说道，"但没签名。"

"没错，"我答道，"但这的确是安布罗斯的字迹，不是吗？"

"嗯，是的，"他回答道，"毫无疑问。为什么他没有找人见证并寄给我，这是我不明白的地方。从他刚结婚那会儿，我就在等这么一份遗嘱，我也跟你说过。"

"原本是要签的，"我说道，"但他生了病，况且他预期随时能回来亲手给您。据我所知是这样。"

他把遗嘱放到书桌上。

"唉，没办法，"他说道，"其他家庭也遇到过这种事。对遗孀而言很不幸，但我们已经尽力，无计可施了。未签字的遗嘱算不得数。"

"我明白，"我说道，"她也没别的想法。正如我刚刚对您说的，我费了很大劲才劝她把这份遗嘱交给我。这份我必须归还，不过这里还有份副本。"

我把遗嘱装进口袋，递给他我抄写的副本。

"现在怎么办？"他说道，"你有别的办法吗？"

"没有，"我答道，"只是我的良心告诉我，我享有了本不属于我的东西。安布罗斯原本是要签遗嘱的，只是死亡，或者说最开始的疾病，让他没能签字。我想让您读读我拟定的这份文件。"

我把特雷文在博德明草拟的文件递给他。

他读得很慢，很仔细，脸色变得苍白，过了好久，他摘掉眼镜望着我。

"你的表姐瑞秋对这份文件不知情吧？"他问道。

"完全不知情，"我回答道，"无论是明说还是暗示，这份文件里写的东西以及我打算做的事情，她都从来没提过。她丝毫不知我的意图。就连我来这儿给您看遗嘱，她也不知道。正如她几周前提过的，她打算近期前往伦敦。"

他坐在桌前，两眼看着我。

"此事你心意已决？"他问道。

“心意已决。”我回答道。

“你可知她可能会滥用权力，并且预防措施太少，最终本该属于你和你的继承人的所有财富可能都会被散出去。”

“嗯，”我说道，“我愿意冒这个险。”

他摇摇头，签了字，然后从椅子上起身望向窗外，又回到椅子上。

“她的律师拉伊纳尔迪先生知道这份文件吗？”他问道。

“肯定不知道。”我说道。

“真希望你能早告诉我，菲利普，”他说道，“那样我就能跟他讨论讨论。我看他是个通情达理的人。那天晚上我跟他聊了一会儿。我斗胆告诉他我对支用过度的担忧，他坦承挥霍无度是个缺点，这个缺点始终存在，还说这惹了麻烦，不仅给安布罗斯惹了麻烦，还有她的前任丈夫圣加利特。拉伊纳尔迪先生给我一种感觉，那就是他本人是唯一懂得如何应对她的人。”

“我完全不在乎他跟您说过什么，”我说道，“我讨厌那个人，我相信他那么说是另有所图。他想诱使她回佛罗伦萨。”

我的教父再次打量了我一番。

“菲利普，”他说道，“原谅我提出这个问题，事关隐私，我知道，但我看着你长大的，你是不是完全迷恋上了你的表姐？”

我感觉两颊如同火烧，但仍继续和他对视。

“我不知道您什么意思，”我说道，“迷恋是个毫无意义的词，险恶至极。我比我所知的任何人都更敬重我的表姐瑞秋。”

“有句话我早就想跟你说了，”他说道，“关于她在你家停留太久的闲话传得沸沸扬扬。说得再严重点，整个郡都在谈论此事。"

"让他们说去吧，"我说道，"明天过后，他们又有别的话题要谈了。转让财产终究纸包不住火。"

"如果你的表姐瑞秋明事理，并且想要保住尊严，"他说道，"她会要么去伦敦，要么让你到别处去住。目前的状况对你们两个而言都很不合适。"

我没吭声。我只在乎一件事，那就是赶紧签字。

"当然，"他说道，"从长期来看，只有一个办法能堵住别人的嘴。以这份文件来看，只有一个办法能防止财产转移。这个办法就是她再婚。"

"我认为这是最不可能发生的。"我说道。

"看来你没想过亲自问她吧？"他说道。

我再次面颊飞红。

"我不敢问，"我说道，"她不会让我问出口的。"

"我对这些事很不满意，菲利普，"他说道，"我多么希望她根本没来英国。可是现在说什么都晚了。既然如此，签吧，后果自负。"

我拿起笔在契约书上签了字，他一脸平静，目光阴沉地看着我。

"有些女人啊，菲利普，"他说道，"她们心地可能非常善良，却会无意中招致灾祸，凡事一经她们的手就会莫名地变成悲剧。我不知道自己为什么要跟你说这话，但我不吐不快。"然后他看着我在长卷纸上签字。

"想必你不会等着见露易丝了吧？"他说道。

"不见了，"我回答道，然后心平气和地说道，"如果您两位明晚有空，不如来共用晚餐，举杯庆祝我的生日？"

他沉默了片刻。"我不确定是否有空，"他说道，"我会在中午送信过去。"我看得出他不愿来拜访我们，同时又为拒绝我的邀请而有些尴尬。他对待此次转交事务的态度比我预期的好，既没有强烈抗议，也没有冗长乏味的说教，或许他至今已对我了解颇深，明白那些做法于事无补。从他的严肃神情来看，他十分震惊，很是担忧。我很高兴他没提起那些家传珠宝。若是知道珠宝都藏在我衣柜的大白菜篮子里，估计他会承受不住。

我骑马回家，想起上一次这么高兴还是在去博德明拜访特雷文律师之后，结果回到家却发现拉伊纳尔迪来了。今天不会有太多来客。仅仅三周时间，浓郁的春天气息已然来到乡下，天气暖和得像是五月。正如所有天气预言家那样，我的农民们摇摇头，说灾难将至。晚霜一来，会冻坏花苞和风干的土壤下正在萌芽的玉米种子。我心想，在三月的最后一天，我不太在乎是否会有饥荒、洪灾或地震。

在西面的海湾外，太阳正在下沉，染得天空一片火红，海水黑乎乎的，东面的山顶露出接近满月的月亮的圆脸。我不禁暗想，人喝得酩酊大醉的时候，会完全不顾时间的流逝，大概就是这种感觉吧。我目之所及，并非朦朦胧胧的，而是像醉汉那般清清楚楚。走进公园，一切都像童话故事里一样，就连缓缓走向水池边饮水的牛都变成了有魔力的动物，给人以一种美感。寒鸦飞得高高的，在街道旁边的大树顶上扑闪着翅膀摆弄它们凌乱的巢窠。绿色的炊烟从房子和马厩的烟囱中蜿蜒升起，我听见院子里木桶撞击的声音，人们的口哨声，狗在窝里的吠叫声。这一切都是我自小所熟悉的、深爱的，如今却有了新的魔力。

我中午吃得太饱，现在还不饿，但我很渴，于是喝了一大口院子里清冽的井水。

仆人闩上后门、关上百叶窗时，我与他们说了会儿俏皮话。他们知道明天是我的生日。他们悄悄告诉我，西科姆偷偷找人画了肖像要送我，还说我一定会裱起来，跟祖先的肖像一同挂在大厅里。我郑重向他们保证，我正有此意。其中三个仆人在角落里交头接耳，跑进仆人住所又抱着一个包裹折返。约翰作为发言人把包裹交给我，并对我说道："这是我们所有人的心意，菲利普先生，我们都等不及要送给您。"

那是一个装着烟斗的盒子。它肯定耗去了他们所有人一个月的工资。我与他们握手，拍拍他们的背，信誓旦旦地说我早就打算下次去博德明或特鲁罗买这个，于是他们兴高采烈地望着我，而我见他们这样高兴，像个傻子一样热泪盈眶。其实除了安布罗斯在我十七岁时送我的烟斗之外，我从来不用别的，但将来我一定会把他们送的都用一遍，以免让他们失望。

我沐浴一番，换了衣服，瑞秋则在餐厅等着我。

"我感受到了恶作剧的气息，"一见到我，她立刻说道，"你一整天都没在家，忙什么去了？"

"阿什利夫人，"我对她说道，"这不关你事。"

"你一大早就没个人影，"她说道，"我回家吃午餐都没人作伴。"

"你应该跟塔木林一起吃，"我说道，"他妻子烧得一手好菜，肯定能让你吃得满意。"

"你去镇里了？"她问道。

"嗯，是的，我去镇里了。"

"有没有遇见咱们的熟人？"

"哎呀，遇见了，"我差点笑出声来，"我碰见帕斯科夫人和她家的闺女，她们被我的样子吓得不轻。"

"怎么回事？"

"因为我当时背着个篮子，还跟她们说我在卖大白菜。"

"你跟她们说的是实话，还是跑去玫瑰与皇冠酒馆喝了太多苹果酒？"

"我说的不是真的，也没有去玫瑰与皇冠酒馆喝苹果酒。"

"那这究竟是怎么回事？"

我不想回答她，只是坐在椅子上笑。

"等月圆的时候，"我说道，"我打算吃完晚餐出去游泳。我今晚感觉浑身是劲，想闹腾闹腾。"

她眼神肃穆地越过酒杯望着我。

"如果你生日当天想躺在床上度过，胸口敷着一块止痛膏，每个小时喝一杯黑醋栗，还得有人守着　我可警告你，我不会守着你，要守也是西科姆——那就去游吧。我不拦你。"

我双手举过头顶伸了个懒腰，愉快地叹了口气。我问她能不能抽烟斗，她同意了。

我拿出烟斗盒。"快看，"我说道，"看仆人们送了我什么东西。他们等不到明天上午再送。"

"你跟他们一样小孩子气，"她说道，然后压低声音，"你不知道西科姆给你准备了什么。"

"可是我知道啊，"我同样小声说道，"仆人都告诉我了，我高兴得不得了。你看过了吗？"

　　她点点头。"完美无缺，"她说道，"穿着最上等的外衣，就绿色那件，下嘴唇啊，各处都很完美。是他从巴斯来的女婿画的。"

　　吃过晚饭，我们走进图书室，不过刚刚跟她说我浑身是劲，那并非假话。我内心狂喜不已，激动得坐立不安，期待这夜晚赶紧过去，明天赶紧到来。

　　"菲利普，"她最后说道，"出去散散步吧。跑去灯塔，再跑回来，可能那样能让你感觉好些。我觉得你快疯了。"

　　"如果这算作疯狂，"我说道，"那我愿意永远保持下去。没想到疯狂能带来如此的喜悦。"

　　我吻了她的手，出门到花圃里去。夜里空气清新，万籁俱寂，正是散步的好时候。我没像她要求的那样跑步，但最终也走到了灯塔山。接近满月的月亮悬在海湾上方，两颊圆鼓鼓的，脸上带着看透我的秘密的诡魅笑容。峡谷尖角里石墙围着的牧场中有几头过夜的公牛，听到我的脚步声，它们跌跌撞撞地四散开去。

　　我看到巴顿农场的草地上方有一道光线，当我来到灯塔顶部，海湾在我两侧延展，西海岸沿线的一座座小镇灯光闪烁，我们位于东海岸的海港灯光也不甘示弱。此刻那些灯光和巴顿农场的灯光一样，朦朦胧胧的，我周围空无一物，唯有苍白的月光在海面上撒下一道银波。既然这夜色适合散步，那就也适合游泳。什么止痛膏和药茶都阻挡不了我。我爬下灯塔，来到我最爱的岩石突出的地方，心中暗暗猛烈嘲笑自己的愚蠢，一头扎进水里。天啊！水冰冷刺骨。刚过四分钟，我便牙齿打战，像狗一样甩甩身子，从海湾里蹿出来回到石头旁穿上衣服。

疯了，疯得无可救药，但我不在乎，我的情绪依然被狂喜占据着。

我用衬衫尽力擦干身体，穿过树林回到房子里。月光照出一条朦朦胧胧的小路，怪异而梦幻的阴影躲在树后面。小路一分为二，一条通往种着雪松的步道，一条通往上面的新庭院，我听见树木最稠密的地方传来哗啦声，空气中突然弥漫着一股刺鼻的雌狐臊味，沾染了我脚下的树叶，可我什么都看不到，路两旁的黄水仙花一动不动，毫无被惊扰的迹象。

我终于回到房子前，抬头望了眼她的窗户。窗户敞开着，我看不出蜡烛是亮着，还是已经被吹灭。我看了眼手表，差五分钟到午夜。我突然想到，既然仆人们迫不及待地送我礼物，我也等不及要送瑞秋礼物。我想到帕斯科夫人和大白菜，恶作剧的想法涌上心头。我走到蓝色卧室的窗户下面站好，开始喊她的名字，喊了三声才有回应。她来到敞开的窗户边，身上穿着那件带长袖和蕾丝领子的白色长袍。

"你要干什么？"她说道，"我都快睡着了，又被你吵醒。"

"你能不能在那儿稍等片刻？"我说道，"我有东西要给你。是帕斯科夫人看见我背的东西。"

"我不像帕斯科夫人那么好奇，"她说道，"等到明天早上吧。"

"等不到明天早上了，"我说道，"现在就要给。"

我从侧门进了房子，上楼回到房间，又背着篮子下来。我在篮子的把手上绑了一根长绳子。我还拿来了那份文件，放进夹克衣袋里。她仍在窗边等着。

"那篮子里到底装了什么？"她轻声喊道，"菲利普，你要是跟我恶作剧，我可不配合。篮子里是不是装了螃蟹或者龙虾？"

"帕斯科夫人以为装的是大白菜，"我说道，"我向你保证，里面的东西绝不会咬人。接住绳子。"

我把长绳的另一头扔向窗户。

"往上拉，"我对她说道，"记住，用两只手。篮子有点重。"她按我说的往上拉绳子，篮子哐啷哐啷地撞在墙上，碰得拴着抓钩的金属线哗啦作响，我站在窗下看着她，憋笑憋得浑身颤抖。

她把篮子拉到窗框处，却没有说话。

过了一会儿，她再次把头探出窗外。"菲利普，我不相信你，"她说道，"这包装的形状太奇怪了。我知道肯定会咬人的。"

我顺着拴抓钩的金属线，两手并用爬到她的窗口。

"小心点，"她喊道，"别掉下去摔断了脖子。"

片刻之后，我一只脚进了屋里，另一只脚还搭在窗口。

"你头发怎么湿漉漉的？"她说道，"没下雨啊。"

"我游泳了，"我答道，"我说过我要去游泳的。你自己打开，还是我替你？"

屋里有一支蜡烛亮着。她赤脚站在地上，浑身发抖。

"老天啊，"我说道，"披件衣服吧。"

我从床上扯来床罩裹住她，然后抱起她放进毯子中间。

"我觉得你发疯了。"她说道。

"我没发疯，"我说道，"只是在这一刻，我二十五岁了。听着。"我抬起手，大钟敲响，午夜来临。我把手伸进口袋。"这个，"我说着把文件放在桌上的烛台旁边，"你可以抽空看，但是其他的我想现在就给你。"

我把所有包裹全放到床上，柳条篮子丢在地上。我将盒子分散开，扯掉包装纸，扔得满地都是。红宝石头饰、戒指、蓝宝石、祖母绿被逐一拆了出来，还有珍珠项链和手镯，全都乱糟糟地摆满了床单。"这个是给你的，"我说道，"这个，还有这个……"我欣喜若狂，胡闹似的把珠宝全部堆到她怀里，弄得她满身都是。

"菲利普，"她喊道，"你疯了，你做什么？"

我没回答，而是拿起项链，戴在她的脖子上。"我二十五岁了，"我说道，"你刚刚听见大钟敲响了十二下，以后谁都管不着我了。这些都是给你的。如果我拥有全世界，那么这个世界也属于你。"

我从来没见过这般迷茫或者说震惊的目光。她仰头看看我，又低头看看散落的项链和手镯，目光再次转回我身上，然后，我想，因为我正在哈哈大笑，她突然伸手抱住我，也哈哈大笑起来。我们拥抱着彼此，仿佛她逮到了我发疯，与我一同恶作剧，痴狂带来的所有强烈喜悦感属于我们两个人。

"这就是你几周来一直谋划的？"她说道。

"对，"我说道，"本来应该在早餐时给你的，但是就像仆人等不及送我烟斗那样，我也等不及了。"

"我什么都没给你准备，"她说道，"只有一个金领夹。你的生日啊，你让我感到羞愧。你就没有别的想要的吗？告诉我，我送给你。要什么都给你。"

我低头看着她，各式珠宝散落在她身旁，她的脖子上戴着那串珍珠项链，我突然清醒过来，记起项链所蕴含的意义。

"嗯，有一样，"我说道，"但我问你要是没用的。"

"为什么？"她说道。

"因为你会抽我一耳光，"我回答道，"然后赶我回去睡觉。"

她凝视着我，伸手摸了摸我的脸颊。

"告诉我吧。"她说道，语气充满温柔。

我不知道男人该怎样请求一个女人成为他的妻子。一般来说，要有父母一方先给予准许。若没有父母，那就要求婚，还要事先谈好让步与索取的一切。这些都不符合我和她的情况。此刻是午夜时分，而我们两个之前从未谈起爱情和婚姻。我可以直白、鲁莽地对她说"瑞秋，我爱你，你愿不愿意做我的妻子"吗？我想起那天上午在花园里，我们开起了我不爱搞园艺的玩笑，我告诉她除了我的房子之外，没有什么能给予我慰藉。不知道她是否明白其中的意味，是否还记得我说过的话。

"我曾跟你说过，"我说道，"我所需要的所有温暖和慰藉就在这四面墙壁之内，你没忘吧？"

"没有，"她说道，"我没忘。"

"我说错了，"我说道，"我现在知道我缺什么了。"

她抚弄我的头发，手落到我的耳朵尖上，又滑到我的下巴底部。

"是吗？"她说道，"这么肯定？"

"比世上任何事情都更肯定。"我说道。

她看着我，眼眸在烛光下显得更加幽深。

"你那天上午也是一副胸有成竹的样子，"她说道，"而且很顽固。房子带来的温暖……"

她抬手捻灭蜡烛，嘴里仍笑个不停。

太阳升起，仆人们还没起床过来打开百叶窗，我已站在草地上，心想是否有前人像我这样直接进入婚姻的殿堂。如果都像我这样，那可就省去了不少令人疲乏的求婚行为。爱情，以及它的种种陷阱，我向来不关心；男人和女人必须竭尽全力去做自己喜欢的事情，而我也不在乎。一直以来，我眼中见不到爱情，耳中听不得爱情，思想总在沉睡，而现在，我觉醒了。

生日当天那几个小时里发生的事情将会铭刻在我心头。如果说那时曾有激情的话，我早已忘了。如果说那时有温柔的话，这温柔依然伴我左右。我会永远惊异一个女人可以毫无抵抗地接受爱情。或许这就是她们吸引我们的秘诀吧——矜持，直到最后一秒。

我不知道，因为没有别人来做比较。她是我的第一个女人，也是最后一个。

第二十二章

我还记得，整栋房子在阳光的照耀下苏醒。圆滚滚的太阳从草坪边上的树林顶部冉冉升起。露水很重，草地闪烁着银光，仿佛被霜打过。一只画眉大展歌喉，一只苍头燕雀紧随其后，没过多久，春日合唱团开始百鸟齐鸣。钟楼顶上的风向标最先被阳光笼罩，在蓝天下闪着金色光芒，它朝西北方转去，然后静止不动，起初昏暗的灰色墙壁因晨光而变得色调柔和，呈现出全新的光辉。

我走进屋里，上楼回到卧室，拉过一张椅子放在敞开的窗户旁边坐下，向外远眺海水。我的大脑一片空白，没有任何思绪。我的身体静止不动。没有烦恼浮上心头，也没有忧虑从隐秘的深处蹿出来扰乱这难得的宁静，仿佛生活中的一切都顺心如意，眼前是一条平坦的康庄大道。过去的日子于我毫无意义，未来的日子不过是我现在所知晓、所拥有的生活的延续，它将会像祷文中的"阿门"一词，永远不会改变。未来只有一种可能：瑞秋和我，一个男人和他的妻子相濡以沫，安居于我们的房子里，任由外面的世界风云变幻。日复一日，夜复一夜，只要我们活着一天，这样的日子便会持续一天。这些就是我从祈祷书中看到的内容。

我闭上双眼，她依然与我同在。那一刻我一定是睡过去了，因为我醒来发现一缕缕阳光洒进窗户，约翰已经把我的衣服放在椅子上，并且端来了热水，我却没有听到他的动静。我刮了胡子，穿好衣服下楼去吃早餐，然而餐具柜上的早餐已经冰凉——西科姆以为我早就下来了——不过有水煮鸡蛋和香肠足矣。在这一天，我随便吃什么都行。吃完早餐，我吹口哨把狗叫来，然后出门来到花圃，丝毫不在乎塔木林和他珍视的花朵，把目之所及的山茶花花苞全摘下放进昨天装珠宝的托架，接着返回房子，上楼沿着走廊来到她的房间。

她正坐在床上吃早餐，还没来得及大声抗议并拉上床帘，我已把山茶花撒在床单上和她身上。

"再次祝你早安，"我说道，"我提醒你，我的生日还没过去呢。"

"管你生日不生日，"她说道，"进门之前要敲门，这是规矩。走开。"

看到山茶花落在她头上、肩上，掉进茶杯和面包黄油里，想要维持尊严可太难了，不过我脸色一正，退到了房间尽头。

"对不起，"我说道，"自打翻窗进屋之后，我变得随便了。事实上，我的举止礼仪已经抛弃了我。"

"趁西科姆上来取餐盘之前，"她说道，"你最好出去。若是看到你在这儿，我估计他在你生日的这一整天里都会惊讶不已。"

她冷淡的语气扫了我的兴，但我觉得她说得在理。在女人用早餐的时间突然出现或许有些冒失，即便她即将成为我的妻子——西科姆暂时还不知道。

"我这就走，"我说道，"请原谅，我来只想跟你说一句话。我爱你。"

我转身朝门口走去。我记得当时注意到她没戴那串珍珠项链。她一定是在我凌晨离开后摘下来的，而且珠宝也没有散落在地板上，全都被收起来了。

但她身旁的早餐盘里放着我昨天签过字的那份文件。

西科姆在楼下等着我，手里拿着一个用纸包着的包裹。

"菲利普先生，"他说道，"这是个非同寻常的时刻。我可否冒昧祝您之后的每天都像今天这样幸福快乐？"

"可以的，西科姆，"我回答道，"谢谢你。"

"先生，"他说道，"这是我一点心意，是多年来忠诚效力于这个家庭的一个小小纪念品。但愿您别觉得受到冒犯，我也不敢奢望您会高兴地接受这份礼物。"

我打开包装纸，西科姆的侧脸肖像出现在我面前，画得或许不那么好看，但绝对错不了。

"这的确非常精美，"我一本正经地说道，"如此精美，我觉得应该挂在楼梯旁边。把锤子和钉子拿来。"他庄重地拉了拉铃，叫约翰去拿东西。

我们一起把肖像画挂在了客厅外的墙板上。"先生，"西科姆说道，"您是否觉得这肖像画得惟妙惟肖？还是画家把五官画得有些过于冷峻，尤其是鼻子？我一点都不满意。"

"肖像不可能完美，西科姆，"我回答道，"这已经接近完美了。要我说，我再开心不过了。"

"有您这句话我就满足了。"他回答道。

我想当场告诉他，瑞秋和我即将结婚，我心里充满幸福快乐，但有一点让我犹豫：此事过于重大、微妙，不可在他毫不知情的情况下突然讲给他听，或许应该我们两个一起告诉他。

我借口去干活，绕到后厅走向办公室，但进了办公室，我所做的只有坐在办公桌前愣愣地盯着前方。我脑海里不断浮现出她靠着枕头吃早餐和山茶花洒满餐盘的场景。早上的宁静已离我而去，昨夜的狂热重新袭来。我靠在椅背上，嘴里噙住钢笔，陷入了沉思：等我们结了婚，她就不能轻易把我赶走了。我将会和她一起吃早餐，再也不用独自下楼去客厅。我们将会开启全新的生活作息。

钟声响了十下，我听见工人在庭院里和办公室窗外的院子里活动。我看了看一捆账单，又放回原处，开始给一位地方行政官写信，然后把信撕掉，因为我写不出东西，写出来的话狗屁不通，而距离瑞秋中午下楼还有两个小时。彭海尔角的农民纳特·布雷过来找我，絮絮叨叨地说有牛闯进了特雷南特农场，都怪邻居没弄好篱笆，我心不在焉地听他讲，点头表示赞同，因为我确定瑞秋现在应该已经梳洗完毕，出门在花圃里跟塔木林聊着了。

我打断这倒霉家伙的抱怨，向他道声日安，然后看他一脸失望的样子，我便带他去管家室跟西科姆喝一杯苹果酒。"纳特啊，"我说道，"今天是我生日，我是世上最快乐的人，不办公。"我拍拍他的肩膀，留他在那张大嘴巴说了些什么。

紧接着，我把头伸到窗外，越过庭院向厨房喊了一声，要他们收拾一个野餐篮，因为我突然想和她一起晒太阳，摆脱在家里的餐厅里端端正正地坐在餐桌前用银器吃饭的繁文缛节。吩咐下去后，我走去马厩，要威灵顿替夫人给所罗门装好马鞍。

威灵顿却不在那儿。车库门敞开着，四轮马车不见了。马厩清洁工正在清扫鹅卵石地面。见我问话，他一脸茫然。

"夫人十点刚过就吩咐备马车，"他说道，"至于去了哪儿，我不知道。可能进城了吧。"

我回到房子里，拉铃叫来西科姆，但他说不出个所以然，只知道威灵顿十点刚过就把马车赶到门口，瑞秋已经在大厅等候。她以前从没在上午坐马车出去过。我原本高涨的情绪突然泄了气，跌落到谷底。美好的一天在等待着我们，而目前的进展却不如我所愿。

我坐下来等啊等啊，午时终于到了，仆人用餐的铃声敲响。野餐篮放在我身旁，所罗门也装好了马鞍，可马车还没回来。终于到了两点，我亲自把所罗门带回马厩，让马夫给它卸掉马鞍。我穿过树林来到新修的街道上，上午的兴奋劲儿冷了下去。即便她现在回来，去野餐也为时已晚。等到四点钟，四月份的太阳便没了热度。

快走到四岔口的街道尽头时，我看见马夫打开门房的大门，马车驶了进来。我站在车道正中间，等候马车靠近。威灵顿一看到我便勒住缰绳，让马站好。看见她坐在马车里叫威灵顿继续往前走的那一刻，过去几个小时沉重的失望感烟消云散。我爬上马车，坐在她对面那狭窄的硬座上。

她裹着那件黑色的披肩，脸上罩着面纱，我看不清楚。

"我从十一点就一直在找你，"我说道，"你到底去哪儿了？"

"去佩林见你的教父。"她说道。

原本深埋于心底的担忧和困惑涌上心头，我突然担心他们两个

276

会对我的计划造成怎样的破坏。

"为什么？"我问道，"什么事那么着急见他？一切早就安排好了。"

"我不明白你所说的一切是指什么。"她回答道。

马车碾进街道边上的坑里晃了一下，她伸出戴着黑手套的手抓住皮吊环。她身穿丧服、黑纱遮面地坐在那儿，显得那么疏离，与把我搂在胸前的那个瑞秋有着天壤之别。

"那份文件，"我说道，"你在想那份文件的事。你改变不了的。我已经成年，我的教父无能为力。文件签过字、盖过章，也有见证人，一切都是你的了。"

"嗯，"她说道，"我现在明白了。只是措辞有些含糊，所以我去找他确定一下。"

她的语气依然疏远、冷淡，缺乏感情，而我耳中和记忆中的却是另一种声音，是午夜时在我耳边的窃窃私语。

"现在都弄清楚了？"我说道。

"非常清楚。"她回答道。

"那么此事没有其他要问的了？"

"没了。"她答道。

然而我心里仍有一丝困扰，还有古怪的疑虑。所有冲动都消失了，我送她项链时的欢乐和笑声也随之而去。如果我的教父说了什么伤害她的话，他就该天打五雷轰。

"把面纱掀起来。"我说道。

她一时间没有动作，接着扫了一眼威灵顿宽阔的背部和坐在旁边驾驶座上的马夫。街道从蜿蜒曲折变成直道，他挥鞭让马加快速度。

她掀起面纱，看向我的双眼并不像我预期的充满笑意，也没有像我担心的蓄满泪水，却显得镇定、安详，一副无动于衷的模样，仿佛这双眼睛的主人只是出门办公事，并且得到了满意的结果。

我莫名地心头茫然一片，有种被人欺骗的感觉。我想让那双眼睛如同日出时一般。我曾想——或许是我太蠢了——正因为她的目光仍和那时一样，她才用面纱遮起来。然而，事实并非如此。当我饱受煎熬地坐在家里的前门等候她时，她一定也是这样坐在我教父书房里的书桌前，目光坚定、头脑冷静地与他对视。

"我原本会早回来的，"她说道，"只是他们非要我留下来吃午饭，我没办法拒绝。你有安排？"她转头去看一掠而过的风景，我寻思当我竭力压抑伸手抱住她的冲动时，她怎么能把我们两个当作一般的熟人那样安然地坐在那儿。从昨天以来，一切都变了，可她全然没有任何表示。

"是有安排，"我说道，"但现在不重要了。"

"肯德尔父女今晚在镇里用餐，"她说道，"不过回家之前会来看望我们。我感觉我跟露易丝的关系有所改善。她对我的态度没那么冷漠啦。"

"我很高兴，"我说道，"我也希望你们能做朋友。"

"事实上，"她继续说道，"我又回到了我最初的想法。她跟你很般配。"

她哈哈大笑，但我没有跟着她笑。我觉得拿可怜的露易丝来开玩笑很刻薄。我唯愿那姑娘一生平安，寻个好丈夫。

"我觉得你的教父不待见我，"她说道，"他完全有权利这么做，但午饭快吃完的时候，我想我们互相取得了谅解。隔阂消除之后，聊天就变得容易了。我们打算在伦敦碰面。"

"伦敦？"我问道，"你不是还打算去伦敦吧？"

"哎呀，要去啊，"她说道，"为什么不去？"

我没吭声。如果她想去伦敦，她当然有那个权利。她可能想去逛逛商店，买些东西，尤其是她现在掌握了财政大权，可是……她肯定能等一段时间，等到我们一起去吧？需要讨论的事情太多太多，但我犹豫不决，开不了口。我突然深刻地意识到至今尚未考虑的问题：安布罗斯刚去世九个月，如果我们在仲夏之前结婚，世人会觉得不道德。午夜时没有的问题，白天全都跑了出来，而我一个都不想面对。

"先别着急回家，"我对她说道，"跟我去树林里走走吧。"

"好。"她答道。

马车在山谷中的守门人小屋前停下，我们下了马车，让威灵顿继续往前走。我们选择了小溪旁边众多小路的其中一条，这条小路蜿蜒曲折，向上面的山坡延展而去，树下长着一丛丛报春花，她看到便弯腰摘下来，并重新提起露易丝，说那姑娘对园艺很有见解，将来稍加指导就能学得更多。快让露易丝去天涯海角尽情地搞园艺吧，我把瑞秋带来树林里可不是为了谈论她的。

我从她手里拿过报春花放到地上，把外套铺在一棵树下，让她坐上去。

"我不累，"她说道，"刚刚的一两个小时，我一直在马车里坐着。"

"这四个小时里，"我说道，"我也一直在前门坐着等你。"

我摘掉她的手套，吻了吻她的手，然后把圆帽和面纱放进报春花堆里，用漫长的几个小时积累的冲动吻遍她的全身，而她仍然毫不抵抗。"这就是我的安排，"我说道，"因为你跟肯德尔父女吃饭，全毁了。"

"我早知会这样，"她说道，"这正是我去那儿的原因之一。"

"瑞秋，你答应过我，生日当天会满足我的所有愿望。"

"迁就是有限度的。"她说道。

我看没有限度。所有的焦虑消弭无踪，我再次快乐起来。

"如果守门人经常走这条道，"她说道，"被他看见，我们会有点尴尬。"

"等我周六付他工资的时候，"我说道，"他会更尴尬。要不你把发工资也接手吧？我现在是您的仆人，是另一个西科姆，正等待着您的吩咐。"

我脑袋倚着她的怀抱躺在那儿，她用手指抚弄我的头发。我闭上眼睛，希望这一刻能持续到永远，直到时间的尽头。

"你在想我为什么没有谢谢你，"她说道，"我在马车里看到你面露疑惑，我无话可说。我向来认为自己做事冲动，但你比我更冲动。我需要一点时间来消化你慷慨赠予我的一切。"

"不是我慷慨，"我答道，"那些本就属于你。让我再吻你一次，我要弥补在门口等你浪费掉的时间。"

过了一会儿，她说道："我算是明白了一件事，那就是再也不能跟你到树林里散步了。菲利普，让我起来。"

我扶她站起来，鞠着躬递给她手套和圆帽。她在钱包里摸索一阵，拿出一个小包裹打开。"给你的生日礼物，"她说道，"早前就该送你的。早知道会得到一笔财富，珍珠的个头儿还会更大点。"她拿起胸针，别在我的领结上。

"现在可以让我回家了吧？"她说道。

她把手伸给我，我想起这一整天都没吃东西，这会儿只想要大块朵颐。我们沿小路往回走，我心里想着炖鸡、培根和将要到来的夜晚，不知不觉间来到了山谷上方的那块花岗石处——我忘了它就在这条路的尽头。我迅速转向树林，想借此避开它，但为时已晚。她已然看到树木之间那块黑乎乎的方块石头，并且松开我的手静静地站在石头面前盯着它。

"菲利普，"她问道，"这形似墓碑、突兀地钻出地面的东西是什么？"

"什么都不是，"我立刻答道，"只是一块花岗石。地标而已。这边有条路穿过树林，坡没那么陡。这边，往左走。别去石头那边。"

"等一下，"她说道，"我想看一眼。我以前从来没到过这儿。"

她走向那块石头，在它前面站定。我看见她嘴唇翕动着读上面的文字，心里担惊受怕。或许是我眼花了，但我感觉她身体一僵，驻留的时间超出了平常。她一定是把文字看了两遍，然后回来与我同行，但这一次她没有握住我的手，而是独自前行。她没提起那块墓碑，我也没提，但那块大石头莫名地压在我们的心头。我看见石头上刻的那行打油诗、下面的日期、他的姓名首字母"A.A."[1]，我

---

1 安布罗斯·阿什利的姓名首字母缩写。

还看见——她却看不到——石头下面黑色的土壤里深埋着夹有那封信的口袋书。我卑劣地心想，我背叛了他们两个。她沉默不语，说明她很受感动。我想，除非我此时此刻开口说话，否则那块花岗石将成为我们之间的隔阂，并且这隔阂会越来越深。

"我原本打算带你去那儿的，"经过长时间的沉默，我的声音听起来聒噪而不自然，"在整个庄园里，安布罗斯最喜欢那儿的风景，所以才立了块石头。"

"但是带我去看那块石头并不在你的生日计划之内。"她说道。她一字一顿，语气生硬，如同陌生人一般。

"嗯，"我轻声说道，"不在计划之内。"我们沿着车道一路无话，刚走进房子，她便径直回了自己的房间。

我洗完澡换了衣服，心情从愉悦变得悲观沮丧。是什么魔鬼把我们带去那块花岗石？我怎么能给忘了呢？她不知道——但我知道——安布罗斯经常满脸笑意地倚着拐杖站在那儿，然而那几句讨厌的打油诗会暴露写那句话的人的情绪：半诙谐，半怀旧，以及他那带着嘲弄的眼神背后隐藏的温柔。那块傲然耸立的高大石头就是他本人的象征，而由于形势所迫，她不准许他回到家乡安眠，他只能葬在几百英里之外的佛罗伦萨的清教徒公墓里。

这便是我的生日之夜的痛处。

至少她对那封信一无所知，她也永远不会知道。换上晚餐礼服时，我心中想道，又是怎样的恶魔驱使我把信埋在那儿，而不是一把火烧掉呢，仿佛我有着动物般的本能，总有一天要回到那儿把它挖出来。信中的内容我早已忘得一干二净。他写信时已经身体抱恙，他沉思冥想，心怀疑虑，死神近在咫尺，因此他所写的话并没有经过斟酌。突然间，我仿佛看见信中的一句话在墙上跳动：

"钱啊，上帝原谅我说出这句话，是目前唯一能打动她的心灵的东西。"

当我站在镜子前梳头发时，这句话跳到了镜子上。当我把她送的胸针别在领结上时，那些字符仍旧跳动不已。它们随着我走下楼梯来到客厅，从书面文字变成了安布罗斯的声音，深沉、慈爱、耳熟能详——"唯一能打动她的心灵的东西"。

她下楼过来吃晚饭，脖子上戴着那串珍珠项链，仿佛是表示谅解，又仿佛是对我的生日表示尊重，可不知为何，我却觉得她戴项链并没有拉近两人之间的距离，反而使之变得更加遥远。今晚，唯有今晚，我多么希望她的脖子上没戴任何东西。

我们一起坐下吃晚餐，约翰和西科姆在一旁服侍。为了给我庆生，餐桌上摆着全套烛台、银器和蕾丝桌布，西科姆毕恭毕敬地端来炖鸡和培根——这是从我上学起就有的传统——双眼直看着我。我们纵情欢笑，互相敬酒，二十五年已成为过去；可与此同时，我总觉得这强颜欢笑是做戏给西科姆和约翰看的，若只有两个人在，我们将陷入沉默。

绝望的情绪袭上心头，这情绪汹涌澎湃，驱使着我尽情地吃喝，唯有喝更多的酒，同时给她续满，才能压制这刻骨铭心的情绪，让我们忘记那块花岗石，忘记它在我们内心里所代表的含义。昨天夜里，我满怀喜悦，如同做梦一般趁着满月走到灯塔顶；今天夜里，尽管在这期间我获得了世界上最美好的幸福，却也要面对痛苦。

我两眼蒙眬地望着坐在餐桌对面的她，她正背过头对着西科姆笑，在我眼中，此刻的她是如此动人。如果我能重新寻回凌晨时的情绪——静谧、安宁——把它与躺在高耸的山毛榉树下的报春花丛中的冲动混在一起，那么我就能再次开心起来，她也会开心起来。我们将会永远保持这种心境，珍视它，呵护它，让它陪伴我们走入未来。

西科姆再次把我的酒杯添满，痛苦减轻了一分，疑虑得到了消解。我心想，当我们独处时，一切都将重归于好，我会在这个夜晚询问她能否早点嫁给我，或许几周之内，或许一个月内，因为我想让每个人，包括西科姆、约翰、肯德尔父女，都知道瑞秋的夫姓来源于我。

她将成为阿什利夫人，菲利普·阿什利的妻子。

我们一定坐到了很晚，因为当车道上传来马车轮声的时候，我们还没离开餐桌。铃声敲响，肯德尔父女随仆人来到客厅，来到面包屑、甜点、半空的酒杯和所有残羹冷炙前。我摇摇晃晃地起身，把两张椅子拉到餐桌前，我的教父拦着我，说他们已经用过餐，只是来稍待片刻，向我道贺。

西科姆拿来新杯子，我看见身穿蓝色礼服的露易丝望着我，目光里带着疑惑，我本能地感觉到，她心想，我喝得太醉了。她想得没错，但这种事又不是经常发生，今天是我生日，也是在这个时候她知道，不管是曾经还是以后，她都永远无权评判我，除了以儿时的朋友这个身份。我的教父心里也应该明白，他为她所做的一切安排都结束了，流言蜚语也将会终结，关注这个话题的所有人都会放下心来。

我们全都再次落座，我的教父、瑞秋和露易丝因一起吃午饭而拉近了关系，谈话声此起彼伏，我却默默地坐在桌子一头，一句话也听不进去，而是不断斟酌我下定决心要公布的消息。

到了最后，我的教父手拿酒杯凑过来，笑着说道："祝你二十五岁生日快乐，菲利普。愿你健康长寿，永远幸福。"

他们三个看着我，不知是因为我喝多了酒，还是因为我的心全在自己这儿，我觉得我的教父和露易丝都是值得信赖的好朋友，我很乐意和他们相处，而瑞秋，我的爱人，她双眼含泪，无疑正点头微笑着表示支持。

那么这就是恰当的时机了。仆人们不在餐厅里，所以这个秘密将会由我们四个人保守。

我起身感谢他们，然后斟满酒杯说道："今晚我还有一件事要举杯庆祝。从今天早上开始，我觉得自己是世界上最幸福的人。请您，我的教父，还有你，露易丝，为即将成为我妻子的瑞秋喝一杯。"

我一饮而尽，低头笑着看向他们。没有人搭腔，他们全都一动不动，我看见我的教父一脸茫然。我转头看向瑞秋，发现她的笑容不见了，只是惊讶地看着我。

"你是不是疯了，菲利普？"她说道。

我把酒杯放到餐桌上。我的手毫无知觉，杯子放得太靠边，掉下来摔得粉碎。我的心怦怦直跳，两眼无法从她苍白的脸上移开。

"如果现在公布这个消息为时过早，"我说道，"我向你道歉。毕竟今天是我生日，他们俩是我的老朋友。"

我双手扶着餐桌稳住身形，耳朵里嗡嗡作响。她似乎没明白我的意思，背过脸看向我的教父和露易丝。

"我想是过生日喝太多酒冲昏了菲利普的头脑，"她说道，"这种小学生的胡闹还请见谅，如果可以的话，也请忘掉。等清醒过来，他会道歉的。咱们去客厅吧？"

她起身引路，我仍站在那儿望着满桌的狼藉：面包屑，酒在餐桌布上的红酒，推开的椅子。我心里没有一丝波澜，唯有心脏的位置一片空虚。我等了一阵，在约翰和西科姆进来收拾桌子前，跌跌撞撞地从餐厅走进黑乎乎的图书室，坐在空荡荡的炉格栅旁。蜡烛没有点上，木柴变成灰烬。透过半开的门，我听见客厅传来低语声。我抬手按了按眩晕的脑袋，舌头上泛着葡萄酒的酸味。或许如果我在黑暗里静静坐着，就能恢复平衡感，这麻木的空虚感就会消失。全怪我鲁莽喝下的葡萄酒。可她为什么那么介意我说的话？我们可以让他们两个发誓保守秘密啊，他们肯定能理解的。我仍坐在那儿，等待他们离去。此时此刻——时间似乎没有尽头，但肯定还没过去十分钟——客厅里的声音越来越大，他们走进大厅，我听见西科姆打开前门，向他们道晚安，马车驶离，门哐啷哐啷地闩上了。

现在我脑子清醒多了，我坐在那儿听着动静。我听见她的礼服窸窸窣窣的声音，那声音来到图书室半开的门前，停顿了片刻又跑远了，接着传来她踩上楼梯的脚步声。我从椅子上起身，跟了上去。我在走廊转弯处追上她，她停在那儿，正要捻灭蜡烛。我们在闪烁的烛光里看着对方。

"我以为你上床睡觉去了，"她说道，"趁还没惹出更大的麻烦，你最好回去睡觉，立刻就去。"

"他们走了，"我说道，"现在可以原谅我了吗？相信我，肯德尔父女值得信赖。他们不会泄露我们的秘密。"

"老天，但愿如此，因为他们什么都不知道，"她说道，"你搞得我像个偷跑去阁楼跟马夫偷情的女仆。以前我也曾遭受过羞辱，但都没有这次恶劣。"

她仍然摆出那副冷漠的样子。

"你昨天半夜可没觉得羞耻，"我说道，"你当时给了我承诺，也没生气。如果你赶我走，我会立刻就走。"

"我给你承诺？"她问道，"什么承诺？"

"你承诺嫁给我，瑞秋。"我答道。

她手里拿着烛台，举起来让烛光照着我的脸。"菲利普，你竟敢站在这儿，"她说道，"夸口说我昨晚承诺嫁给你？肯德尔父女来之前，我就在餐桌上说你疯了，看来你果然疯了。你明知我没有给过你那样的承诺。"

我紧盯着她。疯的人不是我，是她。我觉得脸如火烧。

"你问我想要什么生日礼物，"我说道，"无论是当时还是现在，这世上我只想要一样东西，那就是你嫁给我。这话难道还有别的意思？"

她没搭话。她仍然望着我，脸上写满了难以置信和疑惑不解，仿佛在听人说着无法翻译、无法理解的外语，我突然极度痛苦而绝望地想明白了我们之间的关系：原来这一切都是一场误会。她不明白我在午夜时所提出的要求，而我冲动之下也没理解她的答复，因此我所以为的爱的承诺，和她自己的理解根本驴唇不对马嘴，那个承诺毫无意义。

如果说她因为误解了我的意思而感觉羞耻，那我比她还要加倍羞耻。

"我现在就直说了吧，"我说道，"你什么时候嫁给我？"

"永远不会，菲利普。"她挥挥手，仿佛要赶我走。"这是我的最终答案。如果你觉得事与愿违，那我很抱歉。我本无意误导你。晚安。"

她转身要走，我拉住她的胳膊，握得紧紧的。

"难道你当时不爱我吗？"我问道，"都是逢场作戏吗？老天啊，为什么你昨晚不跟我说实话，让我走啊？"

她的目光里再次充满困惑，她又听不懂了。我们是彻头彻尾的陌生人，没有丝毫的默契。她来自另一片土地，属于另一个种族。

"你竟敢把那事怪在我身上？"她说道，"我不过是想谢谢你而已，毕竟你送了我那么多珠宝。"

就在那一刻，我想我明白了安布罗斯所知晓的一切。我明白他看透了她的本性，明白了他对她有过怎样的期待却终究没有得到。我明白了那种折磨、痛苦，还有两人之间不断扩张的鸿沟。她那与我们截然不同的黑黝黝的眼眸，茫然地紧盯着我们两个。烛光闪烁，安布罗斯与我一同站在阴影里。我们痛苦地看着她，没有一丝希望，而她用怪罪的眼神回看着我们。朦胧的烛光中，她的脸庞也变得陌生，又小又窄，如同硬币上的人面像。我抓着的手不再温暖，而是冰冷无比，手指拼命想要挣开，几枚戒指来回剐蹭，划伤了我的手掌。我松开她的手，可刚一松开，又想重新握住。

"你为什么盯着我？"她小声说道，"我怎么你了？你脸色都变了。"

我努力思索我还能再给她什么。家产、金钱、珠宝，这些全都给过了。我的灵魂，我的身体，我的真心，她也已经得到了。只剩下我的姓，但她早已随了我们家的姓氏。我什么都没有了，除了恐惧。我从她手里夺过蜡烛，放在楼梯顶部的横档上。我双手掐住她的喉咙，越收越紧，她动弹不得，只能睁大双眼瞪着我。我仿佛手握一只受惊的小鸟，只要稍加用力，它便会扑腾一阵，然后死去；若是松开，它就会飞向自由。

"永远不要离开我，"我说道，"向我发誓，永远，永远不要离开我。"

她试图开口回答，却因为我手上的力道而说不出来。我松开了手，她从我身前躲开，手指摸着喉咙。在两边的珍珠衣领上，我手握的地方留下两道红印。

"现在你愿意嫁给我吗？"我对她说道。

她没作声，只是看着我的脸，手摸着喉咙，沿走廊向后退去。我看见自己的身影落在墙上，像个没有外形或实质的怪物。我看着她消失在拱门下。门"哐当"一声关上，钥匙在锁眼里转动。我走回房间，看到镜子里的身影停下脚步，我盯着他。站在那儿的肯定是安布罗斯吧？额头满是汗水，脸上毫无血色。我动了动，镜子里又变成了我自己：肩膀下垂，四肢又长又笨拙，犹豫不决，粗暴野蛮，正是沉醉于学生恶作剧的菲利普。瑞秋让肯德尔父女原谅我，忘记我做过的事。

我猛地打开窗户，可今晚没有月亮，外面正下着大雨。狂风扫动窗帘，吹得壁炉上的年鉴哗啦作响，哐啷一声掉在地上。我弯腰捡起，一页页撕掉揉成团，扔进火里。我的生日结束了。愚人节过完了。

第二十三章

第二天早上，我坐在餐桌前，茫然地望着外面肆虐的狂风，西科姆用托盘端着一张便条走进餐厅。看到便条，我的心猛地跳了一下。可能是她叫我去她房间。但那不是瑞秋送来的便条，字体较大，边角更圆润，是露易丝的字迹。"肯德尔先生的马夫刚送来，先生，"西科姆说道，"他正在等您答复。"

我读了一遍："亲爱的菲利普，昨晚的事让我十分担忧。我想我理解你的感受，比我父亲更理解。请记住，我是你的朋友，永远都是。我今天要去一趟镇里。如果你想找人聊聊，中午之前我可以在教堂外跟你见面。露易丝。"

我把便条装进口袋，让西科姆去拿纸笔。但凡要跟任何人见面，尤其是今天早上，我的第一反应便是写几句感谢的话，然后拒绝。然而，西科姆拿来纸笔后，我改了主意。一夜无眠和孤独所带来的痛苦让我突然想要寻求陪伴，露易丝比任何人都懂我。于是，我写信告诉她，我会到镇里的教堂外找她。

"交给肯德尔先生的马夫，"我说道，"告诉威灵顿十一点给吉普赛装好马鞍。"

吃完早餐，我走进办公室整理好账单，写完昨天起头的那封信。不知为何，今天写得很顺畅。我的脑子麻木地运转，像是被习惯驱使着回想实情和数字，并一一写下来。写完后，我绕到马厩，迫不及待地想要逃离这栋房子和它所代表的一切。由于昨天所发生的事，我没有走树林里的那条道，而是径直穿过公园，来到大路上。我这匹母马还太小，像幼鹿一样战战兢兢，毫无经验，它感觉到被刺痛，又吓得退回到树篱里面，狂风拼命地撕扯我们。

二三月份就该来的大风终于来了。过去几周让人倍感舒适的暖和天气、平静的海面和阳光全都消失不见。镶着黑边的大片乌云拖着尾巴从西方疾行而至，时不时骤然降下一阵冰雹。西面海湾里，海水腾起巨浪。路两旁的田地里，海鸥呼啸着扎进刚犁过的新鲜土壤，寻找初春萌生的绿色嫩苗。昨天匆匆打发走的纳特·布雷站在门口，身上披着湿麻袋遮风，他抬手向我喊了一声早安，不过他的声音被风卷走，飞得很远很远。

即便身在大路上，我仍能听见海水的呼啸。西面的浅滩水流湍急，盘旋着回到海里，化成一团团泡沫，但在东面的入河口之前，滔天巨浪滚滚而来，猛烈撞击海港入口处的岩石，海浪轰鸣，刺骨的狂风横扫树篱，吹得刚萌芽的树木歪歪扭扭，二者的声音交织在一起。

下山进城时，四周的人并不多，所见的几个人背着风弯腰做事，个个被骤然而至的寒气吹得满脸通红。我把吉普赛留在玫瑰与皇冠酒馆，走上通往教堂的小路。露易丝正在门廊下避风。我推开沉重的大门，和她一起走进教堂。外面狂风大作，里面却幽暗宁静，同时弥漫着压得人喘不过气的寒意和腐朽气息。我们走到我祖先斜躺的大理石塑像旁坐下，他的儿女伏在他脚下哭泣，我思考着有多少个阿什利家族成员散布于乡下各处，有的就在这儿，有的在我自己的教区。他们曾经爱过，遭受过磨难，然后拥有各自的人生。

在安静肃穆的教堂里，我们本能地小声说话。

"自从圣诞节以来，当然还有圣诞节之前，"露易丝说道，"我一直对你不满，但我不敢告诉你，怕你不肯听。"

"以前没必要，"我回答道，"昨晚以前，一切都顺心如意。说出那种话，错在我自己。"

"若非你相信事实如此，"她说道，"你绝不会说出来。欺骗从一开始就有，在她来之前，你最初是有所防备的。"

"原先没有欺骗，"我说道，"直到刚过去的那几个小时。如果说我被人蒙蔽，要怪只能怪我自己。"

一阵急雨从南侧的教堂窗户顺流而下，高柱耸立的长走道变得更暗了。

"她去年九月为什么过来？"露易丝问道，"她为什么千里迢迢跑来找你？她来并非出于哀痛，也不是出于无谓的好奇。她来英国、来康沃尔是另有所图，而这个目的现在已经实现了。"

我转头看着她，她蓝色的双眸纯净而坦率。

"什么意思？"我问道。

"钱到手了，"露易丝说道，"这就是她出发之前定下的目标。"

在哈罗公学读十一年级的时候，我的老师曾告诉我们，真相看不见摸不着，有时碰上了也认不出来，唯有将死的老人或者心地纯洁的年轻人才能发现、掌握和理解。

"你错了，"我说道，"你对她一无所知。她是个性格冲动、感情丰富的女人，情绪难以捉摸，非同寻常，可是她天性如此啊。冲动促使她离开佛罗伦萨，感情将她带来这里。她之所以留下，是因为她愿意，还因为她有那个权利。"

露易丝一脸同情地看着我，伸手放在我的膝盖上。

"如果你强势一些，"她说道，"阿什利夫人就不会留下。她会来找我父亲开个合理的价位，然后离开。你从一开始就误判了她的动机。"

我猛地从长凳上起身站在走道里，心中想道，如果露易丝用双手打了瑞秋一顿，或者朝她吐唾沫，揪她的头发，扯烂她的礼服，那样我还能接受得了。做法虽然原始，充满兽性，但毕竟是公平对决。可是身处静谧的教堂，趁瑞秋不在时说出这种话，实属恶意诽谤，简直亵渎神灵。

"我受不了坐在这儿听你说话，"我说道，"我想要你安慰我，同情我，如果你做不到，那就算了。"

她起身站到我旁边，拉住我的胳膊。

"难道你不明白我在帮你吗？"她恳切地说道，"可你对一切都视而不见，我帮你也没用。如果说提前数月谋划有悖阿什利夫人的天性，那为什么她这整个冬天每周每月都把津贴寄往国外？"

"你怎么知道她寄钱出去了？"我问道。

"我父亲自有门道，"她答道，"这种事情瞒不过库奇先生和作为你监护人的我父亲。"

"那又怎样？"我说道，"她在佛罗伦萨欠了债，这我早就知道。债主催债呢。"

"追债追到别的国家？"她说道，"可能吗？我觉得不可能。阿什利夫人攒钱是等着回去用，她之所以来过冬，只因为她知道你会在二十五岁生日，也就是昨天，合法继承财产和房产，这种可能性是不是更大些？之后，我父亲不再担任你的监护人，她可以随意搜刮你，但突然之间没有那个必要了，因为你把自己拥有的一切全送给了她。"

我不敢相信，我所熟悉、信任的姑娘竟有这般恶毒的思想，用满嘴的逻辑和常识来诋毁和她同为女人的人——这是最大的罪恶。

"这是你父亲给你灌输的法律思维，还是你自己的真心话？"我问道。

"与我父亲无关，"她说道，"你知道他谨言慎行。他对我守口如瓶，我自有判断力。"

"你从你们见面的第一天就对她有敌意，"我说道，"那天是星期天，在教堂里，对不对？你回来吃晚餐，一句话都没说，只坐在餐桌前摆出一副高傲冷漠的样子。那时你就下定决心厌恶她了。"

"你呢？"她说道，"你还记得她来之前你说过什么话吗？你对她的敌意我可忘不了，原因不言自明。"合唱团长椅边上的侧门嘎吱响了一声，门被推开，清洁工——胆怯的小个子女人爱丽丝·塔伯——蹑手蹑脚地拿着扫帚来打扫过道。她偷偷瞥了我们一眼，走到布道台后面，可她的存在破坏了我们两人的独处空间。

"没用的，露易丝，"我说道，"你帮不了我。我喜欢你，你也喜欢我。再说下去只会导致互相憎恨。"

露易丝看了看我，手从我的胳膊上落了下去。

"你就那么爱她吗？"她问道。

我转向一旁。她比我年纪小，还是个姑娘，不会懂的。谁都不会懂的，除了已经去世的安布罗斯。

"你们两个有什么未来？"露易丝问道。

我们的脚步声在过道里听起来很是沉闷。扑打窗户的阵雨消停了，偶尔有一束阳光照亮南边窗框里圣彼得图像头部的光环，很快它就再一次陷入黑暗。

"我向她求婚，"我说道，"求了一次两次，我会继续求下去。这就是我的将来。"

我们走到教堂门口，推开门，两人重新回到门廊上。一只乌鸦无惧风雨，在教堂门口的树上哀鸣，一个肉店工人头顶围裙，肩扛托盘，路过乌鸦时冲它吹了声口哨。

"你第一次向她求婚是什么时候？"露易丝问道。

回想起那时的烛光和欢声笑语，我心头涌起一股暖意。突然间，烛光消失，欢声笑语化为烟云，只剩卜瑞秋和我。仿佛在嘲笑午夜一般，教堂的钟声敲响十二下，预示着中午的到来。

"我生日那天早上。"我对露易丝说道。

她等到头顶聒噪的钟声响完最后一下才开口说话。

"她怎么答复的？"她说道。

"我们互相会错了意，"我回答道，"我以为她说的是愿意，其实是不愿意。"

"当时她看过文件了吗？"

"没有。她之后才看的。同一天早上，稍微晚一点。"

我看见肯德尔家的车夫和两轮马车停在教堂门下。看到主人的女儿，他挥挥马鞭，从马车上跳了下来。露易丝拉紧披风，把风帽戴在头上。"她很快看完，然后立刻乘马车去佩林见我父亲。"露易丝说道。

"她不太理解。"我说道。

"她离开佩林时可就理解了，"露易丝说道，"我记得清清楚楚，马车在那儿等着，我们站在台阶上，我父亲对她说：'再婚这一项比较难应付。如果您要保有财产，就不能再婚。'阿什利夫人笑着对他说：'正合我意。'"

车夫拿着一把大雨伞沿小路走过来，露易丝系好手套。又一阵黑色旋风刮过天际。

"那个条款是为保护庄园而添加的，"我说道，"以防外人瓜分。如果她成为我的妻子，那一条便没用了。"

"你错就错在这儿，"露易丝说道，"如果她嫁给你，所有财产又回到你手中。这一点你没想过。"

"这又如何？"我说道，"我愿意和她分享每一分钱，她肯定不是因为那个条款才拒绝嫁给我的。你含沙射影，说的就是这个吗？"

风帽遮住她的面庞，但那双蓝色眼眸透过风帽望着我。

"为人妻子，"露易丝说道，"就不能把丈夫的钱寄到国外，也不能回她的原籍。我没有含沙射影。"

车夫手触帽檐表示问候，接着把雨伞举过她的头顶。我跟着她一起走到马车前，扶她坐好。

"我帮不了你任何忙，"她说道，"你理当觉得我残酷无情。有时候女人比男人看得更透彻。原谅我伤害了你，我不过想让你重新做回你自己。"她侧身对车夫说道："好了，托马斯，咱们回佩林。"车夫掉转马头，马车沿山坡向大路驶去。

我走到玫瑰与皇冠酒馆，坐在小院子里。露易丝觉得帮不了我任何忙，她说得没错，我来寻求慰藉，却一无所获，只得到了冷酷的、被歪曲了的事实。她说的话在律师看来无懈可击。我知道我的教父看待事物从来不考虑人情的因素，露易丝难免会遗传到他睿智严谨的态度并由此作出推断。

我比她更明白瑞秋和我之间究竟是怎么回事。山谷上方树林里的那块花岗石，过去几个月里我没告诉她的事情，她都不知道。拉伊纳尔迪说过，"你表姐瑞秋是个冲动的女人"。因为冲动，她任由我爱上她，因为冲动，她又放弃了我的爱慕。安布罗斯早知道这些。安布罗斯懂得其中的原委。无论是对他来说，还是对我而言，这辈子不可能再有另外一个女人，不可能再有另外一个妻子了。

我在玫瑰与皇冠酒馆冷飕飕的小院里坐了很长时间。店主拿来冷牛肉和啤酒，但我没有胃口。过了一会儿，我走到码头，站在那儿望着扑打台阶的海浪。渔船撞击着浮标，一个老渔夫背对着海浪，正坐在甲板上从船底往外舀水，一波波海水涌来，一次次又将船底灌满。

乌云压得更低了，它们变成薄雾，笼罩着对岸的树林。如果我想身体不被打湿，吉普赛不用受冻，那就得在天气恶化之前赶回家。这会儿室外没有一个人。我爬上马背，骑着马爬上山坡，没选择路途较远的大路，而是转向四岔口，走上小街道。这儿的风稍小一些，可还没走出一百英尺，吉普赛突然一趔趄，腿就跛了。与其去农舍取出割伤它马蹄的石头，并在那儿闲聊，我还是决定下马牵着它慢慢走回去。狂风吹落的树枝横在路上，昨天长得稳稳当当的大树如今东倒西歪，在雾气腾腾的大雨里瑟瑟发抖。

山谷里腾起白云般的雾气，我打了个冷战，才意识到，先是和露易丝一起坐在教堂里，随后又在玫瑰与皇冠酒馆没生火的小院子里，这一整天我身上有多么冰凉。这一天与昨天恍如隔世。

我牵着吉普赛走在瑞秋和我走过的那条路上。山毛榉树丛中摘报春花留下的脚印依然清晰可见，几簇报春花蔫蔫地躺在苔藓丛中。吉普赛一瘸一拐，我手扶笼头牵着它，雨水顺着衣领流到背部，这条路似乎漫无尽头。

回到家后，我累得没力气向威灵顿问好，默默地随手把缰绳扔给他，任由他在背后盯着我。从昨晚以来，我除了水什么都不想喝，但由于淋得浑身湿冷，我觉得喝点白兰地或许能暖和起来，哪怕一点点也行。我走进餐厅，约翰正在布置晚餐。他去食品室给我端来一杯白兰地，等待期间，我看见桌上摆了三套餐具。

他回来时，我指指餐具问道："怎么摆了三套？"

"帕斯科小姐一点之后就一直在，"他回答道，"今天早上您出去后没多久，夫人就去她家拜访了。帕斯科小姐随她一起回来，今晚要在这儿住下。"

我疑惑地看着他，"帕斯科小姐要在这儿住？"我问道。

"是的，"他回答道，"就是在主日学校教书的玛丽·帕斯科小姐。我们一直忙着给她收拾那间粉红色卧室。她和夫人这会儿正在会客室里。"

他把杯子放在餐具柜上，没给我倒酒便继续布置餐桌。我上了楼，屋里的桌上有一张便条，那是瑞秋的字迹。我翻开便条，上面没有开头语，只有日期。"我邀请帕斯科小姐来家里做伴。昨夜之后，我不敢再与你单独相处。如果你愿意的话，晚餐前后可以来会客室。我要求你必须礼貌待人。瑞秋。"

这不是她的本意。这不可能是真的。我们曾经那么多次笑话帕斯科家的女儿，尤其是喋喋不休的玛丽，嘲笑她刺绣不离手，天天去拜访那些不愿被打扰的穷人，身体肥胖，比她母亲还难看。这是一场恶作剧，没错，瑞秋请她来就是为了在晚餐时段玩一场恶作剧，借此来看看我坐在餐桌另一端闷闷不乐的样子——然而这便条并非玩笑。

我走出房间，来到楼梯平台处，看见粉色卧室的门开着。这下错不了了。火格子里有火烧着，凳子上放着鞋子和晨衣，房间里到处都是陌生人的刷子、书籍等随身物品，另一端连通瑞秋的套房的那扇门往常总是锁着，这会儿也敞开了。看来这就是对我的惩罚啦，要让我颜面扫地，正如她在便条里写的那样，玛丽·帕斯科被邀请来做挡箭牌，以免再和我单独相处。

我的第一反应是心头腾起一股炽热的怒火，禁不住要从走廊跑去会客室，扯住玛丽·帕斯科的肩膀，叫她收拾东西滚蛋，让威灵顿立刻用马车送她回家。瑞秋怎敢用这么个站不住脚的卑劣借口邀请她来我家，以此避免和我单独相处？我岂不是难逃厄运，每顿饭都要看见玛丽·帕斯科吗？去图书室和客厅要遇见她，去花圃要遇见她，去会客室要遇见她，然后凭着周日晚宴养成的习惯听她们说个不停？

我顺着走廊走过去——我没换衣服，身上依然湿漉漉的。我推开会客室的门，瑞秋坐在椅子上，玛丽·帕斯科坐在旁边的脚凳上，两人正翻看有意大利花园图片的大部头。

"你回来了？"瑞秋说道，"今天出去骑马太古怪了。我去教区长住宅拜访的路上，马车差点被吹翻。你看，我有幸请来玛丽，她已经适应了咱们家。我很高兴。"

玛丽·帕斯科发出一阵笑声。

"阿什利先生，"她说道，"你表姐去接我的时候，我好惊喜啊。其他人嫉妒得脸都绿了。我现在还不敢相信自己就在这儿。坐在这会客室里多么温暖舒适啊，比楼下还好呢。你表姐说你喜欢夜里在这儿坐一会儿。你会打克里比奇牌吗？我特别喜欢打克里比奇牌。你不会玩的话，我教你呀。"

"菲利普对靠运气取胜的游戏不太感兴趣，"瑞秋说道，"他喜欢坐下来安静地抽烟。玛丽，你跟我一起玩吧。"

她越过玛丽·帕斯科的脑袋望着我。不，这不是恶作剧。我从她冷漠的眼神看得出来，她这么做是经过深思熟虑的。

"我可以单独跟你说句话吗？"我脱口说道。

"没有必要，"她回答道，"你在玛丽面前想说什么都可以。"

牧师的女儿突然起身。"哎呀，抱歉，"她说道，"我可不能打扰你们。我这就回自己房间。"

"把门敞开着，玛丽，"瑞秋说道，"方便听见我喊你。"她充满敌意的目光死死地钉在我身上。

"嗯，好的，阿什利夫人。"玛丽·帕斯科说道。她瞪大双眼从我身前经过，把所有门都敞开。

"你为什么要这么做？"我质问道。

"你心知肚明，"她回答道，"我在便条里跟你说过了。"

"她要在这儿待多久？"

"我让她待多久就待多久。"

"她待一天你就会受不了。你会把自己逼疯，也会把我逼疯。"

"你想错了，"她说道，"玛丽·帕斯科是个没有恶意的好姑娘。如果我不想聊天，我就不跟她搭话。有她在家里，我起码有些安全感。另外，时机已经到了，自从你在餐桌上胡言乱语之后，各方面不能再像以前那样。你的教父临走也说了同样的话。"

"他说什么了？"

"他说我住在这儿引起了流言蜚语，而你向我求婚更是火上浇油。我不知道你把这事还跟谁说了。玛丽·帕斯科可以防止人们再嚼舌根。我会处理好的。"

我昨晚的行为真的会导致如此巨大的变化，招来如此强烈的敌意吗？

"瑞秋，"我说道，"这不是敞着门一句两句就能说清的事情。我求求你，晚饭过后，等玛丽·帕斯科上床睡觉，咱们单独谈谈。"

"你昨晚威胁了我，"她说道，"有那一次就够了。没有什么可谈的。你想走现在就可以走。要么就留下来跟玛丽·帕斯科打克里比奇牌。"她的目光重新回到园艺书上去。

我从会客室走了出来。现在没有别的事可做，这就是对我昨晚用手掐她脖子的短短一瞬间的惩罚。做出那个动作之后，我立刻感到后悔，但确实不可原谅。这便是后果。愤怒来得快，去得也快，它杂糅着沉重的沮丧，变成了绝望。噢，老天啊，我做了什么？

仅仅几个小时之前，我们还那么开心。生日前夕的狂喜，所有不可思议的瞬间，如今全部烟消云散，被我自己的过错毁灭殆尽。坐在玫瑰与皇冠酒馆冰冷的小院子里时，我还以为或许只要过上几周，她不愿做我妻子的想法就会有所改变；即便不会立刻改变，一段时间后总会变的；即便一段时间后不改变，只要我们能在一起，像我生日当天早上那样恩恩爱爱，又有什么关系呢。决定权在她手中，选择权在她手中，她肯定不会拒绝吧？回到家时，我几乎信心满满。可如今她像个陌生人，像个置身事外的人，与我尽是隔阂。我站在自己的房间里，听见她们的声音向楼梯靠近，接着传来下楼时礼服扫动的响声。时间比我想象的晚了些，她们一定换好了晚餐礼服。我知道自己无法忍受与她们坐在一起。让她们自个儿吃去吧，反正我不饿，我浑身冰冷，手脚僵硬，也许受了风寒，还是待在自己屋里比较好。我拉响铃，让约翰替我道歉，说我要睡觉，不下去吃晚饭了。果然如我担心的那样，这引起了一阵喧闹，西科姆面带忧虑地上来看我。

"菲利普先生，身体不舒服吗？"他说道，"要不要洗个芥末浴，再来杯热格洛格酒？这种天气出门骑马确实难受。"

"不用了，谢谢你，西科姆，"我答道，"我只是有点累。"

"不吃晚饭了，菲利普先生？有鹿肉和苹果馅饼，都准备好上桌啦。两位女士正在客厅里。"

"不了，西科姆。我昨晚睡得不踏实，明天早上就好了。"

"我跟夫人说一声，"他说道，"她会很担心您的。"

待在自己房间里至少能让我有机会与瑞秋单独相处。或许吃过晚饭，她就会上来询问我的情况。

我脱掉衣服钻进被窝。我肯定是得了风寒，被单似乎凉得要命，我把它们揭开扔到一旁，躺在几层毯子中间。我感觉身体僵硬，麻木不堪，脑袋嗡嗡作响，这些都是前所未有的反常症状。我躺在那儿等待她们吃完晚餐。我听见她们从大厅走进餐厅，一路不停地聊天——万幸我无须参与其中——之后经过长时间的停顿，她们又回到了客厅。

大概八点过后，我听见她们上楼的声音。我半坐在床上，用夹克裹住肩膀。或许她会选择这个时刻过来。虽然包了几条粗布毯子，我依然身体冰冷，双腿和脖子上强烈的痛感全面转移到头部，使得我脑袋如同火烧一般。

我等啊等啊，可她没有过来。她们一定在会客室里坐着。我听见大钟敲响九下，之后敲响十下，又敲响十一下。十一点过后，我知道今晚她不会过来看我了。无视我不过是惩罚的一部分而已。

我下床站在走廊里。她们今晚的谈话结束了，因为我听见玛丽·帕斯科在粉红色卧室里走动，时不时地咳嗽一两声清清嗓子——这是她从她母亲那儿学来的又一个毛病。

我顺着走廊来到瑞秋的房间门口。我把手放在门把手上转了转，门没开。门被锁上了。我轻轻地敲了敲门，她没应。我缓缓走回房间，浑身冰凉地躺在床上。

第二天早上，我记得自己穿好了衣服，却不记得约翰进来叫我，也不记得自己吃过早饭，什么都忘得一干二净，唯独脖子发僵，脑袋疼得钻心。我下楼坐在办公室的椅子上，写了几封信，但一个人都不见。中午过后不久，西科姆过来说两位女士正在等待用午餐，我说我不想吃，他凑近看了看我的脸。

"菲利普先生，"他说道，"您病了。怎么回事？"

"不知道。"我说道。他拿起我的手摸了摸。他走出办公室，我听见他脚步匆匆地穿过庭院。

片刻之间，门再次打开。瑞秋站在门口，玛丽·帕斯科和西科姆跟在她身后。她向我走来。

"西科姆说你病了，"她对我说道，"怎么回事？"

我抬头望着她。眼前发生的一切都不真实。我根本不知道我坐在办公室的椅子上，还以为自己身在楼上，正像昨晚那样浑身冰冷地躺在床上。

"你什么时候送她回家？"我说道，"我不会伤害你，我以人格担保。"

她伸手摸摸我的额头，看看我的眼睛，迅速转身对西科姆说道："去找约翰，你们两个扶阿什利先生回床上。叫威灵顿马上让车夫去请医生来……"

我眼前茫然一片，只看见她苍白的脸庞和双眼；越过她的肩头，玛丽·帕斯科惊恐的目光钉在我身上，显得那么荒唐可笑，格格不入。紧接着，一切感觉都消失了，只剩下冰冷和疼痛。

回到床上后，我记得西科姆站在窗前关上百叶窗，拉好窗帘，屋子里陷入我所喜欢的黑暗。或许黑暗能减轻这让人睁不开眼的疼痛。我脑袋搁在枕头上动弹不得，仿佛颈部肌肉紧绷僵化了。我感觉她的手放在我的手心里。我再次说道："我保证不会伤害你。送玛丽·帕斯科回家吧。"

她回答道："别说话，安生躺着。"

屋里议论纷纷。门开了又关上，关上又打开。地板上传来轻柔的脚步声，楼梯平台处透过来几缕灯光。鬼鬼祟祟的细语响个不停，在突然席卷而来的精神错乱之中，我觉得整个房子里都是人，每个房间都有客人，房子装不下他们，他们只好肩并肩站在客厅和图书室里，瑞秋有说有笑地在他们之间穿梭，伸出双手与他们打招呼。我一次又一次地不断重复着一句话："赶他们走。"

　　我看见吉尔伯特医生戴眼镜的圆脸低头盯着我，他也是客人之一。小时候，他来给我治过水痘，自那以后就很少见到他。

　　"你半夜去海里游泳了？"他对我说道，"你干了件蠢事啊。"他冲我摇摇头，仿佛我是个拽他胡须的小孩子。烛光刺激得我闭上眼睛。我听见瑞秋对他说："这种发烧我太熟悉了，绝对错不了。我在佛罗伦萨见过小孩因此而死，它会损害脊椎，接着是大脑。救救他吧，老天啊……"

　　他们走开了，细语声再次响起。随后车道上传来车轮滚动声，那是马车离去的声音。过了一会儿，我听见床帘附近传来呼吸声。我立刻明白了怎么回事。瑞秋走了。她坐马车去了博德明，要乘火车去伦敦啦。她把玛丽·帕斯科留在家里看着我。西科姆、约翰，所有仆人都走了，所有人都走了，只剩下玛丽·帕斯科。

　　"请你走吧，"我说道，"我不要任何人照顾。"

　　有只手伸过来摸摸我的额头，玛丽·帕斯科的手。我把那只手甩到一旁，可它又偷偷摸了上来，冷冰冰的，我大喊着赶她走，可那只手像冰一样地使劲压下来，按在我的额头上，按在我的脖子上，把我像罪犯一样紧紧地夹住。紧接着，我听见瑞秋在我耳旁低声说道："亲爱的，好生躺着，这样对你的头有好处。你会慢慢好起来的。"

我试图翻身，却动弹不得。难道她根本没去伦敦？

我说道："别离开我。答应我，别离开我。"

她说道："我答应你。我会一直陪着你。"

我睁开双眼，却看不到她，屋里一片黑暗。房间的形状不同以往，并非我自己的卧室。这房间又长又窄，像一间禁闭室。床架像铁块一样，硬得硌人。一扇屏风后面的某个地方亮着一根蜡烛，对面墙上的壁龛里跪着一个圣母。我大声喊着"瑞秋……瑞秋……"。

我听见奔跑的脚步声，一扇门打开，她的手落入我的手心，她说道："我在这儿。"我再次闭上眼睛。

我站在阿尔诺河旁的一座桥上，发誓要消灭一个素未谋面的女人。波浪起伏的河水从桥下流过，泛起棕色的泡沫，瑞秋——那个乞讨的女孩——举着空空如也的双手来到我面前。她浑身未着片缕，只有脖子上戴着一串珍珠项链。突然间，她指指河水，安布罗斯从桥下漂过，双手交叠在胸前。他顺着河水漂得不见踪影，他的手缓缓地直直举起，身后死狗的尸体与他一同漂去。

第二十四章

我醒来后，首先注意到的是窗外的树长出了叶子。我看着叶子，心里很是疑惑。上床睡觉那会儿，芽才刚刚萌生。太古怪了。没错，窗帘拉开了，可我清楚地记得生日当天早上，我靠窗眺望草坪的时候拉得严严实实。此时此刻，脑袋不再疼痛，僵硬感也消失了。我一定是睡了好几个小时，甚至一两天。人一旦生病，就分不清时间了。

不过，大胡子老吉尔伯特医生我见了许多次，还有另一个我不认识的人。那会儿屋子里一直黑乎乎的，现在有了光亮。我脸上胡子扎手，肯定需要好好刮一刮。我伸手摸摸下巴。这下可好，我也有大胡子了。我盯着自己的手，感觉不像是我自个儿的。那手又白又瘦，指甲老长，我骑马的时候经常弄坏指甲。我转过头，看见瑞秋坐在床边的椅子上，那是她从会客室搬来的。她不知道我在看她。她正忙着刺绣，身上穿着一件我没见过的长服。如同她所有的长服一样，这件也是黑色，但袖子很短，只到胳膊肘处，材质轻盈，似乎是为了凉爽。屋里这么热吗？窗户敞开着，火炉里也没生火。

我又用手摸了摸下巴上的胡须，触感让人觉得舒服。我突然放声大笑，听见我的笑声，她抬头望着我。

"菲利普。"她说着露出笑意；眨眼间，她跪到我身旁，两臂环抱着我。

"我长胡子了。"我说道。

我傻乎乎地笑个不停，接着咳嗽起来，她立刻端来一杯刺鼻的东西递到我嘴边让我喝下去，然后扶我靠回枕头上。

这个动作拨动了我记忆中的弦。长时间以来，一直有只手拿着杯子让我喝下去，是不是这只手，总闯入梦里，又消失不见？我原以为那是玛丽·帕斯科的手，不断把它推开。我躺着望向瑞秋，向她伸出一只手，她接住紧紧握着。我用大拇指顺着她手背上的淡蓝色血管摩挲，转了一下戒指。我一言不发，摩挲了许久。

最后，我说道："你把她送走了吗？"

"送谁？"她问道。

"哎呀，玛丽·帕斯科啊。"我回答道。

我听见她喘了口气，抬头看到她的笑容消失，眼神变得阴郁。

"她走了五周啦，"她说道，"别管这事了。你渴吗？我用伦敦送来的鲜橙给你做了点冷饮。"我喝了一口，与她给的苦药相比，这味道很好。

"我想我一定是病了。"我对她说道。

"你差点丢了小命。"她答道。

她动了动，仿佛要走开，但我不让她走。

"跟我说说吧。"我说道。我对于瑞普·凡·温克尔[1]那样一觉睡了许多年，醒来发现整个世界大变样的人，向来有着强烈的好奇心。

"如果你想让我重新体验这几周的忧虑，那我就告诉你，"她回答道，"不想就算了。你病得很严重，知道这些就够了。"

"我怎么了？"

"你们英国的医生业务不精，"她回答道，"欧洲大陆人称这种病为脑膜炎，而这里没一个人知道。你今天能活着，不亚于一场奇迹。"

"是什么救了我？"

她笑了笑，把我的手握得更紧了。"我想是你自己跟马一样的意志力，"她对我说道，"还有我命令他们做的一些事。用针刺穿你的脊椎，取出脑脊液，这是其中之一。另外还有给你血管里注入多种草药混成的药汁。他们说那是毒药，但你活过来了。"

我回想起她给冬天生病的几个佃户制作药茶，当时还取笑她，说她是接生婆和药剂师。

"你怎么懂这些东西？"我对她说道。

"跟我母亲学的，"她说道，"我们这些从佛罗伦萨来的人啊，都经验丰富，学问渊博。"

这话勾起了我记忆中的某根弦，我却想不出究竟是什么。思考仍然费力，而能握着她的手躺在床上，我已经心满意足了。

"窗外的树怎么长叶子了？"我问道。

---

1 美国作家华盛顿·欧文创作的短篇小说《瑞普·凡·温克尔》。主人公在喝了仙酒后睡了一觉，醒来后发现时间已经过去了二十年。

"五月的第二周长叶子不足为奇。"她说道。

我难以理解自己怎么会不省人事地一躺数周，也记不起导致我卧病在床的原因。出于我想不明白的缘由，瑞秋当时很生我的气，无缘无故地把玛丽·帕斯科请来家里。可以肯定的是，我们在我生日前的那一天结了婚，但我不记得去过教堂，也不记得举行了婚礼；不过我相信我的教父和露易丝是仅有的见证人，此外还有教堂清洁工小爱丽丝·塔伯。我记得那时很开心，突然又莫名地陷入绝望，接着就病倒了。不管啦，一切都重回正轨了。我没死，而且五月已经到了。

"我感觉自己有力气起床。"我对她说道。

"你想错了，"她答道，"再过一周，你或许能坐在窗边的那张椅子上活动活动双脚。往后可以走到会客室，月末大概能带你下楼到外面坐坐。看情况吧。"

我的康复过程的确如她所说。第一次侧坐在床边把两脚放到地上时，我从来没感觉自己那么笨拙过。西科姆和约翰各守一边，我虚弱得像个刚出生的婴儿。

"老天啊，夫人，他又长了。"西科姆一脸惊讶地说道，我听了笑得只好坐下来休息。

"你可以把我拉到博德明集市办一场怪胎秀了，"我说完看了看镜子，我面色苍白，憔悴不堪，下巴满是棕色胡须，活脱脱一副基督教传教者形象。

"我有点想去乡下四处传道，"我说道，"成千上万的人会跟随我。你觉得怎样？"我转头对瑞秋说道。

"我觉得把胡子刮掉更好。"她严肃地说道。

"约翰，给我拿剃刀来。"我说道。可是脸上的胡子刮干净之后，我觉得丧失了尊严，重新沦落到学生的状态。

康复期里我的心情大为愉快。瑞秋一直陪着我。我们说话不多，因为我发现聊天最容易累，而且会让脑袋隐隐作痛。我最喜欢的莫过于坐在敞开的窗户边，看威灵顿把马牵到窗前的鹅卵石地面上，像马戏团一样操练。等双腿恢复一些后，我走去会客室，一日三餐都端到那儿，瑞秋等着我过来，像保姆照顾小孩一样照顾我。我有一次曾对她说，如果她后半辈子注定要守着一个疾病缠身的丈夫，那只能怪她自己。当我说出这句话时，她眼神古怪地看着我，张口要说话，却顿了一下，把话题转到别处去了。

我记得出于某种原因，我们结婚一事并未告知仆人们，我想是为了等安布罗斯去世整整一年再宣布；或许她担心我在西科姆面前说漏嘴，所以我一直谨言慎行。再过两个月，我们就可以公之于众了，在此之前，我将耐心等待。我心里想，我对她的爱与日俱增，而她比冬天的那几个月里更加温柔和蔼。

第一次下楼去花圃时，看到这里在我生病期间发生了翻天覆地的变化，我不禁大为惊奇。梯道如今已修建完毕，旁边的凹陷花园也挖得很深，已经准备好在底部铺上石头，河岸也已铺好了。目前它张着大口，像一个又深又宽的鸿沟，黑乎乎的，给人不祥的感觉。我从斜坡上往下望去，挖土的工人抬头看看我，咧嘴笑了。

塔木林自豪地陪着我来到种植园——瑞秋去隔壁的屋棚去看望他妻子了——山茶花花期已过，但是杜鹃花和橘子花仍在盛放，金链花树柔软的黄色花朵一簇簇地垂向地面，落英缤纷。

"明年得把这些挪个地方，"塔木林说道，"树枝垂得太低，而且牛吃了种子会死掉。"他伸手拉起一根树枝，花落的地方已经长出带有小种子的豆荚。"圣奥斯特尔另一边有个家伙吃了这种东西就死了。"他说着，把豆荚扔到身后。

我都忘了它们的花期有多短，也忘了它们有多美丽。我突然想起意大利大宅那座小庭院里枝叶垂落的树木，想起门房的那个女人拿扫帚把豆荚扫开。

"佛罗伦萨有一棵这样的好树，"我说道，"在阿什利夫人的大宅里。"

"先生，您说什么？"他说道，"嗯，那种气候大多数植物都能种。那儿一定是个好地方，我理解夫人急于回去的心情。"

"我觉得她没有要回去的想法。"我说道。

"那就好，先生，"他说道，"但我听到的说法不太一样。据说她等您身体恢复之后就要走了。"

人们用只言片语的流言编造故事的能力真是难以置信，看来公布婚讯是阻止流言的唯一办法了。可是我对要不要跟她提及此事而踌躇，似乎我在生病之前曾经提过，惹得她大发脾气。

当天晚上，我们坐在会客室里，我一边喝着大麦茶——这已经成为我睡前的习惯——一边对她说道："街坊四邻又传开了新的闲话。"

"这回说的什么？"她抬头看着我问道。

"唉，说你要回佛罗伦萨呢。"我回答道。

她没有立刻回答，却低头继续刺绣。

"这些事可以从长计议，"她说道，"当务之急是你必须养好身体，养得壮壮的。"

我疑惑地看着她。如此看来，塔木林所说并非完全没有根据，她的确有回佛罗伦萨的念头。

"大宅还没卖出去吗？"我问道。

"还没，"她答道，"况且我根本不打算卖掉或租出去。如今情况变了，我有本钱留住它。"

我默不作声。我不想说难听话，但有两个家让我心里很不舒坦。事实上，我厌恶仍留存于我脑海中的那座大宅的景象，我觉得到现在她也厌恶那儿。

"你是想在那儿过冬吗？"

"可能吧，"她说道，"或者避暑。不过没必要谈这事。"

"我闲散了很久，"我说道，"这儿冬天不能没人管，事实上，我觉得一天都不能离开。"

"也许吧，"她说道，"说实话，在你掌管庄园之前，我是不会走的。你可以春天来看我，我带你在佛罗伦萨转转。"

一场病下来，我脑子转得有点慢，她的话我完全理解不了。

"去看你？"我说道，"你打算让我们那样过日子吗？每回一分别就好几个月？"

她放下手中的活计看着我，目光里带着些忧虑，面色阴郁。

"菲利普，亲爱的，"她说道，"我刚刚说了，我现在不想谈论将来的事。你大病初愈，提前计划未来对你身体不好。我向你保证，在你好转之前，我不会离开你。"

"可是究竟为什么要走呢？"我质问道，"现在你属于这里，这儿就是你的家呀。"

"那儿有我自己的宅子，"她说道，"有许多朋友，还有属于我的人生。那里的人生与这儿不同，这我知道，但毕竟我已经习惯了。我来英国已有八个月之久，现在觉得有必要再次换个环境。你好好想想，尝试理解一下我的感受。"

"看来是我太自私了，"我缓缓说道，"我没往这方面想过。"她想在英国和意大利两地居住，这样一来，我也必须跟着，还要开始找个管家来掌管庄园。两地分居太可笑了。

"我的教父可能认识这样的人。"我把脑子的想法说了出来。

"什么样的人？"她问道。

"唉，就是咱们不在的时候掌管这儿的人。"我回答道。

"我觉得没有必要，"她说道，"即使你来佛罗伦萨，顶多也只待几周。不过，你可能很喜欢那儿，会想要多待一段时间。那儿的春天很宜人。"

"什么春天不春天的，"我说道，"你什么时候去，我就什么时候跟着。"

她脸上再次显出阴郁的表情，目光里满是忧惧。

"现在不说这个，"她说道，"你看，过九点了，比你最近睡觉的时间晚了。我摇铃叫约翰过来，还是你自己能行？"

"摇什么铃啊。"我说道。由于四肢仍然虚弱不堪，我缓缓从椅子上起身，走过去跪在她身旁，两臂环抱住她。

"我一个人待在自己屋里，你就在走廊对面，这种近在咫尺而不得的感觉很难受，"我说道，"就不能早点告诉他们吗？"

"告诉他们什么？"

"说我们已经结婚了。"我回答道。

她静静地坐着，一动不动，仿佛变成了没有生命的僵硬物体。

"噢，天啊……"她低声说道，然后双手扶住我的肩膀，正视我的眼睛。"菲利普，这话什么意思？"

我脑袋里的一根神经开始跳动，仿佛是过去几周的疼痛留下的回声。它越跳越剧烈，越来越剧烈，恐惧感随之而来。

"告诉仆人们，"我说道，"那样我和你睡在一起就符合道德，理所应当，因为我们结过婚了……"可是看到她的眼神，我没再说下去。

"可是我们并没有结婚啊，亲爱的菲利普。"她说道。

我脑子里似乎有什么东西炸开了。

"我们结过婚了，"我说道，"肯定结过婚了。就在我生日那天。你忘了吗？"

什么时候结的婚？在哪个教堂？谁是主婚人？抽动的疼痛再次袭来，房间围着我旋转。

"告诉我，我们真的结过婚，对吗？"我对她说道。

我突然明白一切都是一场美梦，过去几周的幸福快乐不过是我的幻想。现在美梦破灭了。

我用头抵住她，抽泣起来。我从没像这样哭泣过，就连小时候也没有。她紧紧搂着我，伸手抚弄我的头发，始终没有说话。过了一会儿，我的情绪稳定下来，浑身无力地躺倒在椅子上。她给我端来喝的，然后坐在我旁边的脚凳上。夏夜的暮色掩映得屋里影影绰绰。蝙蝠从屋檐下的藏身处飞出来，在窗外的月光下盘旋。

"你让我死了多好。"我说道。

她叹了口气，伸手摸摸我的脸颊。"你说这种话，"她答道，"会让我也伤心死的。你现在不开心，是因为你还生着病。不久之后，等你身体好转，这些都不重要了。你会再度投身庄园的工作——你这一病，很多事都落下了。盛夏将至，你可以再出去游泳，去海湾里划船。"

从她的语气里听得出来，这些话是在说服她自己，而不是我。

"还有呢？"我问道。

"你明知自己在这儿会很开心，"她说道，"你在这里生活了半辈子，以后也会继续下去。虽然你把财产给了我，但我会永远把它们当作是你的来看待。这算是咱们之间的相互信任吧。"

"你是说，"我说道，"月月在意大利和英国之间通信，月复一月，通一整年吗？我跟你说：'亲爱的瑞秋，山茶花开了。'你回复我：'亲爱的菲利普，听到这个消息，我很高兴。我的玫瑰花园里花也开得正好。'这就是咱们的将来吗？"

我想象自己吃过早饭在鹅卵石道路上乱晃，等着仆人送来邮袋，明知里面不会有信，只会有博德明寄来的账单。

"我很可能每年夏天回来，"她说道，"来看看一切是否正常。"

"就像燕子，只回来过夏天，"我回答道，"然后在九月第一周飞走。"

"我已经跟你说让你春天来看我了，"她说道，"意大利有很多你会喜欢的东西。你没出过远门，那一次除外。你对外界的了解太少了。"

她像个老师，安慰着桀骜不驯的孩子。或许在她眼里，我就是这样的孩子。

"我所看到的，"我答道，"让我对其他所有的东西都产生了厌恶。去了能做什么？拿着旅行指南逛教堂或博物馆吗？跟陌生人聊天开拓眼界吗？我宁愿窝在家里看雨。"

我语气刻薄无情，但我控制不住自己。她再次叹了口气，仿佛在找论据来向我证明一切都好好的。

"我再跟你说一遍，"她加重语气说道，"等你身体好了再看将来，就会全然不同，一切跟以前相比都没多大变化。至于钱……"她顿了顿，静静看着我。

"什么钱？"我问道。

"那些财产的钱，"她继续说道，"我会进行合理的分配，给你足够的钱来运营庄园，我把我要用的带出英国。这些正在安排之中。"

她想带走什么都行，这跟我对她的感情有什么关系？可她仍然继续说着。

"你觉得哪些地方需要改造，继续放手做，"她语速很快地说道，"你知道我不会质疑任何事情，连账单都不必寄给我，我相信你的眼光。你的教父会一直伴你左右，帮你拿主意。过不了多久，一切都将回到我来之前的状态。"

屋里这会儿暮光沉沉，阴影里，我连她的脸都看不清了。

"你相信这些话吗？"我问道。

她没有立刻回答。她想为我的生活方式找更多借口，借以巩固刚刚说的那些话。找不到的，她心知肚明。她转头面向我，把手伸过来。"我必须相信，"她说道，"否则我会不得安宁。"

在我认识她的这几个月里，对于我提出的问题，无论严肃与否，她给出过各种各样的回应，有的是哈哈大笑，有的是顾左右而言他，但每一个回应都粉饰以女性特有的委婉，唯独这一个直截了当，发自内心。为了自己心安，她必须相信我幸福快乐。我把幻想之地的大门敞开，放她进来，两个人因此无法拥有同一个梦想，除了在黑暗中自欺欺人。每个人都变成了一个幻影。

"你想回就回吧，"我说道，"但稍微等等，再给我几周时间留个纪念。我不爱出门旅行，你就是我的全世界。"

我渴望避开未来，逃得远远的。可是当我抱着她时，那感觉不一样了，信念化为乌有，最初的神魂颠倒也烟消云散。

第二十五章

　　我们没再提起过她要走这回事。这个话题就像高尔夫球，被我们两个扔到了不起眼的位置。为了她着想，我努力装出轻松愉快、满不在乎的样子；为了我，她也是这般做法。夏天来临，我很快恢复健康，至少表面如此，不过，脑子里的疼痛感时不时会卷土重来，虽不那么强烈，却像针刺一样，没有预警，毫无缘由。

　　我没有告诉她——说了有什么用呢？头疼不会在体力劳动或在室外的时候发作，而是在我思考的时候。就连佃户来庄园办公室找我解决的简单问题都会引发头疼，使得我脑子里　片雾蒙蒙的，难以给出决断。

　　不过，头疼更多是因她而起。六月天气很好，我们晚饭后能一起在客厅窗户外面坐到九点以后，那时我便会想，她坐在那儿喝着大麦茶，望着黄昏逼近草坪边上的树木时，心里在想些什么。她是否暗自沉思，这样的隐居生活还要忍受多久？她是否偷偷在想："现在他身体好转了，下周我就可以安然抽身吧？"

　　于我而言，佛罗伦萨的圣加利特大宅具有了全新的外形和氛围。它不再像我去的时候那样门窗紧闭，阴暗无比，而是灯火通明，所有窗户都敞开了。那些被她称作朋友的陌生人从一间屋子走进另一间，他们欢声笑语，谈话声不绝于耳。那儿乐声动听，喷泉都打开了。作为自己领地的女主人，她满面笑容，无拘无束地招待每一位客人。这就是她所熟悉、喜爱、了解的生活。她与我在一起的这几个月不过是幕间休息罢了。万幸啊，她就要回到自己的家了。我想象得到她刚返家的情景：吉塞佩和他的妻子把铁门敞开，让马车驶进去，她高高兴兴、满怀热切地走遍她所熟悉且久未看到的房间，向仆人提出各种问题，聆听他们的回答，打开尘封多时的信件，生活里无数头绪需要重新捡起、接续，让她心中充满安详和惬意，而这些是我永远无法知晓的，也永远无法参与其中。那么多的日日夜夜啊，她都不再与我共度。

须臾之间，她会感觉到我在看着她，便会说："怎么了，菲利普？"

"没事。"我会这么回答道。

她脸上浮现出一抹阴郁，我心中杂糅着怀疑和痛苦，感觉自己成了她肩上的重担。摆脱了我，她的日子会更好过。我尝试像以往那样，全神贯注地运营庄园，通过日常活动来消耗精力，可这些对我意义不同了。巴顿农场因雨水贫乏而干旱该怎么办？我不太关心。如果家畜在比赛中获奖，拔得郡里的头筹，会不会很有面子？去年倒是会，然而今年呢，不过是虚名罢了。

我从尊我为一家之主的那些人的目光里看出，他们对我的好感正在减弱。"您刚生完病，阿什利先生，身子还弱着呢。"巴顿农场的农民比利·罗说。他的语气因我未能大加赞赏他取得的成就而充满失望。其他人莫不如是，就连西科姆也对我横加指责。

"您似乎没用心记啊，菲利普先生，"他说道，"昨天晚上在管家室里，咱们都谈过了。'东家怎么了？'塔木林问我，'他像万圣节的幽灵一样默不作声，眼神空洞。'我建议您早上喝点玛沙拉白葡萄酒，没有什么比一杯玛沙拉更能补血的了。"

"告诉塔木林，"我对西科姆说道，"让他别瞎操心。我好得很。"

有帕斯科一家和肯德尔父女参与的周日晚宴并没有恢复如常，这实属万幸。我想可怜的玛丽·帕斯科在我生病之后返回家里，肯定会说起我发疯的种种情形。身体好转后第一次去教堂的那天上午，我看见她斜眼望着我，那一大家子全用同情的眼神看我，目光游移，低声打听我的事情。

教父来看望我，露易丝也来了。他们同样摆出非同寻常的姿态，混合着高兴和同情，这是对待生病的孩子的态度，我察觉到事先有人告诫他们不要提及可能惹恼我的任何话题。我们四个像陌生人一样坐在客厅。教父局促不安，我觉得他不想来，却又碍于职责不得不来；露易丝凭着女人特有的本能，明白了这是怎么回事，并且一想起来就畏畏缩缩；瑞秋一如既往地掌控全局，把谈话保持在应有的水平上。郡里的比赛，帕斯科家次女的订婚仪式，温暖的天气，政府即将更迭——这一切都是轻松的话题，可我们的真实想法是什么呢？

"快离开英国吧，以免毁了您自己，连带这孩子。"教父会这么说。

"你更爱她了，我从你的眼神看得出来。"露易丝会这么说。

"我必须竭尽全力防止他们惹得菲利普焦虑。"瑞秋会这么说。

我自己则会说："让我和她单独待着，你们走吧……"

然而这些话都没有说出口，我们严守礼节，以谎言相待。拜访结束时，每个人都松了一口气，我看着他们坐马车驶向公园门口，心中无疑在庆幸终于能离开，而我多想照儿时魔法般的童话故事里那样，在庄园四周竖起一道篱笆，把所有来拜访的人和灾祸拒于门外。

她虽然没说什么，我却察觉到她在为离去做准备。有天晚上，我看见她在整理书籍，像是在挑选哪些书带走，哪些书不带。有时我看见她坐在五斗柜前归整文件，废纸篓里扔满撕烂的纸条和丢弃的信件，其余的则用带子捆起来。每当我走进会客室，她便会停下手中的活计，走到椅子旁拿起刺绣，或者坐在窗边。但我没有上当，若非很快就要离开会客室，何必突然把这儿收拾得秩序井然？

我觉得会客室比以前少了很多东西。各种小物件没了踪影：某个角落里放了一整个春天和冬天的工具箱；搭在椅背上的一条披肩；画着这栋房子的一幅蜡笔素描，那是某个人冬天来访时送给她的，原先放在壁炉上。这让我想起小时候第一次离家去上学的情景。西科姆在育婴室里腾出一片空地，把要带走的书捆起来，其余不太中意的放进另一个盒子送给庄园里的小孩。还有我穿不上的外套，破破烂烂的，我记得他非要我送给穷人家的小孩子，我对此非常生气，仿佛他把我幸福的过去给抢走了。如今瑞秋的会客室弥漫着同样的气息。到了天气更暖和的地方，那条披肩派不上用场，所以被她送出去了吗？工具箱是不是被大卸八块，这会儿在某个行李箱中安然躺着？到目前为止，还没有见到行李箱。行李箱是最后通牒——阁楼传来沉重的脚步声，仆人们抬着箱子下楼，空气中混杂着尘土飞扬的蜘蛛网的味道和樟脑丸的香味。这时我就会知道，最坏的事情发生了，我像狗一样神奇地感知到变化的发生，然后静待末日来临。此外，她还开始上午乘马车出门，这是以前从未有过的。她告诉我，她要去购物，要去银行办事。这些确实是有可能的。我原以为一趟就能全部办妥，可每周出去三天，隔一天就出去一次，而且这周她已经进城两次了，第一次是在上午，第二次是在下午。"你怎么突然有那么多东西要买，"我对她说道，"还有那么多公事……"

"我原本早就可以办的，"她答道，"可你生病的那几周，我什么都做不成。"

"你在镇里遇见熟人了吗？"

"唉，没，没有。哦，仔细想想，还真有。我见到了贝琳达和跟她订婚的助理牧师，他们向你问好。"

"可你去了一下午，"我追问道，"是不是把布店的东西都买光了？"

"没有，"她说道，"你好奇心太重了，问这问那的。我就不能随便用马车吗？还是你怕马累着？"

"你可以坐马车去博德明或特鲁罗，"我说道，"那儿东西更好，可看的也多。"

然而当我问起此事，她根本没放在心上。她办的一定是极为私密的事情，所以口风才这么严。

下一次她用马车的时候，马夫没跟去，威灵顿独自载着她出门，似乎是因为吉米[1]耳朵疼。我从办公室里出来，看见他坐在马厩里给耳朵上药。

"找夫人弄些药油，"我对他说道，"据说抹了就好。"

"是，先生，"他郁郁地说道，"她说回来帮我找找。我可能昨天着凉了，码头上风大。"

"你们去码头做什么？"我问道。

"我们等了夫人好长时间，"他答道，"威灵顿先生觉得最好去玫瑰与皇冠酒馆喂喂马，让我下车看着海港里的船。"

"夫人买东西买了一下午吗？"我问道。

"没有，先生，"他答道，"她根本没去购物。她像往常一样待在玫瑰与皇冠酒馆的单间里。"

我难以置信地望着他。瑞秋在玫瑰与皇冠酒馆的单间里？她跟店主和店主的妻子坐着喝茶吗？一时间，我想追问下去，但又改了主意。或许他说漏了嘴，威灵顿会怪他大嘴巴乱说话。看来这些天所有事情都瞒着我，全家人合起伙来算计我。"唉，吉姆，"我说道，"希望你耳朵早日好起来。"我留他待在马厩。但我心里升起一个谜团，瑞秋变得如此需要陪伴，竟然去镇里的酒馆找人说话？她知道我不喜欢访客，所以单间包了一上午或一下午，让人们去那儿拜访她？她回来后，我对此只字未提，只是问她下午过得是否开心，而她回答过得很开心。

次日，她没吩咐备马车出门。午餐时分，她说要写几封信，便上楼去了会客室。我说要走去库姆农场看看那儿的农民，这是实

话，而且我的确去了，只不过走得更远，独自进了镇里。那天是周六，天气很好，街上来了许多隔壁集镇的人，他们不认得我，我得以在他们中间畅行无阻。熟人一个都没见到，用西科姆的说法，"上流人士"下午从不进城，周六更是如此。

我靠在码头附近的防波堤上，看见几个小孩在船上钓鱼，结果钓鱼线缠到了一起。过了一会儿，他们划向台阶，从船上爬下来。我认得其中一人，那是一个在玫瑰与皇冠酒馆吧台做事的伙计。他用一根线吊着几条大个的巴斯鱼。

"收获不小啊，"我说道，"晚餐吃的吗？"

"我不吃，先生，"他咧嘴笑笑，"这些在酒馆可受欢迎了。"

"巴斯鱼配苹果酒吗？"我问道。

"不是，这鱼是给单间的客人的。昨天他吃了一条河鲑鱼。"

单间里的客人。我从兜里掏出几枚银币。

"唉，"我说道，"但愿他给了你不少小费啊。拿着，算你好运。那位客人是谁？"

他又咧嘴笑了。"名字不知道，先生，"他答道，"大伙儿说他是意大利人。从外国来的。"

他沿着码头跑开，鱼吊在他肩头的线上晃来晃去。我看看手表，过三点了。那位外国来的先生肯定会在五点吃饭。我步行穿过小镇，沿窄巷走向安布罗斯存放帆船和划船装备的棚屋。我把小船拉进水里，爬上去划到港口，在离码头不远处停下来。

有几个人正把停泊在海峡里的船只，拉向城镇的台阶。他们没有注意到我，或者注意到了也没当回事，以为我是个渔民。我把锚扔进水里，扶着船桨观察玫瑰与皇冠酒馆的入口。入口在小路上，他不会从那儿进。就算他来，那也是走前门。一小时过去了，教堂的大钟敲响四下。我仍在等待。到了四点四十五分，我看见店主的妻子从单间入口出来四处打量一番，似乎在找人。她的客人用晚餐迟到了，鱼已经做好。我听见她冲一个人喊了一声，那人站在拴在台阶上的船边，但没听清她说什么。那人朝她喊了一句，转头指指海港。她点点头，进了酒馆。到了五点十分，我看见一艘船驶向台阶。一个身材魁梧的汉子弯腰把船往岸边拉，那艘船新刷了漆，一看就是外地人雇来在海港里转悠的。

船尾坐着个戴宽边帽的男人。船来到台阶处，那人爬下来，两人稍微争执一番，他付了钱，转身面向酒馆。去往玫瑰与皇冠酒馆之前，他在台阶上站了一会儿，摘掉帽子环顾四周，一副在给看到的事物定价的模样，这模样我绝对不会弄错。我离他如此之近，近得能把一块饼干扔到他身上。紧接着，他走进酒馆。那人正是拉伊纳尔迪。

我拉起锚，划船回到棚屋，把船绑好，然后步行穿过小镇，顺着索道爬上悬崖。回家的四英里路程我大概用了四十分钟。瑞秋在图书室里等着我。由于我没来吃饭，晚饭已经收起来了。她一脸不安地朝我走来。

"你终于回来了，"她说道，"我很担心你。你去哪儿了？"

"去海港里划船了，"我答道，"天气好，适合锻炼。待在海里比待在玫瑰与皇冠酒馆里面好太多了。"

她震惊的眼神正是我想要得到的最后证据。

"行啦，我识破了你的秘密，"我继续说道，"别想着编谎话了。"

西科姆进来问我们要不要把晚饭摆上桌。

"摆吧，马上就摆，"我说道，"我不换衣服了。"

我盯着她，没再说什么，接着我们一起去吃晚饭。西科姆察觉形势不对，很是担忧。他像个医生那样在我身边转来转去，催促我尝尝他端来的几道菜。

"您体力透支了，先生，"他说道，"这样不行的。您会再次生病的。"

他望向瑞秋，要她给予肯定和支持。她一句话没说。几乎没人动的晚餐刚一结束，瑞秋便起身径直上了楼。我紧随其后。来到会客室门前，她本想把我关在门外，但我抢先一步进了房间，用后背抵住了门。她再次露出忧惧的眼神。她从我身边走开，站在壁炉旁。

"拉伊纳尔迪在玫瑰与皇冠酒馆住了多久啦？"我问道。

"这是我自己的事。"她答道。

"也是我的事。回答我。"我说道。

看得出来，她自觉没办法阻止我问下去，也没办法用假话糊弄过去。"行啊，两周了。"她答道。

"他来做什么？"我问道。

"我叫他来的，因为他是我朋友，因为我需要征求他的建议，我知道你不待见他，所以没叫他来家里。"

"你为什么需要征求他的建议？"

"这也是我自己的事，跟你无关。别跟个小孩子一样，菲利普，体谅体谅我。"

看她痛苦的样子，我很高兴。这说明错在她身上。

"你让我体谅体谅，"我说道，"难道欺骗也要体谅？这两周你每天都对我撒谎，休想否认。"

"即便我欺骗了你，也并非出于自愿，"她说道，"我这么做只是为你着想。你憎恶拉伊纳尔迪。如果你知道我一直在见他，这场争端就会提前发生，你会再次病倒。噢，天啊——这种事情一定要我再经历一遍吗？先是安布罗斯，现在又轮到了你？"

她脸色苍白，面容扭曲，但究竟是因为害怕，还是因为愤怒，我很难看出来。我背靠房门看着她。

"没错，"我说道，"我憎恨拉伊纳尔迪，安布罗斯也恨他。恨他是有依据的。"

"到底什么依据？"

"他爱上了你，爱你爱了很多年。"

"胡说八道……"她双手抱在胸前，从壁炉走到窗前，在小房间里来回踱步。"每一次磨难，都是他陪我一起度过。他从来不会误解我，从来不试图改变我。他知道我的不足，知道我的缺点，但从来不因此谴责我，而是坦然接受我。在我们认识的这么多年里——你对这些年一无所知，如果没有他的帮助，我早就迷失了。拉伊纳尔迪是我的朋友，我唯一的朋友。"

她顿住了，然后看着我。这无疑是真话，或者她思想太过扭曲，把假话当成了真话。无论真假，我对拉伊纳尔迪的看法保持不变。该得到的报酬，他已经得到了，那就是她刚刚说的我一无所知的那几年的陪伴。剩下的日子终将到来，或许是下个月，或许是明年，但终究会来。他有的是耐心，可我没有，安布罗斯也没有。

"赶他走，让他回自己的地方去。"我说道。

"该走的时候他自然会走，"她答道，"但如果我需要他，

328

他就会留下。你再敢威胁我，我就把他请到家里来，做我的保护人。"

"你不敢。"我说道。

"不敢？怎么不敢？这是我家。"

一场较量开始了。她用言语发起进攻，我不敢硬接。她那女人家的头脑思维和我的不一样，所有她的争论都是公平的，而所有我的进攻都被判犯规。唯有武力能征服女人。我朝她迈出一步，可她站在壁炉旁，手里握着信号铃的拉绳。

"站住，"她大喊道，"否则我就喊西科姆过来。你是不是想让我告诉他，说你要打我，让你在他面前丢脸？"

"我没有要打你。"我说道。我转身把门敞开。"行了，"我说道，"想叫西科姆就叫吧，告诉他咱们俩是怎么回事。既然要打架丢脸，那就得搞得天下皆知。"

她站在拉绳旁边，我站在敞开的门边。她松开拉绳，我一动不动。紧接着，她眼里冒出泪水，看着我说道："女人受不了两次苦。我以前已经受过一次了。"她把手伸到喉咙处，又说道："甚至还被掐过脖子，现在你明白了吗？"

我越过她的头顶，看向壁炉上方的肖像，安布罗斯年轻的面庞盯着我，那也是我的面庞。她把我们两个都打败了。

"嗯，"我说道，"我明白。如果你想见拉伊纳尔迪，叫他来这儿。我宁愿那样，也不愿你偷偷摸摸地去玫瑰与皇冠酒馆见他。"

我离开会客室，回到了自己房间。

第二天，拉伊纳尔迪过来吃晚餐。早餐时分，她派人送来一张便条，要我准许请他过来。昨晚的争吵无疑被抛之脑后，或暂且放到一旁，以重新摆正我的地位。我回了一张便条，说我会吩咐威灵顿驾车接他过来。他是四点半抵达的。

他来的时候，我正一个人待在图书室里，西科姆没领他去客厅，而是误把他带过来找我。我从椅子上起身，向他道一声下午好。他似乎非常放松，伸出胳膊与我握手。

"希望你身体恢复如常了，"他以此向我打招呼，"事实上，你看起来比我预期的好很多。我收到的关于你的报告全是坏消息，瑞秋很担心你。"

"的确，我身体很好。"我对他说道。

"年轻真好啊，"他说道，"呼吸畅快，消化顺畅，几周时间便没了生病的迹象。难怪你已经可以整天骑马四处转悠喽。你表姐和我这样上了年纪的人啊，就只能小心翼翼，以免伤筋动骨。我个人觉得，人到中年，午后小憩不可或缺。"

我请他坐下，他坐下来笑着四处看了一圈。"这间屋子还没改造？"他说道，"或许瑞秋打算保持原样，留住这种氛围。也好，钱可以用到别处。她跟我说，自从我上次来访，花圃已经修建得七七八八。和瑞秋相识已久，她的话我自然相信，但批准费用之前，我得先亲自看一眼。我自认是她的委托人，要保证收支平衡。"

他从雪茄盒里拿出一根细雪茄点燃，整个过程中笑意不断。

"你转让庄园之后，"他说道，"我在伦敦给你写了封信，正准备寄出去，却收到了你生病的消息。信里的内容跟你当面说也无妨。无非是代表瑞秋感谢你，向你保证我会竭力避免转让时给你造成重大损失。我会好好监督各项花费的。"他喷出一口烟雾，抬头望向天花板。"那个枝状大吊灯品位不怎样，"他说道，"意大利的可比这好多了。我得记着提醒瑞秋留意这类东西。好画啊，好家具啊，好饰品啊，都是稳赚不赔的投资。将来把家产还给你的时候，你会发现它的价值翻了一番。不过那是很久以后的事情喽。到那时候，你肯定有了自己的孩子，瑞秋和我这把老骨头得坐轮椅啦。"他哈哈一笑，又对我笑了笑，"美丽的露易丝小姐近况如何？"他问道。

我说她应该一切都好。我看着他抽雪茄，心想，作为一个男人，他的手过于光滑了。它们如同女人的双手，与他的整体形象并不相称，小指上戴的大戒指也显得格格不入。

"你什么时候回佛罗伦萨？"我问道。

他把落在外套上的烟灰掸到火格子上。

"这要看瑞秋的安排，"他说道，"我先回伦敦处理那边的私事，之后要么先于她回国，安置好大宅和仆人接待她，要么等她一起。你知道她准备走？"

"对。"我说道。

"你没要求她留下来，我就放心了，"他说道，"我很理解你的心情，生病之后，你对她很是依赖，她都跟我说了。她谨小慎微，总怕哪件事伤了你的感情。但是正如我对她所说，你这位表弟已经是成年人，不再是小孩子啦。如果他不能自立，那就必须磨炼磨炼。我说得没错吧？"

"没错。"

"女人啊，尤其是瑞秋，总爱感情用事。咱们男人嘛，更多的是凭理智做事，虽然并不总是这样。你通情达理，这我很欣慰。或许等你春天来佛罗伦萨看望我们的时候，我可以带你看看那儿的宝贝。你一定会大开眼界。"他再次朝天花板喷出一口烟雾。

"你说'我们'的时候，"我直言不讳地说道，"是自认为是佛罗伦萨这座城市的所有者，居高临下地跟我说话，还是就把它当个法律用语？"

"抱歉，"他说道，"我习惯了代表瑞秋做事，甚至各方面都替她考虑，没办法跟她彻底区分开，所以才用了这样的人称代词。"他从对面望着我继续说道："不久之后，相信我会以更亲密的关系来使用这个字眼，不过——"他夹着雪茄大手一挥，"这要看天意啦。啊，她来了。"

瑞秋进门时，他站起来，我也从椅子上起身。她把手伸过去，他握住吻了一下，她用意大利语表示欢迎。或许是吃晚餐时看到他们的模样——他的目光从不离她，她的笑容，她与他说话时的仪态变化——我说不清楚，却觉得直犯恶心，吃进嘴里的食物味同泥土，就连她给我们三个人沏的餐后大麦茶也有种非同寻常的苦味。我抛下他们坐在花园里，又上楼回了房间。刚一离开，我便听见他们立刻说起意大利语。我坐在窗前的椅子上，康复时期的最初几天和最初几周，我就坐在这儿，她陪在我身旁；如今仿佛整个世界都变得罪恶，散发出一股酸腐味。我鼓不起勇气下楼跟他说晚安。马车来了又去，我仍坐在自己的椅子上。过了一会儿，瑞秋上楼过来敲了敲门，我没吭声。她推开门，进屋走到我身边，一只手搭在我的肩膀上。

"你又怎么了？"她问道。她语气里带着些哀怨，仿佛她的耐心已经到了极限。"他够彬彬有礼，够友善的了，"她对我说道，"今晚又犯了什么错？"

"没有。"我答道。

"他跟我夸你夸个不停，"她说道，"你若听听他说的话，就会明白他有多敬重你。他今晚说了不该说的话，你就不能当作耳旁风吗？若是你没那么难以相处，少点嫉妒……"

黄昏将至，她替我拉下窗帘，然而就连她触碰窗帘的动作都显露出不耐烦。

"你就打算躺坐在椅子上，坐到半夜吗？"她问道，"真要这样，那就裹条围巾，以免着凉。我累坏了，要睡觉去了。"

她碰碰我的头，走开了。连爱抚都没有，仿佛小孩子犯了错，大人觉得批评无聊至极，拍一拍就翻篇了。"乖啊……乖啊……老天，受不了你。"

当晚我再次发起高烧，虽没之前那么严重，却大差不差。究竟是不是因为二十四小时之前坐船在海港里受了风寒，我不知道，但是到了早上，我头晕眼花，连站都站不稳，觉得恶心，浑身颤抖，只好又回到床上。医生被人请了过来，我头痛欲裂，不禁想到这可怕的病会不会反复发作。医生说我的肝出了问题，留下了一些药。可是瑞秋下午过来坐下陪我时，我觉得她的表情一如昨晚，带着厌烦的神色。我想象得到她内心的想法："又来？我是不是一辈子都要坐在这儿守着他啊？"喂我吃药时，她的态度更是粗鲁。后来我渴了想喝水，我没敢叫她拿杯子，害怕惹恼她。

她手里拿了一本书，但她没看进一个字，而且，她坐在旁边椅子上的存在本身，就像是一种无声的责备。

"你有别的事要做的话，"我最后说道，"就别坐这儿陪我了。"

"我能有什么事可做？"她答道。

"你可以去见拉伊纳尔迪。"

"他走了。"她说道。

听到这个消息，我心里轻松一些，身体几乎立刻好转。

"他回伦敦了？"我追问道。

"不是，"她回答道，"他昨天从普利茅斯乘船走了。"

宽慰感如此强烈，我不得不扭过头去，以免露出破绽，导致她更加恼怒。

"他在英国不是还有事要办？"

"没错，但我们认为通过信件照样能办，家里有更重要的事情亟待他去处理。他听说有艘船午夜时分出海，所以就走了。现在你满意了吧？"

拉伊纳尔迪离开了这个国家，我对此相当满意，然而对于"我们"这个称呼，以及她提到"家里"，我并不满意。我知道他为什么离开——他要回去通知大宅的仆人迎接他们的夫人。这便是紧要之事。我的时间不多了。

"你什么时候回去？"

"这取决于你。"她答道。

我心想，只要我乐意，我可以继续不舒服下去。喊疼啊，找各种借口假装生病，再拖延几周。之后呢？行李箱收拾完毕，会客室空无一物，蓝色卧室的床像她来之前的许多年里那样盖上防尘罩，剩下的唯有寂寥。

"若你别那么刻薄，别那么残暴，"她叹了口气，"这最后的日子倒还能过得开心点。"

我刻薄吗？我残暴吗？我不觉得。在我看来，铁石心肠的人是她。已经无法挽回了。我伸手去抓她的手，她也伸了过来。然而，当我吻上她的手时，心里想的却是拉伊纳尔迪……

当晚，我梦见自己爬到那块花岗石前面，重新读了埋在下面的信。这梦如此真实，醒来后也仍然历历在目，整个上午都记得清清楚楚。起床后，我像往常一样能够在中午下楼了。虽然尽力尝试，我却不能甩脱内心想要重读那封信的冲动。我想不起里面针对拉伊纳尔迪说了些什么，我必须确切地知道安布罗斯对拉伊纳尔迪的看法。到了下午，瑞秋回房休息，她一走开，我立刻溜进树林走上大街，沿守门人农舍上方的小路往上走，心里却对即将要做的事情充满厌恶。来到花岗石前，我在旁边跪下，用手向下挖，突然触到了口袋书湿透的皮面。一只蛞蝓把这儿当作了过冬的家。封面的爬行痕迹黏糊糊的，我使劲甩掉，打开口袋书，拿出皱巴巴的信。信纸湿软，字迹比以前更淡，但仍能认得出来。我把信看了一遍。前半部分读得比较快，然而奇怪的是，他病因与我不同，症状却极其相似。至于拉伊纳尔迪……

"几个月来，我发现她跟之前的信里提到的那个拉伊纳尔迪先生越来越亲密，此人是她的朋友，我猜测也是圣加利特家族的律师。我相信此人对她产生了不良影响。我怀疑他多年来一直爱着她，即便当圣加利特在世的时候，不久之前我断然不相信她对此人有同样的情愫，可如今她

335

对我的态度大有变化，我无法断定了。每当提及他的名字，她的眼神便显露出阴郁，语气也有所变化，这勾起我最可怕的怀疑。

"她由一对不负责任的父母养大，我们对她第一次婚姻之前，乃至第一次婚姻期间的生活闭口不提，我常常感到她的行为方式与咱们国内的不同。缔结婚姻并不那么神圣。我怀疑，事实上我有证据来证明，他给了她钱。钱啊，上帝原谅我说出这句话，是目前唯一能打动她的心灵的东西。"

正是这句话让我难易忘怀，时刻萦绕我的心头。信纸折叠的地方，字看不清楚，直至我再次看到"拉伊纳尔迪"这个名字。

"我走到庭院里，会看到拉伊纳尔迪。两人看见我便不再说话。我禁不住去想他们在谈论什么。有一次，她去了大宅，只剩下拉伊纳尔迪和我，他唐突地问起我的遗嘱。我们结婚时，他偶然看见过我的遗嘱。他说按当前的遗嘱内容，等我死了，我妻子将得不到任何东西。这我是知道的，但如果我能确定她花钱大手大脚只是暂时的，并非根深蒂固的，我一定会亲自拟定一份遗嘱，更正这个错误，找人见证，再签上我的大名。

"这份新遗嘱会把房子和庄园交给她在有生之年继承，她死后留给你，前提是庄园的管理经营权完全掌握在你的手中。

"这份遗嘱我还没有签字，原因我已经告诉你了。

"注意，询问遗嘱的是拉伊纳尔迪，是他引起我对当前那份遗嘱里的遗漏事项的关注。她本人并没有向我提起。可他们两人独处时会说到遗嘱吗？当我不在场时，他们都说些什么？

"打听遗嘱一事发生在三月。说实话，我当时身体抱恙，头疼欲裂，拉伊纳尔迪心怀鬼胎地提及此事，可能以为我要死了。或许就是这样，或许他们两人并没有谈论过，我没办法查证。我发现她常常看着我，目光里满是戒备和疏离。我抱她时，她似乎很害怕。她在怕什么？她在怕谁呢？

"两天前，三月份致使我卧床不起的高烧再次发作，因此我才写下这封信。病情突然，我疼痛难忍，直犯恶心，症状很快转为大脑极度兴奋，导致我差点做出暴力行为；我精神恍惚，身体乏力，几乎不能站立。这些症状过去之后，难以忍受的睡眠欲望占据了我，我控制不了四肢，随时会跌倒在地上或床上。我记得我父亲没有这些症状。头疼归头疼，脾气难以控制，这两样是有的，其他的症状并没有。

"菲利普，我的孩子，你是我在这世上唯一能信任的人，告诉我这意味着什么，如果可以的话，来看看我吧。别跟尼克·肯德尔说。别跟任何人说起。谨记，别写回信，速来。

"有件事困扰着我，让我不得安宁。他们是否想毒害我？

安布罗斯"

这一次我没把信夹到口袋书里面，而是一点点地撕成小碎片，用脚后跟把碎片踩进泥土里。每一个碎片被我撒到不同的地方，再踩进去。至于因为埋在土里而变软的口袋书，我一把撕成两半，分别扔了出去，任由它们落在蕨林丛中。做完这些，我向家里走去。我走进大厅，西科姆正把童仆从镇里取来的邮袋往屋里拿，这就好像那封信的续篇一样。他在一旁等着，我打开邮袋，不出我所料，里面有封寄给瑞秋的信，上面盖着普利茅斯的邮戳。只需扫一眼那精巧的细条文字，我便知道是拉伊纳尔迪写的。我心想，如果西科姆没在这儿，我会把它扣下来。然而事与愿违，除了交给他拿去瑞秋那儿，我别无他法。

同样讽刺的是，当我不久之后上楼去找她时，我对出去散步和去过哪儿只字未提，她之前对待我的刻薄态度却全然不见了。以往的温柔重新回来了，她对我伸出双臂，笑着问我感觉如何，有没有休息。她丝毫没有提起自己收到的那封信。吃晚餐的时候，我怀疑是不是那封信里的内容让她这么开心。我坐着一边吃晚餐，一边勾勒那封信的框架，想象他跟她说了什么，如何称呼她——总而言之，那是不是一封情书。信肯定是用意大利语写的，但必定有我能看懂的单词，她教过我几句。无论怎样，从开头的几个字我就能看出他们的关系。

"你好安静。身体还好吧？"她说道。

"嗯，"我答道，"身体很好。"我脸一红，唯恐她看透我的心思，猜出我要做什么。

晚餐后，我们一起去了她的会客室。她像往常一样沏了大麦茶，把茶杯放在我身旁的桌子上。五斗柜上放着拉伊纳尔迪的信，她的手绢遮住了一半。我的目光被吸引了过去，心中充满好奇。一个意大利人写信给他爱的人，也会在信中一本正经吗？抑或从普利茅斯启航，面对相隔数周的分离，饱餐一顿，白兰地下肚，抽完雪茄，笑得彬彬有礼，他会不会变得轻率，纵容自己把爱意写满纸页？

"菲利普，"瑞秋说道，"你眼睛总盯着屋里的角落，跟见了鬼一样。你怎么了？"

"没事。"我说道。这是我头一次撒谎。我跪在她身旁，假装急切渴望她的爱，好让她不再追问，并且忘记桌上的信，将它留在原地。

当晚午夜过后许久，我确信她已经睡着——我点着蜡烛站在她屋里，俯身看见她睡了——便走回会客室。手绢仍在，信却没了踪影。我看看火格子，里面没有灰烬。我打开五斗柜抽屉，她的文件全都整理得井然有序，但仍然不见那封信。它不在信件格里，也不在旁边的小抽屉里。现在只剩下一个抽屉，而它却锁着。我拿出刀子插进缝隙，看见里面有件白色的东西。我回到卧室，从床头桌上拿来钥匙串，用最小的那把试了试。严丝合缝，抽屉开了。我伸手拿出一个信封，可是刚拿出来，强烈的兴奋感变成了失望，因为我手里拿的并非拉伊纳尔迪的信。那不过是一个装着豆荚和种子的信封。种子从豆荚里掉进我手心，哗啦啦地撒在地上。种子个头儿很小，呈绿色。我盯着那些种子，想起以前曾见过这样的豆荚和种子，它们跟塔木林在种植园扔掉的那些一模一样，圣加利特大宅院子里落满一地而被仆人扫走的那些也是这样的。

这是金链花种子，牛吃了会中毒，人吃了也会。

第二十六章

我把信封放回抽屉，转动钥匙锁好，将钥匙串搁在梳妆台上。她躺在床上酣睡，我没看她一眼，径直回了自己的房间。

我想我那时的情绪比这几周以来更为平静了些。我走去洗手台，大壶和脸盆之间放着医生给我开的两瓶药。我把里面的东西全部倒向窗外，然后手拿点亮的蜡烛下楼走进食品室。仆人早已回了他们的住宿区。洗涤盆旁边放着托盘，上面是我们用来喝大麦茶的两个杯子。我知道约翰晚上有时会偷懒，把杯子留到第二天早上清洗，今天确实如此。两个杯子里果然有大麦茶的残渣。我借着烛光仔细端详，两个杯子看起来一模一样。我把小指先伸进她那个杯子里的残渣，尝了尝味道，又伸进我杯子里的残渣尝了尝。有区别吗？难说。我杯子里的残渣稍微浓一些，但无法确定。我走出食品室，上楼回到房间。

我脱下衣服躺在床上，四周黑乎乎的，我心里既没有愤怒，也没有恐惧，只有怜悯。在我看来，她是被恶念玷污，无须对自己的行为负责。在那个掌控她的男人的强迫和驱使下，她由于形势和出生环境的影响而缺失道德感，凭着本能和冲动做出了这样的事情。我想把她从自身的困境中拯救出来，却不知如何下手。安布罗斯似乎就在我身旁，我借他的身体获得新生，或者他借我的身体获得新生。他那封被我撕成碎片的信中所写下的文字，如今已变成现实。

我相信她以自己古怪的方式爱过我们两个，但我们已经没有了活着的必要。盲目的情感之外的某种东西指引她做出那些事情。或许她有两种人格，这两种人格轮流显现。我不知道。露易丝会说她一直是第二种人格，从一开始，每一个想法、每一个举动都是有预谋的。那种生活方式是在她父亲死后与母亲一同生活时开始的吗？对于安布罗斯和我而言，死于决斗的圣加利特不过是一片没有实质的阴影，他是否也曾受她折磨？露易丝无疑会说他受过折磨。露易丝会说，从两年前第一次见到安布罗斯开始，她就谋划着要为了钱财而嫁给他，等他不能满足她的意愿时，又谋划了害死他。这便是法律思维，况且她并没有看过被我撕成碎片的那封信。如果她看过，又会作何打算呢？

一个女人做了某件事却没被察觉，她就会做第二次，以摆脱又一个负担。

唉，信已经撕毁，露易丝或别的任何人都不能再看到了。信中的内容此时于我已没有太大意义。我更在意安布罗斯写的那个纸片，拉伊纳尔迪和尼克·肯德尔视之为受脑疾影响的胡言乱语。"她终于受够我了。瑞秋，我痛苦的根源。"

我是唯一明白他所说属实的人。

如此一来，我又回到了以前的状态。我回到阿尔诺河旁边的大桥，我在那儿发过毒誓。或许不能随便发誓，誓言一出口，终将会实现。如今时机已到……

第二天是周日，与她来这里之后的每个周日一样，马车过来载我们去教堂。天气晴朗，温暖宜人，盛夏已经到来。她身穿一件质地轻盈的黑色新礼服，戴着草编圆帽，手拿一把遮阳伞。她对威灵顿和吉姆笑笑，问候早安，我扶她进了马车。我坐在她身旁，马车穿过公园向外驶去，她把手放进我的手心。

这只手啊，我曾心怀爱意地握过很多次，感受过它的纤小，抚弄过手指上的戒指，看到过手背上的青筋，触摸过磨得光光的小指甲。如今它放在我的手心里，我头一次看出它还有别的用途。我看见它灵巧地捏着金链花豆荚，拨出里面的种子，碾成碎末，在手心里揉搓。我记得有一次曾说她的手很漂亮，她微微一笑，说我是第一个这样夸她的人。"它们自有其用处，"她说道，"摆弄花草树木的时候，安布罗斯常说我的手像工人的一样。"

马车驶到陡坡处，后轮承受极大的后坠力。她用肩膀碰碰我，支起遮阳伞，对我说道："我昨晚睡得特别香甜，都没听到你离去的动静。"她看着我，对我笑了笑。虽然她欺骗了我这么长时间，我却觉得自己比她更卑鄙。我连回答她都做不到，只能把谎言埋在心头，用力握住她的手，把头转向一边。

西边海滩的沙子一片金黄，海潮退得远远的，海水在阳光下闪闪发光。马车走上通往村子和教堂的街道。钟声在空中回荡，大伙儿站在门口等我们下车从他们面前走过。瑞秋笑着向所有人鞠躬。我们看见肯德尔父女、帕斯科一家以及庄园里的许多佃户，在风琴声响起时沿着走道来到我们的小包间。

我们跪下来，把脸埋在两手中，简短地祈祷了一阵。"如果她心中有上帝的话，"我没祈祷，心里如此想道，"她会对上帝说些什么？对她所取得的成就感恩戴德，还是寻求宽恕？"

她起身坐在有护垫的座位上，翻开祈祷书。她面容安详，容光焕发。我多么希望自己能憎恨她，正如这几个月里暗自憎恨她那样。可是我心里毫无情感波动，唯有那奇怪而可怕的怜悯。

牧师进来，我们起身，仪式开始。我记得那天上午唱的赞美诗。"行诈者不得居于我室，言诳者不得立于我前。"她的嘴唇随诗词翕动，嗓音柔和低沉。当牧师登上讲坛开始布道时，她把双手叠放在膝上，摆正姿态，肃穆而虔诚的目光望着牧师的脸，聆听他的话语："落在上帝手中实在可怕。"

阳光透过窗户的彩色玻璃照在她身上。我坐在自己的座位上，看见村里小孩子红润的脸蛋，他们轻轻打着哈欠，等待布道结束；我听见他们的脚穿着靴子搓弄地板的声音，那是他们急于脱掉鞋子光着脚丫在草地上玩耍。一瞬间，我热切地盼望自己能重回童年，与安布罗斯一起无忧无虑地坐在这个包间里，而不是和瑞秋一起。

"遥远的地方有一座绿山，山下有一道城墙。"我不知道今天为什么要唱这首赞美诗，或许要举办跟村里的孩子相关的节日活动吧。我们的歌唱声在教区教堂里清晰嘹亮，我所想的并非耶路撒冷——按道理来说，肯定是要想的——而是佛罗伦萨清教徒公墓一角的一座不起眼的坟墓。

唱诗班走后，会众走上过道，瑞秋低声对我说道："我觉得今天应该请肯德尔父女和帕斯科一家来吃晚餐，就像以前那样。很久没请他们了，他们会感到被冒犯。"

我思索片刻，略略点了点头。这样也好，他们的陪伴可以在我们之间的鸿沟上起到连通的作用，而她沉浸于和客人聊天，习惯了我在这种场合的沉默寡言，便没有时间看着我胡思乱想了。出了教堂，帕斯科一家毫不犹豫地答应了，肯德尔父女则稍费了些唇舌。

"晚餐之后，"我的教父说道，"我得立刻回趟家，不过马车可以回来接露易丝。"

"帕斯科先生晚祷时还得布道，"牧师的妻子插嘴道，"我们可以载你一起回去。"他们开始详细商谈出行安排，看哪种办法最好，而我看到雇来负责建造梯道和凹陷花园的工人领班手拿帽子站在道边，似乎有事找我。

"怎么了？"我对他说道。

"打扰了，阿什利先生，"他说道，"昨天收工的时候我去找您，但没有见到。跟您提醒一下，如果您去梯道上走路，别踩到凹陷花园上方正在建的悬空桥架。"

"怎么，有什么问题吗？"

"暂时只有框架，先生，周一早上再继续建。铺板表面看似结实，但不能承重。谁要是想踩着过去另一侧，就可能掉下来摔断脖子。"

"谢谢你，"我说道，"我会记在心里的。"

我转身发现几个人已经商定，正如很久以前她来的第一个周日那样，我们分成三组，瑞秋和我的教父同乘他的马车，露易丝和我乘坐我的，帕斯科一家乘四轮马车跟在最后。这种安排在那天之后曾出现过许多次，然而当马车爬坡时，我下来步行，心里总想起九月那个周日我们头一次同行的情景——距今已有将近十个月了。那天上午，我被露易丝惹恼，高傲地挺直身体坐在那儿，之后便一直无视她。她并没有动摇，仍视我为朋友。爬上山顶后，我再次爬进马车，对她说道："你知道金链花种子有毒吗？"

她惊讶地看着我。"嗯，想必有毒，"她说道，"我知道牛吃了会死，小孩子吃了也会死。为什么这么问？巴顿农场的牛死了？"

"不，没有，"我说道，"不过塔木林有天跟我说，种子总落到地上，需要把长得离地面太近的金链花树从种植园里移走。"

"这或许是明智的做法，"她答道，"好多年前，父亲的一匹马就是吃紫杉果死掉的。死得很快，谁都束手无策。"

马车在小巷里前行，向公园门口驶去，我心想如果我把昨晚的发现告诉她，她会有什么反应，她会惊恐地盯着我，说我疯了吗？不一定，我想她会相信我。但是威灵顿坐在驾驶座上，吉姆就在他身旁，这里不方便说话。

我转过头，另外两辆马车跟在后面。"我有话跟你说，露易丝，"我对她说道，"等你父亲吃过晚餐回家的时候，你找个借口留下。"

她盯着我，目光里满是疑惑，但我没再说下去。

威灵顿把马车停在房子前面，我下来扶着露易丝下了车，一起站在那儿等其他人。没错，这的确像是九月的那个周日。正如那天一样，瑞秋笑意盈盈。她抬头看着我的教父，正在和他说话，我觉得他们又在谈政治。虽然那个周日我被她所吸引，但她对于我而言仍是个陌生人。如今呢？如今她整个人都为我所熟知，无论是最好的一面，还是最差的一面。就连促使她做出那些事情的动机，或许她自己都不知道，我却猜出了一二。如今她在我面前无所遁形，瑞秋，我痛苦的根源……

"我感觉仿佛回到了往昔，"所有人进入大厅后，她笑着说道，"你们能来，我很高兴。"

她一眼扫遍全场，领着众人走进客厅。夏日的客厅一如往常地尽显魅力。窗户敞开，凉爽舒适。花瓶里像羽毛一样轻盈的蓝色日本绣球花苗条纤细，墙上的镜子映出其倒影。向门外看去，阳光洒落在草坪上，真暖和啊。一只慵懒的大黄蜂撞在一扇窗户上。众人倦怠地坐下，舒舒服服地休息着。西科姆端来蛋糕和葡萄酒。

"一点点阳光就把你们全晒趴下了，"瑞秋哈哈一笑，"对我来说，这可不算什么。意大利的大太阳一年要照九个月呢，我就长在阳光下。在这儿，我得等着你们。菲利普，坐着别动，你还是我的病人呢。"

她把酒倒进杯里，分别给我们端来。我的教父和牧师双双站起来抗议，但她挥手将两人赶到一边。当她最后来到我面前时，我是唯一不要喝酒的人。

"不渴吗？"她问道。

我摇摇头。她拿来的东西，我一样都不会再要了。她把杯子放回托盘，端着自己的杯子紧挨帕斯科夫人和露易丝坐在沙发上。

"我斗胆猜测，"牧师说道，"佛罗伦萨现在的天气热得连您也承受不住吧？"

"我从不这样觉得，"瑞秋说道，"百叶窗一大早就关上，大宅一整天都很凉爽。我们很会适应天气，大白天出来活动的人都是自找麻烦，所以我们总待在室内睡大觉。我算幸运的，圣加利特大宅的正房旁边有个朝北的小院子，太阳永远照不到。那儿有个水池和一个喷泉，天一热我就打开喷泉，滴水声能让人心静。春夏季节，我向来只在那儿坐着。"

的确，春天的时候，她可以看着金链花树的花苞长成花朵，带有水滴状金色花蕊的花朵形成一个华盖，将双手抱着贝壳站在水池上方的裸体男孩罩住。盛夏时，那儿的气温下降，花朵凋谢垂落，树枝上的豆荚便会炸开，四处散落，绿色种子滚得满地都是。她坐在小院子里，身边有安布罗斯陪着，静静地看着眼前的这一切。

"我很想去一趟佛罗伦萨。"帕斯科夫人瞪大双眼说道，天知道她想到了什么样的盛大场景。瑞秋转头对她说道："那你明年一定要来，跟我一起住。你们都要轮流来陪我。"我们立刻惊叫起来，纷纷露出失望的表情，向她提出各种问题，一定要这么快就走吗？什么时候回来？有什么计划？她摇摇头，算作回答。"说走就走，"她说道，"说回就回。我这人做事全看心情，不拘泥于哪天哪日。"任谁再提问题，她都不详细说下去。

我看见我的教父斜眼扫了我一眼，然后摸摸胡子，把目光移到自己脚上。我猜得出他脑子里正想什么："她一走，他就能恢复自我了。"下午的时光缓缓消逝。到了四点钟，我们坐下来吃晚餐。我再次坐在首席，瑞秋坐在我的正对面，我的教父和牧师分坐左右。这一次仍旧是有说有笑，甚至也有吟诗作对。我像第一次那样沉默地坐在那儿看着她，那时我因为不了解她而被迷得神魂颠倒。谈话持续进行，话题变了又变，不让任何一人落单，这种本领我从来没见女人施展过，还以为是魔术。如今呢，她的把戏我一清二楚。引出一个话题，捂着嘴跟牧师交头接耳，两人爆发出一阵笑声，紧接着，我的教父便会凑过去问道："阿什利夫人，您刚刚说了什么？"她便立刻回答，语速极快，带着嘲弄的语气："牧师会告诉您。"于是，牧师便红着脸，自以为妙语连珠地讲述他家人未曾听过的故事。这就是她喜欢玩的小把戏，我们这些傻乎乎的康沃尔人啊，轻易地被她玩弄，被她蒙蔽。

不知在意大利的时候，她的任务是否更繁重一些。想来不会。那儿的人更适合她发挥。有拉伊纳尔迪在身边当帮手，说着她最熟悉的语言，圣加利特庄园的谈话将会比我这沉闷的餐桌上的谈话更精彩。有时她用两只手比画，仿佛在辅助她叽里呱啦的话语。她跟拉伊纳尔迪谈话的时候，我发现她的手势动作更多。此时此刻，她打断我的教父的话，用的是同样的手势：两只手灵活地迅速把头发撩到一旁，然后胳膊轻轻搁在桌上，双手交叠不动，等待他做出回答。她聆听时始终面向着他，从我所坐的首席望去，只能看到她的侧脸。从这个角度看她，她总是那样陌生，像刻在硬币上的匀称轮廓，五官分明，忧郁而隐秘，一个异国女人站在门口，头上裹着披肩，双手向外伸出。然而从正面来看，每当她露出笑脸时，便不再陌生，那是我所熟知的瑞秋，我深爱的瑞秋。

我的教父讲完了故事。众人的谈话骤然中断，陷入沉默。我早已熟知她的所有举动，便看着她的眼睛。那双眼睛望向帕斯科夫人，又转到我身上。"咱们去花园吧？"她说道。众人从椅子上起身，牧师拿出怀表，叹了口气说道："十分抱歉，我得先走一步啦。"

"我也是，"我的教父说道，"有个兄弟在拉克西利恩病倒，我答应去看望他。不过露易丝可以留下。"

"喝杯茶的时间总有的吧？"瑞秋说道。然而时间比他们预想的晚了许多，经过一番喧闹，尼克·肯德尔和帕斯科一家乘四轮马车离去，露易丝独自留下。

"只剩咱们三个，"瑞秋说道，"就别拘谨了，到会客室去吧。"她朝露易丝笑笑，领头向楼上走去。"露易丝得尝尝大麦茶，"她头也不回地说道，"我给她演示演示我的沏茶方法。万一哪天她父亲失眠，这茶就能治疗。"

我们三个走进会客室，我坐在敞开的窗户旁，露易丝坐在脚凳上，瑞秋则忙着沏茶。

"英国人沏茶的方式，"瑞秋说道，"如果真有这种方式的话，就是用去皮大麦来泡茶。我从佛罗伦萨带来了自制的药草，要是合你口味，我走的时候给你留一些。"

露易丝从脚凳上起身，站到她身旁。"我听玛丽·帕斯科说，您对每一种药草都了如指掌，"她说道，"而且治好了庄园佃户的许多小毛病。以前的人比现在的人更了解这些东西，不过有些上了年纪的人仍然能够治疗疣和皮疹。"

"我可不只会治疗疣哟，"瑞秋笑道，"去他们家里一问便知。草药学源远流长，我是从我母亲那儿学来的。谢谢你，约翰。"约翰端来一壶热水。"在佛罗伦萨的时候，"她说道，"我经常在我的房间里煮大麦茶，然后放置一段时间，那样味道更醇。之后，我们会出来坐在院子里，我打开喷泉，一边饮茶一边看泉水滴进水池。安布罗斯坐在那儿看喷泉滴水，一看就是几个钟头。"她把约翰端过来的水倒进茶壶，"我打算下次来康沃尔的时候从佛罗伦萨带一尊小雕像回来，就跟我水池上方的那个一样。我得四处找找，但一定能找到。把雕像放在正在建的新凹陷花园中间，也造个喷泉。你觉得如何？"她转头对我笑笑，左手同时用调羹搅拌大麦茶。

"悉听尊便。"我答道。

"菲利普毫无热情，"她对露易丝说道，"要么我说什么他都赞成，要么毫不在乎。有时候我觉得我的心血全都白费了，建造梯道，在种植园里栽种灌木，这些都没意义。就算只有荒草和泥泞的土路，他也能心满意足。来，这是给你的。"

她把杯子递给坐在脚凳上的露易丝，把另一杯递给坐在窗框上的我。

我摇了摇头。"不喝大麦茶呀，菲利普？"她说道，"可是大麦茶对你身体好，能助眠呀，你以前来者不拒的。这是特制的，药效翻倍呢。"

"你替我喝了吧。"我答道。

她耸耸肩膀。"我的已经倒好了，我喜欢放得久一点。这一杯就浪费了，真可惜。"她探过身，从窗户倒掉了茶水。她退回来，一只手放在我肩膀上，我又闻到了那熟悉的味道。那并非香水的味道，而是她自身的体香，是她肌肤的气息。

"你不舒服吗？"她低声说道，以防露易丝听到。

如果所有理性和所有感情能够被清除，我会当场要求她保持手放在我肩上的姿势。撕成碎片的信，锁在小抽屉里的隐秘信封，恶行与欺骗，这些都不会记在心中。她的手从我的肩膀移到下巴，略略地抚弄了一下，而由于她站在我和露易丝中间，这个动作并没有被人看到。"郁郁寡欢的家伙。"她说道。

越过她的头顶，我看到壁炉上方挂着的安布罗斯的肖像。他的双眼直愣愣地与我对视，目光里满是青春和天真。我没吭声，她从我身边走开，将我的空杯子放回托盘。

"味道如何？"她问露易丝。

"恐怕我得过一段时间才能喜欢上。"露易丝抱歉地说道。

"也许吧，"瑞秋说道，"这种发霉的味道不是所有人都喜欢，没关系。这茶能让烦乱的心绪镇定下来，今晚咱们会睡个安稳觉。"她笑了笑，轻轻喝了一口。

我们聊了半个小时左右，更准确地说，是她和露易丝在聊天。之后，她把杯子放回托盘，起身说道："现在凉爽多了，谁想和我一起去花园走走？"我扫了一眼露易丝，她望着我，没搭话。

"我答应露易丝要带她看看前几天寻到的佩林庄园旧规划图。庄园边界标得有点怪，把古老的山顶城堡划到里面了。"

"那行，"瑞秋说道，"带她去客厅看或者就在这儿看，随你们的便。我就自己去散步了。"

她哼着歌走进蓝色卧室。

"待着别动。"我对露易丝低声说道。

我下楼走进办公室，因为我的文件中的确有一份旧规划图。我从一份卷宗里找了出来，穿过院子往回走。走到客厅附近通往花园的侧门时，瑞秋正准备出来散步。她没戴帽子，不过手里拿着一把敞开的遮阳伞。"我不会去太久，"她说道，"我打算爬上斜坡，看看在凹陷花园里摆一个小雕像合不合适。"

"小心点。"我对她说道。

"小心什么？"

她站到我身旁，遮阳伞搁在肩膀上。她穿着一件黑色长袍，材质似乎是薄薄的平纹细布，脖颈处缀有白色蕾丝。她看起来与我十个月前第一次见到她时没太大区别，只不过现在是夏天而已。空气中弥漫着新修剪的青草气味，一只蝴蝶欢快地飞过，鸽子在草坪对面的大树上咕咕直叫。

"小心点，"我缓缓说道，"别被太阳晒到。"

她哈哈一笑，离我而去。我望着她走过草地，爬上通往斜坡的台阶。

我转身走进房子，急急忙忙地爬楼梯来到会客室。露易丝在那儿等着。

"我需要你帮忙，"我简短地说道，"时间紧迫。"

她从脚凳上起身，目光里满是疑惑，"怎么回事？"

"之前教堂里的那次谈话你还记得吗？"我对她说。她点点头。

"你说得对，我错了，"我说道，"但现在这不重要。我怀疑情况更严重，但必须拿到确凿的证据。我认为她想毒害我，而且她对安布罗斯做了同样的事情。"露易丝没吭声，她吓得双眼圆睁。

"我怎么发现的并不重要，"我说道，"但线索可能在拉伊纳尔迪寄来的信里。我打算搜搜她这间屋子的五斗柜，把它找出来。你学过一点意大利语，还懂法语。你我一同努力，就能翻译出来一部分。"

嘴上说着话，我已开始翻五斗柜，这一回比上次夜里凑着烛光更仔细。

"你为什么不告诉我父亲？"露易丝说道，"如果她有罪，他的指控不是会比你更有力吗？"

"我得先拿到证据。"我答道。

这儿有一沓叠得整整齐齐的文件和信封，这是收据和账单，若我的教父看到这些，他会惊恐万分，但对于疯狂地寻找那封信的我而言，这些用处不大。我再次尝试打开原先放着信封的那个小抽屉，这一次没有上锁。我拉开抽屉，里面空无一物，信封不见了。这或许可以算作额外的证据，然而我的大麦茶已经被倒掉了。我继续打开抽屉，露易丝站在我旁边，紧张得眉毛拧成一团。"你应该等等，"她说道，"这并非明智之举。你应该等我父亲过来，他可以采取法律行动。你现在的行为是盗窃。"

"生死攸关，"我说道，"等不到采取法律行动了。看，这是什么？"我扔给她一张写着名字的长字条。那些名字有的是英语，有的是拉丁语，有的则是意大利语。

"我不确定，"她答道，"但我觉得是植物，还有草药。字迹很潦草。"

趁她思索的时候，我继续打开抽屉。

"没错，"她说道，"这肯定是她的草药和秘方。不过第二张是英语，似乎是有关植物繁殖的笔记，大概有几十种。"

"找金链花。"我说道。

她幡然醒悟，与我对视了片刻，然后再次低头翻看手中的字条。

"找到了，在这儿，"她说道，"但是看不出端倪啊。"

我从她手中夺过纸条看了看她指的地方。"金链花，南欧本土植物。均能靠种子繁殖，许多也可通过切枝和压条繁殖。对于第一种繁殖方法，需将种子撒播在造苗床或所要种植的位置。春季到来后，大约三月份，若发育充分，可移植育苗，直至生长到能栽种于预期位置的尺寸。"下面附录的笔记给出了她摘录这条信息的来源:《新植物园》。约翰·斯托克戴尔出版公司出版,作者T.鲍思礼,舰队街宝德府邸。1812年。

"没提到毒性啊。"露易丝说道。

我继续翻查书桌,找到一封银行寄来的信。我认出了库奇先生的笔迹。此时此刻,我脑中发热,不管不顾地拆开了信。"亲爱的夫人,感谢您归还阿什利家族的珠宝。按照您的指示,鉴于您近期将离开英国,我行将严加保管,直至您的继承人菲利普·阿什利先生取回。赫伯特·库奇敬上。"

我突然感到痛苦难忍,把信装进信封。不管拉伊纳尔迪对她产生了怎样的影响,她的本能促使她采取了这样的做法。

别的没有重要的东西了。我已经把每个抽屉仔细翻了一遍,每个信件格也都看了个遍。要么她把信毁了,要么就是随身带着。我感到困惑,心情沮丧,再次转头对露易丝说道:"不在这儿。"

"记录簿看过了吗?"她怀疑地问道。

我真是个傻瓜,随手把记录簿放在椅子上,以为这东西太明显,肯定不会藏着密信。我拿起来,果然,中间的两张白纸之间掉出一张带有普利茅斯邮戳的信封。信还在里面,我扯出来递给露易丝。"就是这一封,"我说道,"你试试能不能看懂。"

她低头看了看那张纸,又还给了我。"这不是用意大利语写的,"她对我说道,"你自己看看。"

我读了那封信。内容只有短短几行。如我所料,他并没有拘泥于礼节,但行文却出乎我的意料。时间是晚上十一点,信没有开头。"由于你变得更像英国人,而非意大利人,我便以你所用的语言来写这封信。我会在佛罗伦萨做好你所要求的一切事情，或许比你要求的还多，只是我不确定你是否值得我如此付出。无论如何，当你最终决定抽身离去，大宅和仆人们会等你回来的。别耽搁太久。我对你的冲动和情绪从来没有太大信心。如果最终你无法抛下那个男人，那就带他一起来吧，但我还是要违心地告诫你。照顾好自己，相信我，你的朋友，拉伊纳尔迪。"

我读了一遍，又读了第二遍，然后递给露易丝。

"你找到自己想要的证据了吗？"她问道。

"没有。"我说道。

一定有东西缺失了。另一张纸上肯定有附言，被她塞进了记录簿的其他纸页中间。我又翻了一遍，但一无所获。记录簿干干净净，唯独最上层有一个叠着的信封。我抓过来撕开，这一次既不是信纸，也不是草药或植物清单，而是安布罗斯的素描。角落里的名字分辨不清，但我猜测是某个意大利朋友或画家所画，因为名字后面写着佛罗伦萨，日期是他去世当年的六月。我盯着那张画，想到这必定是他最后的影像。他离家太久，当时已经苍老了许多，唇边和眼角冒出我从未见过的皱纹，眼睛里充满苦恼，仿佛有个阴影站在他肩膀旁边，而他不敢回头去看。他的神情显得迷茫，还有孤独。他似乎知道灾祸即将临头。那双眼睛追求忠诚，却也寻求同情。安布罗斯在素描画的下方写了一句意大利语。"致瑞秋。Non ramentare che le ore felici。安布罗斯。"

我把画递给露易丝。"只有这个，"我说道，"什么意思？"

她大声读出那句话，思索了片刻。"铭记幸福时光。"她缓缓说道，然后把画和拉伊纳尔迪的信递给我。"她没给你看过吗？"

她问道。

"没有。"我答道。

我们默默地对视了一会儿。紧接着，露易丝说道："你觉得我们是不是误会了她？就是下毒这事？你也看到了，什么证据都没有。"

"根本不可能有证据，"我说道，"现在不会有，将来也不会有。"

我把画和信一同放在五斗柜上。

"没有证据的话，"露易丝说道，"就不能判她的罪。无论是清白还是有罪，你都无可奈何。如果她是无辜的，而你指控了她，那你将永远没办法原谅自己。那时内疚的人将会是你，而不是她。走吧，离开这间屋子，下楼去客厅。但愿没有弄乱她的东西。"

我站在会客室敞开的窗户边，向草坪对面望去。

"她在那儿吗？"露易丝问道。

"不在，"我说道，"她出去差不多半小时了，还没回来。"

露易丝走过来站在我旁边，紧紧地盯着我的脸。"你声音怎么这么奇怪？"她说道，"你为什么一直盯着通往梯道的台阶？出什么事了吗？"

我把她推到一旁，径直朝门口走去。

"钟楼下面平台上的敲钟索你知道吧，"我对她说道，"就是中午召唤人们吃正餐的那个？快去，使劲敲。"

她疑惑地看着我。"做什么？"她问道。

"因为今天是周日，"我说道，"大家要么出了门，要么在睡觉，要么分散四处，而我可能需要帮忙。"

"帮忙？"她重复道。

"没错，"我说道，"可能出事了，瑞秋可能出了意外。"

露易丝盯着我，那双湛蓝、坦率的眸子打量着我。

"你做了什么？"她问道，她脸上很快就露出了忧惧和笃定的神色。我转身离开了会客室。

我跑到楼下，穿过草坪，沿着小路爬到梯道上。瑞秋踪影全无。

两条狗站在凹陷花园上边的石头、灰浆和方木堆旁。较小的那只向我跑来，另一只待在灰浆堆边上。我看到沙地和石灰上有她的脚印，她的遮阳伞头朝上敞着。突然间，钟声从房顶上的钟楼传来。钟声响个不停，这一天平静而安宁，那声音穿过田野，传向海边，连在海湾里捕鱼的人都能听到。

我来到凹陷花园上方的墙边，看见了工人开工建造桥梁的地方。桥梁的一部分仍在，它悬在半空，丑陋而可怖，像一道软梯。另一头掉进了下方的深渊。

我往下爬，来到她躺在一堆方木和石块之间的地方。我抓住她的双手，紧紧握住。那双手冰凉无比。

"瑞秋。"我对她说道，口中不停地喊她的名字。

狗开始在上面吠叫，轰鸣的钟声依然响亮。她睁开双眼看了看我，最初流露出的应该是痛苦，接着是迷茫，最后终于认出了我。但即便是那个时候，我也错了。她喊我安布罗斯。我握住她的手，直到她死去。

过去，人们常常在四岔口执行绞刑。

不过现在不会了。

读客®
悬疑文库

认准读客读悬疑，本本都是大师级。

专注出版英、美、日、意、法等世界各国各流派的顶尖悬疑作品。

为读者精挑细选，只出版两种作品：
经过时间洗练，经典中的经典；以及口碑爆表、有望成为经典的当代名作。

跟着读客悬疑文库，在大师级的悬疑作品中，
经历惊险反转的脑力激荡，一窥人性的善恶吧。

打开淘宝，扫码进入读客旗舰店，
下一本悬疑更惊奇！

读客悬疑文库
读客